SOBRE A LOUCURA DE UMA MULHER

ASTRID ROEMER

Sobre a loucura de uma mulher

Tradução do holandês
Mariângela Guimarães

Copyright © 1982 by Astrid H. Roemer

A editora agradece o apoio da Dutch Foundation for Literature.

Nederlands letterenfonds
dutch foundation
for literature

Grafia atualizada segundo o Acordo Ortográfico da Língua Portuguesa de 1990, que entrou em vigor no Brasil em 2009.

Título original
Over de gekte van een vrouw

Capa
Julia Custodio

Imagem de capa
Ademar Marinho (da série Mulheres Negras Não Recebem Flores), de Panmela Castro, 2021. Óleo sobre linho, 70 × 50 × 4 cm.

Preparação
Ciça Caropreso

Revisão
Ana Maria Barbosa
Ana Alvares

Dados Internacionais de Catalogação na Publicação (CIP)
(Câmara Brasileira do Livro, SP, Brasil)

Roemer, Astrid
    Sobre a loucura de uma mulher / Astrid Roemer ; tradução do holandês Mariângela Guimarães. — 1ª ed. — São Paulo : Companhia das Letras, 2025.

    Título original : Over de gekte van een vrouw.
    ISBN 978-85-359-4061-9

    1. Ficção holandesa I. Título.

25-251752   CDD-839.313

Índice para catálogo sistemático:
1. Ficção : Literatura holandesa 839.313

Cibele Maria Dias – Bibliotecária – CRB-8/9427

Todos os direitos desta edição reservados à
EDITORA SCHWARCZ S.A.
Rua Bandeira Paulista, 702, cj. 32
04532-002 — São Paulo — SP
Telefone: (11) 3707-3500
www.companhiadasletras.com.br
www.blogdacompanhia.com.br
facebook.com/companhiadasletras
instagram.com/companhiadasletras
x.com/cialetras

Mas o maior Amor permanece incompreendido, e ninguém jamais ousou dizer que ali começava uma parte do paraíso; a parte mais solitária...

Albert Helman, *Zuid-Zuid-West*

Nova Amsterdam, 26 de maio

Alkaid Azul

Esta noite você entrou como uma lufada em meu sonho
despida de todas as condições
infelizmente não de suas roupas
meu rosto definha com minhas mãos
guardo meus seios e minhas coxas
intactos para você
eu não vivo o meu eu
Noenka vive em mim

Sua Gabrielle

para
Lam van Gisbergen
e para
Zamani, Safira e meus meninos
e para aqueles que me deram a Palavra...

Lelydorp, 29 de agosto

Nebulosa Merak

Começamos o grande ano. O tempo deixou sua linha reta e se tornou uma elipse retorcida. Gabrielle e eu descrevemos órbitas opostas, desejando nos encontrar no zênite. Enquanto isso, a natureza se rejuvenesce em safras de laranjas, flores coloridas, pássaros trocando a plumagem, pintinhos amarelo-vivos e estações como chuvas em maio e girassóis em agosto. Até o sol se deixa ser incondicionalmente empurrado para o oeste pelos ventos alísios, e chuvas de estrelas me inquietam.

Desde que ela dormiu comigo, minha Gabrielle, nua como a batida do coração e pura como o murmúrio do sangue, senti que tinha vencido meu medo primordial da serpente. Há mais que hostilidade entre seu sêmen e mim. Onde quer que a encontre vou esmagá-la com o calcanhar, mesmo que para isso eu perca uma perna. Mas a erva lasciva me deixa impaciente, pois não abriga nenhuma serpente.

Sinto sua falta, Gabrielle.

Meu amor por você se expressa em flores. Entre o verde selvagem, suas sementes florescem sem nunca murchar, pois num jardim de árvores frondosas e gás do pântano, testemunho eufórica e devota a função hermafrodita, indescritivelmente terna e sensual.

Em cachos, tufos e espigas, florescem orquídeas com labelos bizarros que querem beijar nossa terra. As brancas de labelos cor--de-rosa são chamadas "bainha de falo". Cheiram a serra e frio glacial. Sua origem são as Montanhas Rochosas. Suas folhas são dobradas como mãos em oração. Tenho uma azul com labelo vermelho. Seis tépalas azul-cobalto e brotos irregulares. Sete pétalas. Ela brilha como uma estrela neste vale nebuloso. Eu a chamo de Ursa Maior.

Meus clientes vêm de longe, Gabrielle. Eles dizem que todo o vale cheira a flores. Isso me alegra e continuo a fazer mudas — enquanto borboletas abelhas animais invisíveis e o vento transferem polínia para estigmas pegajosos — até que toda a terra grite por orquídeas: nosso tempo gera orquídeas, Gabrielle!

Sua Noenka

P.S. A cerca viva goteja sol numa copiosa chuva-de-ouro para saudar você.

Postscriptum

Em 1875 a pena de morte foi aplicada pela última vez no Suriname. O infeliz foi um chinês. Escolhido no jogo de dados, ele assassinou, junto com outros dois, o inspetor da Fazenda Resolutie, que tratava os de sua raça de maneira desumana.
Durante a execução, a corda que deveria constringir as vias aéreas rompeu duas vezes. As pessoas foram tomadas pelo medo. A pena de morte foi substituída por vinte anos de trabalhos forçados com algemas. O condenado cumpriu apenas parte da pena, recebeu indulto por seu comportamento exemplar.

Nova Amsterdam, 19XX. Gabrielle cuida da horta. Também estraga suas mãos divinas na corda áspera com que faz extraordinários cestos de sisal. Ela se submete ao castigo.
Apresentei um pedido de perdão através do Ministério Público. Meu nono. Espero por uma resposta há anos.

Amanhã é Dia da Rainha. Talvez a libertem. Esperarei junto ao Portal.

Lelydorp, 19XX. O trem não está mais funcionando. As minas de ouro estão esgotadas. Ônibus da cidade param sempre para os mesmos rostos que bufam ao vento. Sinto também o cheiro das orquídeas que estremecem de desejo pelo frio. Semanas se vão e outras vêm. Por toda parte as mesmas pessoas. O mesmo sol. Há um mês enterramos Edith. Crianças e trabalhadores agora compram as laranjas geladas comigo. Meus olhos lacrimejam quando as descasco. Noenka e kre (Noenka está chorando), eles provocam. Hoje eles têm razão: estou chorando, Astrid. Preciso estar ao lado da minha Gabrielle em seu aniversário de cinquenta anos.

Meu casamento durou exatamente nove dias, e o rebuliço que causou em nossa pequena cidade ribeirinha me deixou atormentada por uma vida inteira.

Começou no círculo familiar, quando na nona noite bati na porta, acordando meus pais. Chovia intensa e imperiosamente, e como o telhado de nossa casa era bastante plano, o barulho que meus dedos faziam na madeira não chegava lá dentro: incorporava-se à regularidade da água que caía do céu. Um silêncio mortal preenchia a casa. Minhas mãos doíam, doíam mais que minha cabeça e minha barriga, e eu estava encharcada. E amedrontada não só pela ameaça do cemitério que ficava perto da casa e que à luz dos relâmpagos parecia um cenário de pesadelo, mas pela desolação da cidade totalmente adormecida, que se deixava tomar pela água, junto com essa casa dos meus pais, que se recusava a me deixar entrar em minha fuga pelo cheiro de pó de arroz e polidor de cobre, de tabaco e jornais velhos, para tirar o odor de sangue que me impregnava.

Eu já não batia na porta, esmurrava com força e gritava. Jocosos, água e vento rebatiam as lamúrias nos meus ouvidos. Dor! Dor! Atrás de mim surgia O Outro Lado.

Irritada, mas com muito alívio, momentos depois me vi na cozinha pouco iluminada, me perguntando quanto tempo fazia que eu não trepava por uma janela mal fechada para entrar em casa, mas a lembrança de repente deu lugar ao impulso de me encolher o mais rápido possível, o mais entranhada possível, junto da minha mãe. Isso me aqueceu, e busquei avidamente o caminho para o quarto deles. Com solenidade, pus a mão na maçaneta de mármore, girei, empurrei.

Anos depois entendi: atrás daquela porta transpus o limiar da minha dor.

Elas diziam que eu era uma menina bonita. *Moi misi*, e me puxavam em direção a elas, as mulheres com suas saias pregueadas, de maneira que minha cabeça alcançava exatamente a altura da barriga delas. Algumas cheiravam a peixe fresco, mas odores de putrefação também penetravam minha cabeça. Eu gemia e me desvencilhava.

"Noenka, Noenka", elas pestanejavam, acanhadas, mas eu permanecia embaixo da cama até minha mãe chegar e me abraçar em seu colo: fresco, quente e seguro. Havia tias de quem eu gostava só porque não separavam as coxas para me cumprimentar, sentavam-se de pernas cruzadas e me puxavam para perto delas no sofá.

Elas falavam um tipo de holandês suave e usavam vestidos de cores lisas com flores de veludo e cintos finos. Suas pernas brilhavam sedosas através das meias de náilon e seus sapatos escuros rangiam.

Mamãe não recebia essas senhoras na cozinha, servia chá nas xícaras de porcelana de Delft e oferecia biscoitinhos finos e dourados.

Enquanto elas contavam sobre suas filhas honradas, seus filhos inteligentes, sobre suas empregadas preguiçosas e o círculo das senhoras de caridade, eu aspirava o perfume que emanava de cada movimento que faziam. Ouvi de novo sobre um bazar beneficente para o novo escritório do pastor, aquele homem tão, tão simpático com sua adorável esposa loira, e será que a sra. Novar não poderia, como de costume, providenciar na cozinha todos aqueles petiscos saborosos e todos aqueles bolos deliciosos, como da última vez?

Minha mãe enrubesceu, me encostei nela com orgulho, e ela disse "sim-naturalmente-com-prazer" e perguntou se as senhoras não queriam levar um pedaço de bolo para casa, que então foi bem embrulhado e entregue às convidadas em uma lata prateada. Mas, quando já tínhamos nos despedido, ela fez um profundo *tyuri*:* sacudiu as almofadas desvairadamente e comeu, um após o outro, com a minha ajuda, todos os biscoitos sacrificados pela polidez.

"Você está brava?", perguntei, com migalhas frescas na língua.

"Brava, não." Ela sorriu, enquanto me abraçava apertado contra seu corpo.

Quando o sol estava de tal forma que a gente pisava na própria sombra e mamãe recolhia as toalhas de banho, ela veio re-

---

* Manifestação vocal de desprezo.

bolando. Corri para o portão, me esfolei de novo na casca áspera da árvore, mas peguei mais que feliz a mão estendida.

Ela cheirava a sapoti muito maduro, banana, e o talinho da laranja-azeda que ela mastigava apática me ardeu o nariz a ponto de eu espirrar. Ela ficou parada por um instante com a mão espalmada sobre a minha cabeça e encheu minha boca de guloseimas estranhas que carregava na cabeça em potes coloridos dentro de uma caixa de madeira.

Saltitando junto de suas saias, bati o ombro no bolso pesado de seu saiote de baixo, cheio de moedas, tantas, para mim uma fortuna que ninguém mais podia possuir.

Com um gemido, ela colocou a caixa na varanda de trás da nossa casa e conversou com minha mãe numa língua melodiosa que eu pouco entendia. As duas beberam gengibirra com cubinhos de gelo e comeram peixinhos fritos. Com frequência o riso delas era efusivo: o de mamãe alto e franco, o de Peetje brusco e largo.

E eu, deslizando de um colo para o outro, esperava que Peetje nunca fosse embora.

Ela sempre ia, se queixando, com a caixa na cabeça, o *koto** rijo e cheio em torno do corpo trigueiro. Eu ficava olhando para ela e acenava até que meus olhos doessem por causa da luz do sol e um turbilhão de crianças saindo da escola me fizesse correr para dentro, apavorada.

Maçãs. Nada além de maçãs, rosa-claras com fundinho branco, que apenas mergulhadas no sal faziam mais do que saciar a sede; vermelho profundo, lembrando beicinhos enfezados de velhas tias aborrecidas, mas com sabor ainda mais doce; e as sem cor, tão gostosas que filas de formigas pretas percorriam o cami-

---

* Saia ricamente pregueada (resquício dos tempos coloniais).

nho interminável de seus formigueiros até os galhos altos para se amontoar em suas pregas.

As maçãs de repente amadureciam todas. De manhã, no quintal escuro, estavam caídas às centenas e continuavam caindo o dia inteiro.

Era meados de maio...

O céu, em geral de um azul-pálido, ficava desfigurado diariamente por nuvens de chuva disformes que chegavam do leste. Depois alguma coisa tremia no verde, o vento se tornava úmido, e num piscar de olhos não havia nada além de água. E de maçãs. Enquanto não caíam explodindo como fogos de artifício, elas tremiam em cachos fornidos entre as folhas brilhantes.

Eu dormia na casa de Peetje, emprestada por minha mãe para ajudar na emergência das maçãs. Não fazia outra coisa o dia inteiro além de apanhar maçãs, colocá-las sob um enorme jato d'água para tirar a lama e as formigas, e depositá-las num monte fabuloso. Uma ocupação impressionante quando se tem seis anos e se é louca por tudo que é doce e colorido.

Emely, a única filha de Peetje, ficava na cozinha mexendo panelas de todo tipo com colheres de pau.

Depois de alguns dias formou-se uma coleção de potes de vidro que nem mesmo o mais variado armazém chinês conseguia igualar. Ajudei a levar os potes para tio Dolfi, que vendia pequenas quantidades de quase tudo que as pessoas comuns precisam sob um minguado teto de zinco. Foram adicionadas duas prateleiras extras, e seu sortimento foi ampliado com geleia de maçã, compota de maçã, vinagre de maçã, com isso e aquilo de maçã.

Meu maior divertimento era quando pequenos compradores apareciam com moedinhas enferrujadas para Peetje e com brinquedos, doces e cacos coloridos para mim.

Mesmo assim não dei nenhuma maçã às escondidas: ajudei

o bolso de Peetje a ficar mais pesado. Cansada da colheita, eu adormecia em seus braços mesmo antes de anoitecer.

Certa noite acordei porque a chuva parou abruptamente e provocou um silêncio sufocante. Senti que estava deitada no chão e não na cama. Levantei-me confusa. Havia uma luz acesa em algum lugar. Desci a escada tateando, na penumbra, a sala de estar, a cozinha, o quarto de Peetje. Torcendo o pijama com os dedos, eu ia ao banheiro para fazer xixi no cimento frio, quando uma porta se abriu e Emely entrou correndo.

Foi tudo muito rápido: luz apagada, eu em seus braços gelados e o arrepio devido a um odor hostil que grudou em uma parte de mim como uma cicatriz feia.

Ssshh, fui coberta suave, suavemente. Foi a primeira vez que fiz xixi na cama.

Urubus em torno da casa. No telhado, na borda do poço, equilibrando-se na cerca. Suas asas grandes e pretas grudadas contra o corpo, a cabeça encolhida, olhos vigilantes. Eu estava sentada no degrauzinho da porta dos fundos atirando no lixo a enésima maçã meio bicada. Embora o sol pudesse ser sentido desde bem cedo, o ar continuava úmido e pesado no terreno. Meus pés frios me faziam querer voltar para casa. Tudo por ali estava molhado e frio. Um urubu se aproximou e bicou uma maçã sem muito interesse.

"Xô", gritou Peetje, que estava chegando do mercado e olhava aturdida para os estranhos visitantes. "O que eles estão fazendo?"

"Eu não sei", respondi, olhando fixamente para as aves, que se juntavam ali em grande número. Peetje correu para dentro e acompanhou fascinada a invasão negra pela janela da cozinha. Eu achava os pássaros ao mesmo tempo engraçados e assustadores, nunca os tinha visto antes. Aos poucos percebi que eles procuravam alguma coisa. Mas o quê? Peetje também procurava, cheirou aqui e ali, franziu a testa em profunda incredulidade e suspirou. Horas pareciam ter se passado. De repente os urubus se agitaram, ansiosos. Em fúria, atiraram-se sobre um arbusto de taioba selvagem perto da latrina. Atracavam-se a alguma coisa com as garras. Uma trouxa apareceu rolando: roupas velhas, lençóis. Peetje perdeu a calma, correu para o quintal e com um pedaço de pau espantou os bichos para longe da trouxa, que ficou estendida diante dela como um segredo em corpo presente. Ela se abaixou, revirou com o pau. Assisti a uma curta distância, junto com os urubus. Um grito histérico, asas esvoaçantes, um cheiro conhecido, memórias incoerentes: dois longos, longos braços pegam os lençóis ensanguentados e correm para a casa.

"Vá chamar a Emely lá no tio Dolfi, rápido, rápido", arqueja uma boca, e as janelas são fechadas com força. Os urubus me encaram com avidez do arbusto de taioba. A trouxa fede. Anseio por minha mãe.

Talvez tenha sido a chuva, o cheiro de sangue ou algo indefinido o que acompanhou essa noite e deixou o medo e a dor fora do meu alcance. Vi como Peetje estava ali, de corpo presente, um rosto como que de argila seca, cheio de rachaduras.

"Ela foi embora", dizem em tom misterioso quando pergunto choramingando onde ela está, porque as chuvas de maio afogam a terra e há maçãs à venda por toda parte. "Foi embora!"

"Pra onde?", insisto. Minha mãe soluça e aperta o rosto contra o meu: Peetje não vai mais voltar para nós.

Espero inutilmente junto ao portão, sofro uma insolação atrás da outra. Nada da saia cinza e larga ao vento, do vermelhão dentro de uma caixa de madeira, nada do aroma de limão.

Anos depois.
Percorro a nossa rua, perdida em pensamentos. Levanto o rosto em direção ao sol, chuto a areia, penso nas férias que se aproximam, nas quais vou ter aulas de canto com a mulher que tem os maiores seios que eu já vi e olhos saltados como bolinhas de gude verde. Jogo a bolsa da escola audaciosamente por cima da cerca; aperto a travinha do portão, me machuco: lá está Peetje.

Ela não sorri nem estende os braços para mim. O cabelo ondula fosco e grisalho ao redor de sua cabeça e a saia está cheia de amarrotados escuros.

"Peetje!", grito excitada, mas ela se vira depressa e passa pelo sabugueiro, indo para o quintal. Corro atrás dela: só minha mãe está na varanda. Ela está chorando.

No enterro eu a vi novamente: o semblante ressecado, o cabelo abundante, os dedos finos. Aperto meu rosto em suas mãos, sinto o aroma de limão junto a seu nariz. Emely e o francês, com quem ela dividia a casa da mãe e outros bens, olhavam fixo para mim. Não demonstro nenhum sinal de reconhecimento: o drama na pequena cozinha me tirou o sono muitas vezes. Primeiro os urubus, depois a trouxa fedida, os gritos lancinantes de Emely e o rosto dilacerado de tio Dolfi. Os vizinhos, uma multidão furiosa, a polícia. E então o silêncio.

Do lado de fora da casa funerária, cochicham dizendo que era melhor ela não ter ido, afinal era culpa dela. Mas eu também me sentia culpada, ainda que fosse só por tê-lo tirado de sua lojinha com uma mentira ("Tio Dolfi, Peetje está precisando de um saco de carvão agora mesmo!"). E quinze minutos depois não era o carvão que queimava, mas tio Dolfi.

Contra a minha vontade, meus olhos encontram de novo os de Emely. Eles olham horrorizados e fixos para algo: entre os carregadores do caixão, um rosto chamuscado me espreita.

Ele estava nu sobre ela. Na escuridão translúcida vi os emplastros fluorescentes nas nádegas dele. Ouvi arquejos, não, não era a chuva que suspirava, mas minha mãe, que lutava uma batalha perdida.

Uma fúria dolorosa me comprimia: bati nele, meu corpo reforçado pelo banquinho pesado que eu sabia estar perto da cama deles, até que ela segurou o banquinho, exalou meu nome e libertou meus punhos.

"Menina", ela arquejou, e sua voz ecoou até a sola dos meus pés.

Segurei o rosto dela em minhas mãos, queria pegá-la, fugir com ela para um mundo onde é seco e sempre dia. Mas ela balançou a cabeça, soluçou, me empurrou para fora do quarto e trancou à chave a porta entre nós.

Não sei como cheguei lá fora com a maçaneta de mármore na mão; saí na chuva, pelas ruas, para longe de todas aquelas casas escuras. Minhas pernas pareciam não pertencer a mim. Eu não era a pessoa sobre quem a chuva caía: eu era a própria chuva que chorava pela cidade.

Nada de gente, nada de cachorros, só relâmpagos se dissipando. Por toda parte o rosto triste de minha mãe. As nádegas de meu pai com os emplastros brancos. Por toda parte o cheiro de sangue e o grito do meu medo.

Um relógio deu três badaladas quando parei no terreno fundo com árvores que gemiam. Um cachorro começou a latir num grave cada vez mais estrondoso. Sua corrente batia contra outro metal. Continuei andando: meu pavor da escuridão, de árvores escuras e terrenos desconhecidos tinha expandido seus limites. Quando cheguei ao poço, me sentei. Eu estava encharcada, cansada e desatinada. A chuva tinha parado. Assustada, olhei para a primeira luz do dia.

"A família do seu pai é preta e pagã. As mulheres são grandes e gordas, com muitos filhos — pequenos diabinhos sujos que brincam pelados pela plantação. Eles não pensam em estudo. Seus deuses é que devem cuidar da vida deles. Os homens são analfabetos. Vão à igreja de terno branco na Sexta-feira Santa buscar perdão por suas idolatrias!"

Pausa para respirar.

"Eles servem a falsos deuses, jiboias, para ficar ricos e ter saúde."

Ela se inclina mais na minha direção: "A irmã dele, a vendedora do mercado, tem uma cobra na blusa, para vender mais batatas, gengibre e peixe. Eu nunca compro dela. Quando ela me vê, o rosto dela fica mais preto de raiva. Haha...".

Sinto um arrepio na espinha. Ela me entrega o avental.

"Que família? Eu estou aqui. Seus irmãos, suas irmãs e todas as meninas queridas do coro. Vou chamar todas elas quando você fizer quinze anos."

Eu arrebento a esponja.

"Por que você nunca traz uma amiga em casa?"

Pausa para respirar.

"Você não gosta das meninas do outro lado?"

"Quando eu fizer quinze anos, quero ir para o Pará,* mamãe..."
Dois copos caem e se espatifam em cacos.
"Você no Pará! Com aqueles pretos de água salgada?**
Eles já podem até ver você chegando, com seu sapato, sua meia, sua língua holandesa. Pode esquecer!"
A esponja boia despedaçada em cinco.
"Quando você fizer quinze anos, nós vamos para Demerara. Visitar minha irmã e suas primas inglesas. Você e eu, Noenka, juntas do outro lado do mar, com nossa família."
"Eu nem as conheço. Você nunca fala delas."
"Nunca?"
"Só muito tempo atrás, quando você ainda contava histórias da sua infância. Mas isso faz muito tempo."
Pausa para respirar.
"Eu já nem sei mais como a sua irmã se chama."
Suspiros. Suspiros.
"Faz muito tempo que eu não vejo elas, e eu nunca escrevo."
Elas também nunca mandam um cartão para você, mas papai ainda recebe um monte de abacaxis do Pará todo ano, mesmo que eles fiquem apodrecendo embaixo da bananeira, penso, mas digo baixinho: "Quer que eu escreva para elas para você?".
Nenhuma resposta.
A esponja boia em incontáveis pedaços na nossa frente.

Sempre me lembro dele como um homem alto, magro, com olhos grandes maravilhosos. Segundo seu próprio testemu-

---

* Distrito ao sul de Paramaribo.
** Expressão usada para se referir aos que não eram nascidos na colônia, mas vindos da África. (N. T.)

nho, ele nasceu no Overtoom, Pará, como o segundo filho depois de seis filhas, após o período de custódia estatal de ex-escravos.*

Seu avô, um valente *coromantin*,** recebeu não só uma parte do nome de seu amo branco, mas também sua casa e um trecho de mata inacreditavelmente grande.

Na verdade, Groot-Novar vivia no Forte Zeelandia, mas passava muitas semanas pescando e explorando sua fazenda no Pará. Sua corte era composta de jovens pretos do sexo masculino que estavam sempre ao seu lado e à sua disposição: o banho tinha que ser preparado, o peixe precisava ser seco e defumado ou então Groot-Novar tinha que ser massageado. Os jovens se movimentavam pela casa caiada, que parecia uma igreja, com tangas brancas de algodão sobre coxas musculosas, a pele brilhando com óleo. Um deles era meu bisavô, o primeiro Novar.

Erudito, ele causava grande impressão por sua altura excepcional e era admirado e respeitado não apenas pelos outros pretos, entre outras coisas pelo conhecimento que tinha de seu país de origem, mas certamente também pela relação que havia entre ele e o judeu.

Meu pai se lembra bem de Groot-Novar: robusto, grande e praticamente calvo. Um rosto longo, estreito, no qual se destacavam um nariz inconfundível e olhos de um azul-metálico. Ele observava fascinado enquanto os dois homens se preparavam para a jornada de canoa que duraria dias ao longo dos riachos escuros, os *dikas**** amarrados às costas junto com latas amarelas

---

* A Lei de Emancipação de 1863 manteve os recém-libertos sob custódia do Estado, obrigando-os a firmar contratos de trabalho por dez anos, de modo que a abolição completa só ocorreu em 1873. (N. T.)
** Termo usado para pessoas escravizadas do grupo étnico akan, originário da região da Costa do Ouro, no atual Gana. (N. T.)
*** Cestos.

para armazenar plantas durante as atividades botânicas, ambos vestidos com o mesmo traje de linho claro e usando capacete branco.

Embora admirasse muito Groot-Novar, meu pai era sempre tomado por uma sensação desconfortável quando ele colocava a mão em sua cabeça. Sentia nojo e medo das três jiboias que rastejavam pela casa de Groot-Novar e dividiam a cama com ele, ou seja, faziam parte do cotidiano da casa e da corte do *bakra*.*

De acordo com as conversas ouvidas na fazenda, já havia cobras na casa muito antes de meu pai nascer. Contam que vastos campos de cana-de-açúcar foram ameaçados por uma praga de ratos e que, para proteger a produção, foram colocadas jiboias ali. Elas de fato afastaram os ratos, mas também provocaram medo nos escravos, que se recusaram a voltar a trabalhar no campo. No fim, as cobras foram mantidas na casa e só eram soltas à noite. Assim, virou costume e até moda os *bakras* manterem jiboias como animais de estimação, o que aumentou ainda mais a distância entre africanos e europeus.

Incêndios na mata, que duravam semanas e transformavam o ar num inferno de fumaça e cinza, também destruíram as plantações de cana-de-açúcar. A maioria dos proprietários foi embora, um ou outro mais teimoso ainda tentava tirar dinheiro da terra consumida ou subsistia com toda a simplicidade junto com os escravos.

O pai de Groot-Novar pertencia a essa última categoria. Seus pais já eram falecidos e seu irmão gêmeo estava no exterior. Junto com meu bisavô, ele transformou a fazenda em uma reserva botânica. Uma ou duas vezes por ano, recebia visitantes para admirar sua enorme coleção e fazer expedições.

* Em sranantongo, refere-se especificamente a um holandês branco. (N. T.)

Assim, a vida passava tranquilamente na propriedade de Groot-Novar.

Quando a escravidão foi definitivamente abolida, alguns libertos permaneceram com seu velho amo: seis rapazes e três mulheres, entre os quais se formaram duas famílias. Uma família ele permitiu que fosse registrada como Groot, e meu bisavô se tornou Novar.

Numa tarde, um oficial chegou à propriedade. O velho Groot-Novar abraçou o irmão gêmeo. Dois dias mais tarde, ele faleceu sobre o sofá de bambu, o rosto voltado para o sol da manhã. O irmão enterrou sua outra metade perto do rio e foi embora. Não muito tempo depois, o primeiro Novar foi enterrado ao lado dele.

A casa branca permaneceu desabitada por meses. À noite, ouviam-se arquejos estranhos, que, se dizia, vinham das jiboias. A família Groot se mudou rio acima. Os Novar ficaram. Depois de meses, algumas famílias *maroons** se juntaram a eles.

Talvez a lealdade de meu bisavô tenha impressionado profundamente o oficial, pois quando ele um belo dia reapareceu, chamou meu avô e lhe entregou diversos documentos, entre os quais escrituras de transferência e compra: a fazenda de Groot-Novar tinha se tornado, até onde os olhos podiam ver, propriedade da família negra Novar.

O homem branco foi embora para sempre. Levou o herbário, rolos de papel cobertos de escritos e o retrato emoldurado de uma de suas antepassadas, além de uma cobra em uma cesta de vime. Passadas algumas semanas de luto, a família Novar se mudou para a casa branca.

No começo minha avó se recusou a viver junto com aque-

---

* Negros escravizados que escaparam do cativeiro, por meio de fuga, revoltas ou alforria, e formaram suas próprias comunidades no Suriname. (N. T.)

les bichos, mas meu avô conseguiu convencê-la de tal modo que até ela passou a pegar, sem medo, os répteis no colo.

Falavam-se horrores a respeito disso no Pará. O latifundiário negro nem dava ouvidos, pelo contrário: explicava a seus descendentes que sem as cobras não seria possível uma boa vida.

Quando meu pai tinha doze anos, teve que ir para a cidade, porque lá as escolas eram melhores, e ele era muito bom na língua oficial. Além do mais, tinha uma letra cursiva que despertava a admiração de todos, mas Abel, seu irmão mais velho, teria que ir junto, por justiça, de acordo com a mãe; para que ambos os filhos tivessem as mesmas chances, explicitou o pai.

Em todo caso, meu pai estava louco de felicidade por poder sair de casa, onde, segundo ele, pairava um cheiro forte de peixe e onde não conseguia se acostumar com aqueles talismãs ondulantes e bem alimentados. Em Paramaribo, ele foi para um instituto para jovens estudantes da Fraternidade Evangélica, no qual, a princípio, experimentou o culto como um elixir da felicidade. Embora seu pai insistisse para que ele fosse passar as férias longas na fazenda Groot-Novar, ele sempre conseguia alegar uma diarreia, e apenas seu irmão ia visitar o ninho de cobras.

Aos dezoito anos, sem o consentimento dos pais, fez sua profissão de fé e, graças a seu comportamento exemplar, à sua figura notável e excepcional aparência negra, obteve um posto policial a serviço do Exército e da Marinha.

Aos vinte e um anos ele se casou, e daí em diante a devoção de sua esposa garantiu sua fidelidade às autoridades, que lhe forneciam pão e circo.

Sentada no poço frio, cercada de rãs barulhentas, de repente comecei a pensar na morte de Abel.

Os boatos foram de que Abel, mais uma vez, havia tido uma

briga violenta com o irmão, que em geral se comportava de maneira distante com a família. Críticas lancinantes foram lançadas contra meu pai. Naquele dia, ele ficou tão furioso que pegou sua Bíblia e amaldiçoou o irmão, que estava indo nadar. Abel não voltou naquela tarde. Dias depois, partes de seu corpo apareceram na orla.

Meu pai nunca pronunciava o nome do irmão falecido. Minha mãe vivia pronunciando o nome dele, para magoá-lo, entendi mais tarde. Meu pai não retrucava, talvez porque eu então me aninhava em seu colo, observando seus olhos marejados. Quando fiquei mais velha, eu pegava uma tesoura, uma lixa e ia cuidar das unhas dos pés dele. Sentíamos dó do meu pai quando ela falava de novo aquele nome, embora a moral da história certamente não nos escapasse: nunca dê a papai a oportunidade de te amaldiçoar!

Apertei a maçaneta de mármore contra o peito, oprimida por esse pensamento. Então deixei-a cair no poço. Um som horrível, oco, me atingiu.

Emile me viu ali. Ele havia saído da cama bem cedo para alimentar seus passarinhos. Além disso, tinha escutado o cachorro rosnar de um jeito estranho. Evitou me olhar e resmungou alguma coisa. Entrei na casa atrás dele. Ele acordou sua mulher e nos deixou sozinhas.

"Peetje se afundou no ódio. O ódio a manteve em pé, a incitou, a consumiu. Nunca ficou totalmente claro para mim de onde vinha esse ódio. Dizem que ela era diferente quando meu pai era vivo, afetuosa, não uma misantropa. Tuberculose — e um homem forte como uma árvore se transformou em capim. Ela deve ter sofrido. O jeito que ele tossia! E os penicos cheios de sangue! Ele morreu gritando de medo. Gritando! Não sei de onde ele tirava aquela voz.

"Depois disso Peetje passou a desconfiar de todo mundo, mesmo de sua família. Acreditava que alguém tinha destruído sua felicidade. Rompeu até mesmo com Deus. No mais, vivíamos confortavelmente: meu pai tinha ganhado muito dinheiro com ouro e possuía muitas ações concessionadas. Eu não reparava muito no seu dinheiro, e sim na dor que ele havia deixado em minha mãe.

"Ela me manteve em casa até os meus oito anos. Eu não tinha contato com outras pessoas. Me desculpe dizer isto, mas às vezes eu ficava com medo de que ela matasse a nós duas. Não me olhe desse jeito hostil, Noenka. Estou tentando te explicar uma coisa."

"Continue contando", supliquei.

"Quando precisei ir para a escola, ela passou a vender doces no recreio, depois bolos, só para não me perder de vista. Ela achava desnecessário eu continuar estudando e eu não sabia como me opor. Eu não ria, não falava, não brincava quando ela estava perto."

"Ela percebia isso?"

"Não sei. Mas ela passou a me deixar sozinha com mais frequência."

"E o que você fazia?"

"Brincava de mamãe com as crianças dos vizinhos. Cuidava dos menores. Ela chorou terrivelmente na minha primeira menstruação. Me encheu de colares e adornos. Não disse uma palavra sobre o sangue."

Algo em sua voz me fez a olhar assustada. Ela queria dizer alguma coisa que me dava medo de ouvir, ponderava e procurava as palavras mais adequadas.

"Eu só soube que estava grávida quando senti o bebê se mexendo."

Todo o seu rosto tremia muito.

"Me diga com sinceridade, Noenka: minha mãe não via que eu estava engordando? Não sentia falta do cheiro de sabão em pedra no banheiro? Das toalhinhas higiênicas todo mês no varal? Será que ela era tão distante de mim que não se compadecia? Deus sabe, Noenka, como ela ignorava a minha existência."

Emely chorava de um jeito quieto e seco sua amargura da mulher que morava de forma tão doce, suave e quente em meu peito.

"Não estou aqui para lamentar a morte de Peetje", eu disse quase sarcástica.

"Minha mãe está morta!", ela disse, agressiva. "E ela não me deixou ninguém. Sabe o que é isso?"

Desesperada, fui até um espelho que encontrei perto de uma máquina de costura: meu vestido estava seco, meu cabelo surpreendentemente liso, meus olhos brilhantes.

"E eu, Emely? Quem sou eu, então? Por que você acha que vim até você?"

Certamente não é a meu pai que devo agradecer minha educação. Se dependesse dele, nenhuma de suas filhas teria cursado mais do que o ensino fundamental, contanto que seus filhos continuassem, embora ele mesmo não tenha se esforçado muito para tanto. As cenas que aconteciam por causa disso eram tão difíceis que me deixavam tensa.

Quando ele chegava do carteado em sua bicicleta, cansado e meio bêbado, nós fugíamos dele. Minha mãe corria amuada. Arrumava muito bem a mesa, com toalha branca e guardanapos engomados, e servia a ele seus três pratos prediletos, dos quais dois eram sopa de tomate. Geralmente já tínhamos comido, mas, curiosa como eu já era naquela época, acompanhava a movimentação de meus genitores escondida embaixo da mesa de mogno da sala de estar.

Ele sempre deixava peixe no prato. Nunca carne. Nem mesmo quando grande parte de seus dentes já eram postiços. Se minha mãe estivesse incomodada com alguma coisa, ela fazia peixe. Ele então resmungava entredentes até ela desembuchar: "Não posso comprar carne. Você perde todo o nosso dinheiro no jogo. Estamos nos mantendo vivos na base do crédito e seus filhos passam o dia inteiro em casa porque não temos dinheiro para a escola!".

"E daí?", ele dizia com uma voz grave que só usava nessas situações. "Desde que você e os pequenos comam... Os outros já têm idade suficiente para trabalhar. Você conhece mulheres finas para as suas filhas, não é? E para os rapazes eu encontro patrões severos."

Esse assunto a atingia diretamente no umbigo, ligando-a de volta aos cinco filhos que tinha parido. Ela sempre explodia num choro histérico.

"Nunca! Nunca! Todos vão estudar, está me ouvindo? Jamais vão virar serviçais, está me ouvindo? Isso é para aquela sua família atrasada, analfabeta. Vocês são escravos. Meus filhos livres vão te odiar!"

Ela sempre se calava abruptamente, me tirava de debaixo da mesa e me apertava contra o peito. Jamais irei me esquecer de quão forte seu coração batia!

Por que ela não batia nele com o pano de prato com o qual secava as lágrimas? Por que não tirava a sopa quente da mesa? Por que inventava no dia seguinte, e todos os dias, desculpas melosas para o leiteiro, a verdureira, o açougueiro? Por que ela simplesmente não cortava a cabeça dele?

Como ela nunca fazia isso, eu punha meus braços em volta

do seu pescoço. Meu irmão mais novo geralmente esperava até ouvir a porta do quarto bater com um estrondo para vir se aconchegar na mamãe e contar suas fantasias.

"Quando eu trabalhar, mamãe, vou te dar tanto dinheiro que você nunca mais vai precisar pedir nada para ele. Daí vou te levar para a minha casa. Daí você não vai mais precisar chorar."

E ele continuava falando até que ela parasse de soluçar. E assim levávamos uns aos outros adiante. Ainda jovens, seus filhos se diplomaram contadores. Suas filhas, professoras. Comigo ela teve pouco trabalho: eu era louca por crianças e o que mais queria era agradá-la. Minha irmã mais velha desejava ser enfermeira e as outras, funcionárias públicas.

"Magistério!", decidiu mamãe. "Além do mais, sou eu quem pago, então eu decido!"

Naquele domingo, pela primeira vez desprezei minha profissão. Tinha passado um dia e uma noite na casa dos sapateiros, sem nem mesmo olhar para fora, embriagada de lembranças. O sono não conseguiu me alcançar. Queria velar a mim mesma, me segurar pela mão. E se acontecesse algo irreparável enquanto eu estivesse dormindo, se decidissem algo sobre mim antes de eu acordar? Minha aparência devia estar horrível quando Emely me perguntou se eu ia daquele jeito para a escola na segunda-feira. Eu não queria ir. (Se eu pudesse desaparecer, me tornar ninguém ou ser apenas uma criada que, após um dia de ausência, é substituída discretamente.)

"A escola continua normalmente", eu disse. São quarenta e seis carinhas frescas de criança, com aquelas mãozinhas graciosas cheias de flores, os olhinhos de anjo guardando histórias alegres e pequenas tristezas — isso tudo era para mim, refleti.

"Vou ver meus alunos de qualquer jeito", esclareci, pois Emely pareceu ter entendido errado meu silêncio ferrenho.

"Você volta pra cá?"

"Se eu puder..."

"Vou ajeitar o quarto de Peetje para você. Desde que a levaram daqui, tudo ficou como se ela fosse voltar pra casa a qualquer momento."

Suspiramos ao mesmo tempo.

"Só uma coisa", falei alto. "Meu marido não pode saber que estou aqui."

Emely tossiu. Ela e seu esposo também tinham me ajudado a fazer do meu casamento uma data inesquecível. Bem quando o silêncio começou a ser doloroso e eu me senti obrigada a falar, ela desandou a gargalhar.

"Lembra, Noenka, de quando você ficou com a gente lá em casa e eu fazia manha para que você dormisse no meu quarto?"

"Lá em cima é mais gostoso, você dizia, dá para olhar por cima das casas, você pode ver as estrelas cadentes", ajudei-a, aliviada, a lembrar.

"As maçãs estavam maduras."

"E as mangas", enfatizou Emile. "Você escutava quando elas caíam à noite. Bum. Bum. E como você tinha medo!" Rimos a plenos pulmões.

"Você me amedrontava cada vez mais com todo tipo de história arrepiante."

Emely foi para debaixo da lâmpada. Sua pele lisa brilhava. Ela me imitava.

Emely, assombração tem perna?

Emely, quem anda pelas escadas à noite?

Emely, assombração gosta de gente?

Ela fazia caretas engraçadas para mim e ria como antigamente, com lágrimas nos olhos.

"Olha ali uma assombração daquela época!"
Me senti angustiada. Imagens ficaram confusas. Não tenha medo, Noenka. Não olhe, Noenka. A assombração está ali. Durma, Noenka.

Olhei para Emile, ouvi a voz de menina de Emely. Me levantei indignada.

"Não acredito em assombração. Eu sabia que alguém vinha se encontrar com você. Eu via pernas, braços, costas no escuro. Ouvia vozes."

Emudeci. Não fale, não fale mais nada, impus a mim mesma e deixei as lembranças seguirem adiante: de manhã eu ajudava a mãe dela a juntar as folhas num monte com o ancinho e ela descia com histórias de que eu me agitava à noite, de que eu falava dormindo, de que ela com frequência precisava me trazer para baixo para fazer xixi.

Mas ela foi longe demais quando praticamente proibiu Peetje de me pôr na cama com ela. "Você não vai conseguir dormir a noite inteira", me advertiu. Naquele dia contei à mãe dela que alguém subia e se enfiava na cama de Emely. Eu o tinha visto entrar no terreno de tio Dolfi uma noite em que fiquei espiando lá fora. Não consegui mais imaginar como Peetje tinha reagido à minha confissão, pois a verdade me bloqueava: o fedor e os urubus?

"Por que vocês estão me olhando assim? A trouxa, os urubus?"

Eu tinha dificuldade em verbalizar. Ele concordou balançando a cabeça e ela balbuciou: "O nosso bebê".

"Aimeudeus-aimeudeus!", gritei e pus as mãos na cabeça. "Por que você não contou para a sua mãe?"

"Emile tinha ido embora. Não tinha mais dado notícias."

"Você deixou tio Dolfi pagar por isso!"

"Eu nunca disse quem foi!", ela falou baixo, mas com firmeza.

"Aimeudeus", lamentei. "Se ao menos eu pudesse escapar de toda essa confusão."

"Pare! Não chore! Não vamos chorar a morte de Peetje. Minha mãe odiava a vida!", disse Emely com dureza.

"Aimeudeus, mas ela significava tanto pra mim!", gritei. "Ela te deu o que era meu, Noenka. Eu sempre sonhava que jogava você na latrina. Que deixava você se afogar na merda. De dia você era a irmãzinha que eu amava. Mas nos meus sonhos eu te destruía. Porque ela te deu o que era meu, Noenka."

A perplexidade me emudeceu. Emile olhava para o chão; eu podia ouvir a respiração de sua mulher.

"É melhor eu ir embora", eu disse, soltando um suspiro.

"Seria bom se você ficasse. Só não consigo suportar seu desprezo e seu remorso", ela disse.

"Eu não sabia de nada."

"Sinto muito. Como posso me esquecer de como você ia embora gritando quando me via no portão do orfanato onde sua mãe ia me visitar todos os meses? Ela queria que eu fosse morar com vocês depois que levaram Peetje embora. Mas você tinha medo de mim."

"Eu não lembro de nada disso. Depois daquela tarde horrível, a primeira vez que te vi foi na casa funerária, no enterro dela."

"Estou feliz por ela estar morta!"

Fiquei chocada com a perversidade em sua voz, me perguntei se aquilo era direcionado a mim ou a ela, a falecida.

"Você não vai encontrá-la nesta casa. Ela não está mais aqui. Suas coisas sobreviveram a ela."

"Ainda bem", eu disse. "Do contrário eu não teria mais um lugar para me sentir segura."

Emile se desculpou e saiu do quarto. Fui até uma janela, mas não tive coragem de olhar para fora. Emely continuava no mesmo lugar. Eu podia dizer a ela que sempre a considerei alguém da família. Que para mim ela era mais próxima que minhas irmãs. Mas amor e confiança devem ser perceptíveis antes de ser expressos em palavras. Ela estava no meio do quarto: alta, magra, tenaz, com seu rosto atemporal, sua pele cor de mel. Viu que eu a olhava; me deu um sorriso fugaz.

"Tenho a impressão de que minha mãe se apossou de novo da casa dela. Na verdade, queria ficar feliz com isso."

"Nós mesmos enterramos nossos mortos. Também podemos nós mesmos mantê-los vivos. Tudo que tem lugar no nosso sentimento continua vivo. Tudo em que pensamos ganha vida", eu disse com firmeza, e nisso pensei intensamente em meus próprios pais. Não sei de onde tirei ânimo, mas fui até Emely e a abracei.

Mesmo assim, não foi fácil repousar num lugar onde, além do mais, o aroma cítrico de Peetje ainda pairava no ar. O nicho amplo de sua cama com o mosquiteiro enrolado como um punho gigante. As gravuras com rostos de crianças. Uma cristaleira cheia de garrafas e vidros com cores e formas surpreendentes. O banco estofado ao pé da cama, onde por fim adormeci.

Troveja terrivelmente. Rios ficam cheios e avançam para além de seus leitos, sobem para encontrar a chuva. Ao meu redor, pessoas fugindo de mãos dadas. Não conheço ninguém. Ninguém me conhece. A água cai por toda parte formando ondas, transformando-se num mar voraz. Eu não sei nadar. Preciso de ajuda. Entro em pânico. Então um homem me segura. Jovem, muito preto, reluzente, nu. Ele me carrega sobre a água, para longe, longe. Continua a caminhar com passos largos até chegar no seco e eu ver de novo a relva.

Quero agradecer, mas ele vira o rosto e vai embora. Alto e esbelto, ele desaparece na luz.

Me assusto com a sirene. Minha bunda saltou do banco como se eu tivesse levado um choque. O ruído do dia de trabalho me sufoca. Naquele momento eu queria morrer por alguns anos.

Depois de duas semanas, a notícia de que eu deixara meu marido tinha chegado a meus colegas. Eu via o que os pensamentos provocavam nos rostos meticulosamente escondidos ou banalmente expostos. Meu escudo contra olhares cortantes e comentários sarcásticos não estava funcionando bem. Até risinhos e cochichos me atingiam. Fiquei nervosa, queria que pelo menos uma pessoa viesse conversar comigo; ninguém veio, e eu temia a história em que sangue virginal e virilidade seriam entrelaçados em padrões bizarros.

Eu continuava ganhando flores dos meus alunos, para meus vasos novos e minha nova casa. Eles ainda se lembravam bem do dia em que cantaram a plenos pulmões a canção do amor e da fidelidade que eu havia lhes ensinado. Todos de branco. As meninas com cestinhos de flores, os meninos com a cauda do meu vestido entre os dedos. Eu tinha cantado junto, cantado alto, olhando para o meu noivo e entoando a plenos pulmões: "Obrigada, Senhor, por esta manhã feliz". Continuei dando a aula com um prazer satírico.

"Quando chega o bebê?", um deles perguntou, sem mais nem menos, enquanto desenhava. A classe aguardava ansiosa.

"Eu já tenho um presentinho!", ele mesmo quebrou a tensão. Mordi o lábio, cutuquei o esmalte da unha, passei os olhos por eles antes de responder com um ar devoto: "Assim que Deus quiser".

* * *

    Numa tarde, meu irmão me levou ao parquinho. Ele queria experimentar os novos balanços e escorregadores. Antes que se entregasse a seu próprio divertimento, ele me pôs em uma ponta da gangorra e foi se sentar do outro lado. Me agarrei na minha boneca e olhei com medo para a poça de lama embaixo da gangorra. Tudo ia bem. Para cima. Para baixo. Para cima. Para baixo. Os amigos dele nos observavam. As provocações deles o deixaram mais atrevido: a madeira batia no chão com cada vez mais força. De repente minha boneca escapou dos meus dedos, escorregou para ele, para mim e de novo para ele. Gritei para ele parar, mas ele ria, impulsionando com violência o meu lado da prancha. Quando a boneca veio de novo para mim, eu a segurei, perdi o equilíbrio e voei da gangorra. Pulsos arrebentados.
    Naquela noite, sonhei com uma gangorra enorme. Meu pai de um lado. Do outro minha mãe. Assim como a boneca, eu escorregava de um para o outro. Ambos tentavam me segurar, mas eu nunca chegava perto o suficiente. Embaixo de nós, um espelho d'água.

    Exagerei nas explicações que dei quando Louis me propôs casamento. Embora ele tenha ouvido tudo atenciosamente, deu risada depois que terminei de falar e me pediu uma resposta clara. Estávamos no cinema, para ficarmos juntos no escuro, eu acho. Atiravam muito no filme. Minha mão repousava em seu colo e senti como seu desejo ganhava formas mais sólidas.
    "Você vai ser minha mulher", ele concluiu, ignorando toda a minha explicação. Durante o intervalo, a luz encheu a sala e olhei com frieza para o homem ao meu lado: o que eu sabia so-

bre ele vinha de fragmentos de conversas que tivemos e de um monte de fotos com muito azul.

"Não quero ir para as Antilhas", eu tinha dito.

"Eu fico com você", foi a sua resposta.

"Eu amo demais a minha mãe", me justifiquei.

"Eu amo você demais, futura mamãe!"

Rimos juntos e encontrei uma brecha para pedir que ele pensasse melhor a respeito. Ele argumentou de repente: "Agora eu sei. Eu nunca quis uma única mulher. Sempre havia mais de uma. Desde que eu te conheço, todas as mulheres me lembram você. Você é um conjunto do que me atrai nas mulheres. E talvez não tenha o que me causa repulsa nelas. Me deixe ficar com você".

Suspirei de forma dramática.

Era junho. O mês em que a paisagem da cidade, encharcada de chuva, parecia ganhar vida através de homens risonhos com calças leves e esvoaçantes, câmeras pesadas nos ombros: surinameses que trabalhavam para a empresa petrolífera venezuelana e vinham passar as férias no Suriname com seus colegas antilhanos.

A febre do ouro tinha diminuído, a balata quase não sangrava e a bauxita apresentava um futuro incerto, de maneira que o homem comum sentia dificuldade em ganhar o pão de cada dia. Havia alvoroço por toda parte, já que os abastados eram raros. Era compreensível que os trabalhadores das Antilhas, que esbanjavam dinheiro, não passassem despercebidos das mulheres e dos homens. Em quase todas as famílias se falava do Shell *dream*: o tio pobre que tinha emigrado para Curaçao e que em pouco tempo havia conseguido se transformar num homem bem-sucedido, com carro americano, mulher venezuelana e muitos dólares.

Ainda assim, era por causa das meninas que eles vinham todos os anos, com seu look americano, na época em que as chuvas prolongadas faziam as palmeiras-reais da cidade se curvarem assustadoramente. Os surinameses não paravam de se vangloriar de suas garotas. As meninas das Antilhas, sem nenhum atrativo, não chegavam aos pés das beldades do Suriname. Quando conheci Louis um pouco melhor, entendi a profunda frustração por trás dessa estética delirante: as mulheres de Curaçao eram pretas e de cabelo crespo. Ao contrário do Suriname, a população negra de lá se sentia tão atraída entre si que praticamente não tinha necessidade de se livrar da cor escura de sua pele e do cabelo crespo através da miscigenação — uma aspiração que no Suriname levava a um comportamento ridículo de inferioridade de meninas e homens pretos, e era, por exemplo, o motivo de os surinameses do petróleo procurarem suas esposas no próprio país.

A escolha continuava insatisfatória: virgens negras, bonitas, e jovens de pele mais clara que tentavam adquirir status e dinheiro por meio de um homem negro, ou meninas que se orgulhavam de seus traços orientais e perseguiam um marido com muito dinheiro — de preferência não ganho com um trabalho diário — para fortalecer o mito do pai rico chinês. As brancas, de qualquer forma, continuavam fora do alcance dos nativos.

Eu não era nem virgem nem tinha pele clara, e meu pai não nasceu virado para a lua. Mesmo assim, por causa de uma aspiração similar, eu me sentia ligada ao último grupo, pois com pouco dinheiro a vida não é nada prática. Isso eu já tinha descoberto, sentada sob a tripeça, olhando para o meu pai, que devorava a comida a que tinha direito, rindo das minhas irmãs, que não conseguiam andar com os sapatos de puta, altos e apertados, que minha mãe havia comprado por alguns trocados na Leeuw--Pleeuw. Eu iria me casar, e me elevar acima de tudo que fosse mundano, com um cavaleiro negro de uma ilha azul, vestido com um terno hollywoodiano, com câmeras e dólares.

"Quem se casaria com uma mulher que foge do trabalho doméstico, que jamais trabalhará duro, que precisa de alguém que cuide dela, que gosta de crianças, mas não quer gerá-las, que tem medo de nudez e do escuro?", matraqueei em tom de oração depois da persistência obstinada de Louis.

"Eu, se você for a mulher", ele respondeu, decidido.

"Então você só precisa da aprovação dos meus pais, querido!", eu o confortei, rindo comigo mesma.

Orgulhosa e vestida de maneira provocante, com um vestido plissado azul-celeste, levei Louis comigo para casa, todo distinto, de branco.

Domingo à tarde, a hora da consolação. O único momento da semana em que a instabilidade que costumava tornar a atmosfera melancólica parecia se dissipar em uma tranquilidade monótona, serena. Não sei se por causa dos vasos grandes de cobre cheios de flores que brilhavam nos dois lados da sala ou se pela habilidade imperturbável com que meu pai juntava o tabaco no papelzinho fino e o levava aos lábios enquanto olhava pela porta aberta com um riso intrínseco nas maçãs salientes do rosto.

Domingo depois da igreja: mamãe num quimono, um chinelo lindo envolvendo seus pés, deslizando muito suavemente diante de utensílios de cobre luxuosos e brilhantes e de roupas rendadas, o cabelo fino e rebelde esticado para trás com água e vaselina, mexendo e remexendo na cesta de retalhos, sentada na outra poltrona com as mãos no colo, as costas arqueadas e os pensamentos pululando muito longe dali.

Louis estava confuso. Eu já tinha entrado com ele, mas nenhum dos dois se mexia. Ficamos esperando. Finalmente meu pai tossiu, como sinal de sua receptividade. Seguiu-se uma apresentação turbulenta e uma animada conversa sobre desemprego aqui e acolá. Minha mãe o examinou de lado. Pude abraçá-la quando ela se levantou para preparar um chá.

Depois de mais de duas horas, começou a escurecer. As rãs na cisterna ditavam o fim do dia e da conversa com seu coaxar.

Meu pai ficou silencioso, quase carrancudo. Depois de um longo silêncio ele se levantou, desculpando-se entredentes. Para sua mulher, pelo visto, esse foi o sinal para ela puxar ruidosamente o mosquiteiro diante das janelas. Louis saiu quase sem se despedir. Sua proposta pesava em sua cabeça, que pendia em direção ao chão.

A imagem de Louis — olhos abertos, boca esfomeada, sobrancelhas crespas que se encontravam num vinco profundo — me inquietava. Começou na noite de quinta para sexta-feira. Meus companheiros de casa tinham ido atender um cliente doente e talvez voltassem tarde. Me senti aliviada. Finalmente sozinha, embora eles formassem o casal mais silencioso que eu conhecia. Eles se entendiam com pouco mais que olhares e gestos, viviam como num só pensamento. Passei a gostar do cheiro de couro e cola, do ronco da máquina de costura e do monte de sapatos gastos cheios de personalidade, das longas coxas enlaçando a bigorna, dos pregos invisíveis entre os dedos com os quais ele trabalhava, e dela, que numa cadeira reta esfregava o couro até ficar macio e polia os sapatos desgastados até brilharem ou pintava novos modelos com a cor dourada, que estava em voga. Até o sorriso depressivo de Emely depois da missa de sexta-feira, celebrada pelo descanso eterno de Peetje, também me dava, admiravelmente, a segurança necessária.

Depois de uma hora devaneando, me senti suficientemente livre para fazer o que nunca tinha feito: me exibir para a vizinhança. Acenei com a cabeça para as pessoas na calçada, que haviam trocado seus quintais pelo panorama renovado da rua, e caminhei tranquilamente até o chinês, que me olhou com curiosidade antes de eu comprar a caixa de lápis de cor que queria dar a um aluno aniversariante. Desinibida, na volta acenei para os bebezinhos que, presos entre as coxas gordas e os pesados seios de suas mães, balbuciavam "dada" para mim. Entrei no quintal de cercas enferrujadas e ri para Akoeba, que rosnou meio desorientado.

De repente me ocorreu: ela ficava aqui, aqui ela apanhava os biro-biros, os cajás e as centenas de maçãs do chão. Era por aqui que ela caminhava com seu *koto* puído, seu nariz de falcão ao vento, farejando o gargalo fresco de cada novo dia para descobrir se seria úmido ou ensolarado. Ali, à sombra da pitombeira, ela admirava seu arbusto de maçã anã, que, como um eterno enlutado, nunca mais floresceu. Seria o vento úmido que passava pelas árvores, o mesmo de anos atrás, minha própria agitação ou a caixa de madeira vazia pregada no tronco da macieira e na qual eu via minha mão remexendo, como num filme em câmera lenta, em busca de banana-ouro, amêndoas, azeitonas, enquanto dedos escuros com veias saltadas me passavam alguma coisa, não me passavam nada, me saudavam, me tocavam...

Tenho saudades da minha mãe. Mamãe com o mingau quente de manhã. Mamãe numa nuvem de fumaça de charuto à noite; enquanto eu tirava a poeira da bateia, herança de um santo, e me perguntava quem teria dado a ela essa modesta paz.

A noite transcorreu nessa espécie de nostalgia. Não admira eu ter entrado em um ligeiro pânico quando bateram na porta insistentemente e com força. Senti que era para mim. Meu peito tremeu, mas eu precisava fazer alguma coisa. Ficar quieta poderia transformar a curiosidade insaciável dos vizinhos em sensacionalismo, então dei uma olhada no espelho e abri a cortina.

"O que a senhora deseja?", perguntei com frieza.

Ela me olhou durante um bom tempo, balançou a cabeça

perplexa e desapareceu com passos curtos, coléricos. Eram dez e quinze.

A mesma mulher voltou à noite. Não estava mais com o vestido florido, e sim com um *koto* de cor branca, sobre o qual drapejava uma blusa enorme. Ela não tinha conseguido pentear o cabelo, que envolvia sua cabeça em tranças reviradas, já meio soltas. Uma cabeleira como uma coroa de espinhos. Primeiro ficou perto da janela, depois próxima à porta da sala. Escutei quando ela bateu em toda a madeira. A mulher estava em toda parte. Fiquei paralisada. Não podia ser uma pessoa. Então ele apareceu de novo. Seu corpo comprido. Pernas como centenas de cipós. Vi quando saiu correndo da névoa que se fundia com a noite. Ele estendeu os braços para mim. Pela primeira vez vi seus olhos, lágrimas vitrificadas.

"Noenka... Noenka..."
Vozes familiares, tamborilar suave na parede externa. Eu estava bem acordada: Emile e Emely. Eles haviam deixado a única chave da casa comigo, então eu teria que abrir a porta quando eles chegassem. Além do mais, eu mesma tinha pedido, porque queria ficar acordada para corrigir alguns trabalhos. Destranquei a porta um tanto atordoada. O ar da noite me fez estremecer.
"Ela está morta", disse Emely, tirando o xale branco dos ombros.

Assim como na primeira noite, eu queria ficar acordada depois do aparecimento da mulher. Cada som me deixava inquieta, cada sombra escondia algo hostil. Passei a noite sentindo vertigens. Estressada e com uma dor de cabeça terrível, lutei para levar adiante meu dia na escola.

Quando me despedi do último aluno e tranquei as portas do armário, vi o quanto meus dedos tremiam. Fui me sentar por um instante, inspirei duas vezes, expirei três, para me tranquilizar e evitar o trânsito voraz daquele horário. De repente me dei conta de um silêncio inabalável na escola. As amendoeiras mostravam-se impassíveis e o balanço de suas folhas, soporífico. A areia solta, levada como uma lembrança fresca nos pés de inúmeras crianças, parecia quente e suficientemente segura para se afundar nela.

Não sei se realmente adormeci, mas, apesar do silêncio, não ouvi quando aquelas pessoas, paradas ao meu lado, chegaram: Louis, a mulher e o diretor da escola.

"Seu marido veio buscá-la", resmungou o diretor, acrescentando, com seu olhar, que eu não devia contar com ele. Permaneci em silêncio, me sentia entorpecida com a profunda paz que inesperadamente havia tomado conta de mim, e deixei os três sozinhos. Ouvi que falavam baixinho e esperei pelo resultado da deliberação. Reconheci as passadas largas do diretor no velho assoalho de madeira do corredor. Não precisei olhar para cima para vê-lo abrir a porta, batê-la com violência e, num movimento firme, saltar em sua bicicleta e ir embora, pedalando com força, com seu topete arrogante balançando ao vento: a borboleta branca escapando do casulo.

Ela começou. Ele continuou. No início eram palavras normais, pronunciadas de maneira suave e sem oferecer perigo, mas que acabaram se tornando o ponto de partida para censuras como arranhões pungentes e acusações como sangue coagulado. Impassível, permiti que me torturassem com sua língua.

Quando sorri, pensando na felicidade dos surdos, eles pararam, irritados por ter que esperar pela inspiração da minha réplica. Eu preferiria ficar em silêncio. Mas os olhos deles arrancaram minhas palavras.

"Eu simplesmente não quero mais ser sua mulher", eu disse, fria, mas bastante tranquila.

"Por mim também nem precisa mais!", ele disse, inflamado.

"Então estamos de acordo", concluí e me preparei para sair, o que fez com que ela e ele se manifestassem de maneira ainda mais vulgar.

Ele era o denunciante. E ela deu a sentença com todo o seu veneno feminino: minha vida, minha existência, acabou se transformando em um quebra-cabeça para o qual ela forneceu as peças que faltavam havia gerações. Suas palavras se gravavam, sangrentas, na minha retina. À medida que ela cavava mais fundo e eu reconhecia a figura no quebra-cabeça, as gotas se transformavam numa mancha estranha de sangue.

"Pare com isso! Faça ela ficar quieta, Louis, essa mulher que eu não conheço!", adverti. Mas em vez de me abraçar e me proteger, ele riu com ar de troça para sua amante e me empurrou para longe. Eu mal conseguia falar, mas consegui dizer: "Me deixe em paz! Você me dá nojo!".

Ele se precipitou sobre mim e me derrubou. Procurei por palavras, por palavrões sujos que dificultassem qualquer intimidade, mas não consegui encontrar nada, porque a repentina pressão de sua virilha tesa (que humilhação, que humilhação!), me fez salivar.

Tentei me levantar e expressar minha dor cuspindo no rosto dele.

Na minha cabeça, minha voz gritava:

Como você pode me bater, preto? Como você pode me ferir tão fundo? Você não sabe que é exatamente aí que está a minha ferida mais dolorida, preto, parte do tumor que já dura gerações? Como você pode ter uma ereção enquanto me bate, preto? Como pode pagar dor com dor? Quero que você seja gentil comigo, preto, um curandeiro para aquele velho tumor.

Não tenho nada a ver com esse atoleiro horrível em que este mundodehomembranco quer te afundar, preto.

Sou uma irmã que também sofre, preto.

Ele me chutou na cara? Meu pai? Era o homem dos meus sonhos, com as pernas em disparada? O ponto vermelho desbotado? Pernas de homem?

Meu Deus! Era ela com seu vestido florido (rosas-tulipas-hibiscos) sobre o qual se agitava a blusa branca. Estava despenteada e menstruada. Corria sangue em suas pernas, pingava no chão, movendo-se como um filete mágico na minha direção. Me arrastei pelo chão como uma possuída. O sangue me perseguia como formigas vermelhas atrás de maçãs muito maduras: meu Deus, como ela sangrava.

Primeiro eles irritaram meus olhos, depois meu ventre e por fim meus pensamentos sangraram por minha cabeça; um buraco vermelho se rasgou para me deixar passar. Eu vi: *uma paisagem verde, tambores e pés batendo, e um horizonte prateado que contorna um sol branco para onde eu deslizo. Luz. Calor. Fogo. Um som como o de um osso humano se quebrando invade meu ouvido.*

Pedi gelo, gelo suficiente para cobrir minha cabeça inteira, saciar a sede, dissipar minha dor. Eles estavam em dois mais uma criança que me olhava boquiaberta e que se aproximou tanto de mim que meu rosto se refletiu em suas íris escuras. Eles a levaram embora, trouxeram cubos de gelo e água, mas a necessidade continuou inalterada. Céus, como minha cabeça doía. Cheia da imagem dele. Eu me levantei e disse, nervosa, que ia embora, para casa, para a casa de mamãe, da minha mãe. Ela já teria compressas quentes prontas. Afastaria os lençóis brancos da cama e poria os pretos por cima. Me envolveria em fraldas de flanela rosada e me abanaria até que eu voltasse à vida, e iria perguntar: O que fizeram com a minha criança? E então eu responderia: *Eles a quebraram para sempre, mãe. Seria a noite do último dia.*

Enquanto areia e sol açoitavam meu rosto, me movimentei em direção a ela. Me senti puxada. Doía perto do meu umbigo. Uma voz no mais profundo do meu ser chorava como uma criança enjeitada. A abóboda celeste me rodeava, azul e católica. Úlceras se abriram. Sábado de Aleluia: a cruz vermelho-pálida com que o Irmão da Boêmia tinha me derrubado. Bíblias novas em folha e missais enrolados por toda parte. A respiração dele, que cheirava ao sangue do seu Cristo: o sacrifício forçado de Vênus. Na manhã de Páscoa ele partiu o pão consagrado de maneira apostólica, e uma dor infernal irrompeu em meu peito quando o vi entregá-lo aos neófitos. Saí desesperada da fila. Ela me colocou ali de novo.

Não passou despercebido a ela que eu havia recusado o corpo dele. À noite, ela se despediu do último convidado e levou os presentes ao meu quarto.

"Por que você está chorando?", eu perguntei, ressentida, enquanto jogava os pacotes ainda fechados no armário.

"Estou com medo."

"Medo? De quê?"

"Que você recuse Deus", ela disse baixinho.

Primeiro fiquei quieta, amuada, mas como ela continuou esperando contei a história toda. Ela contraiu os ombros, cerrou os punhos e ouviu virando o rosto em outra direção. Quando terminei de contar, segurou minha cabeça nas mãos. Firme. Consoladora. Suave. Calorosa. E confidenciou: "Você é a filha que eu queria. Carreguei você com a sensação de que carregava o mundo em mim. Não nove meses, mas trezentos dias e trezentas noites, você cresceu em mim. Te dei tudo o que eu tinha de bom. Eu cuidava de você muito antes de você me conhecer... Desde o instante em que você surgiu em mim, senti meu corpo ficar mais leve, como se estivesse sendo transportado a uma altura sagrada. O calor dos meus pensamentos, o prazer dos meus sonhos, Noenka, você os conectou no meu ventre. Você nasceu e meu útero morreu. Nunca mais fiquei menstruada".

"Por isso você está chorando", eu disse, para conter minha emoção. Ela fez que não com a cabeça.

"Você é um presente sem fim. Minha raspa de tacho. Raspa de tacho. Sonhei que flutuava nua pelo ar. Estava escuro e frio. De repente aquilo se apossou de mim. Me acariciou com uma profusão de línguas. Um calor cortante que penetrou até os dedos dos pés. Era novo para mim, irreal. Por isso digo que aquilo é o avesso da dor, da dor do parto."

Ela se calou, a boca impassível. Sons e cores me preenchiam. Queria fazer amor com ela de uma maneira não incestuosa.

"A verdade", ela continuou, distraída, ajudando-me a tirar o vestido, "é que seu pai me fecundou naquela noite, enquanto eu dormia. Durante nove anos ele não tinha encostado nem um dedo em mim."

Me senti constrangida com tanta intimidade, mas ela sorriu para mim e olhou as linhas da minha mão.

"Você é a criança que eu recebi sem relutância. Tinham me ensinado que Deus despreza a vida sexual das pessoas. Eu achava seu pai nojento. É, nojento! Nunca mais vou me livrar dessa sensação, filha, mas você não pode viver com ela. Você tem que saber disto: uma alma que quer se tornar uma só carne com outra alma é o presente mais maravilhoso que o Criador nos deu. Deus é Amor e Amor se tornará carne para estar entre os homens. Noenka, seja grata se puder amar alguém com seu corpo. Feliz e grata. Nunca triste e amedrontada."

Ela passou o botão do alto pela laçada e alisou as pregas da minha camisola.

"Promete que nunca mais vai recusar o Corpo de Cristo?"

"O diácono de vocês é um estuprador", articulei com dificuldade.

Ela foi em direção à porta. "Promete que nunca mais vai recusar o Corpo de Cristo?"

"Não se pode beber o amor em qualquer cálice, mamãe."

"Não, não. Nunca. Eu rezo para que você encontre a felicidade no amor carnal. Eu sempre me senti terrivelmente humilhada."

"Mas você amava o meu pai?", gritei. A porta bateu. Fui deixada em absoluta confusão.

Caminhei pelo quarto com uma insatisfação desconcertante, um desejo incompreensível que se manifestava numa fome física por proteção e consolo. Onde estava o corpo que poderia me cobrir por inteiro? Perdi assim meu calor no vazio. No ano seguinte eu me casaria com Louis. Mas eu não o desejava. Eu o amava como a um irmão. Com todas as reservas e o medo de ser puxada por ele para alguma coisa que eu tentava superar com todas as forças, as limitações de ser mulher, de ser preta e de recursos materiais.

Queria levar minha vida de peito aberto. Eu viveria essa vida mesmo que não houvesse ninguém para cuidar das minhas feridas. Não deixaria ninguém se lançar sobre mim a qualquer hora do dia e da noite. Cuidaria do meu corpo. Como os sacerdotes cuidam do seu templo. E se eu concedesse acesso a ele, seria apenas para que me trouxesse oferendas. Mirra, Incenso, Ouro. Principalmente Ouro. Todas as formas de ouro. De preferência copularia com ele no alto de uma montanha, em pleno domingo: céu azul, sol dourado e espaço infinito. Eu lhe daria seu próprio sêmen para beber, para que ele não perdesse partes de si mesmo em mim. Nada de renascimento. Nada de confirmação de Algo que não é Nada. Ele recebeu uma mulher concebida num sonho, que quer viver num sonho e que morrerá num sonho. Foi dele o privilégio de galgar um sonho. Se ao menos ele fosse suave, suave, suave, porque um sonho explode com a dor.

Me assustei: eu estava me masturbando. Isso era novidade. O que deu em mim? Corri para o banheiro e expulsei o êxtase do meu corpo com água fria.

No cemitério, parei junto a um velho que capinava o caminho. Ele me olhou com estranheza. Eu não estava usando traje de luto, pior, devia estar horrível, com o rosto inchado e a saia suja. Constatei no reflexo de um balde d'água no qual lavei o rosto e as mãos. As manchas de sangue só percebi ao me sentar numa lápide com a inscrição DESCANSE EM PAZ AMADO PAI, quando na verdade eu precisava era de uma mãe. Me desloquei em movimentos arrastados até um trecho de azulejos verde-claros com uma cruz da mesma cor e um maço de flores com botões vermelho-violeta e espaço suficiente para todo o meu corpo. Me estendi ali. Por que não fui para casa? Porque não queria mostrar minhas feridas àqueles de quem eu era carne, exceto minha mãe. Ela as lamberia e as refrescaria sem estremecer. O resto ela queimaria com olhos como sóis.

Minha grande graça, Noenka! Onde você estava, Noenka? Quem fez isso, Noenka? Cante, Noenka. Dance, Noenka. Ria, Noenka. Por que você está calada, Noenka... É a bunda dela que atrai os homens. Suas pernas. Seus quadris. Seu rosto, tão insultuosamente bonito, é o que afasta as mulheres. Seus olhos. Sua boca. Eles me desprezam lisonjeando minha vaidade e ao mesmo tempo me enchendo de vergonha. Além disso, só me restou uma timidez neurótica, a vergonha a cada olhar masculino e a hostilidade colossal de uma porção de mulheres. E isso me magoou, porque tudo que eu queria era ser confortada pelo amor.

A água está preta no centro. Caminho por onde ela é marrom. A mata ao redor é alta e verde. Tudo quieto. Acima de mim, um buraco iridescente oferece a única saída. Estou nua assim como a outra no meio, de costas largas e cintura estreita. Me deixe ficar com você! Me estenda as mãos. Me leve! Gritam todas as minhas bocas. As costas não se mexem. A cabeça não se vira. Entre nós reina a água. Eu não consigo nadar. Minhas costas estão cansadas. As raízes soltam meus pés. A outra continua esperando. Lá onde é fundo. Então solto o corpo. Não importa! Não importa! A água faz um ruído melodioso. Antes de não ver mais nada, reconheço a outra, pois ela se vira:

Noenka da testa larga.
A dos olhos brilhantes.
A criança com o silêncio na boca.
A mulher com o desejo afogado.
Eu sem estender a mão pra mim.

O velho bate a areia de sua calça fazendo barulho. Não olha para mim enquanto fala.

"É melhor você ir embora, senhorita. Eu mesmo estou indo para casa, como você vê."

Eu vejo: o crepúsculo surge sobre nós. O dia sangra no oeste. Os túmulos apresentam silhuetas nítidas. Eles ganham vida, parecem maiores e mais dignos do que na claridade. O homem continua parado.

"Estou cansada e com dor", digo.

"Sabe, é perigoso aqui."

Essa névoa escura que nos rodeia, que nos perpassa oferecendo sossego ao que está cansado, não pode apresentar nenhum perigo. Portanto balanço a cabeça.

"Cobras, veja bem."

Dou um pulo, como se tivesse sido mordida.

"Cobras?", pergunto.

Ele me encara. Seus olhos são brilhantes, como se ele não fosse velho, grisalho e decrépito.

"Veja, elas buscam o frescor das lápides."

Areia, areia sobre mim quando eu morrer, penso.

"O senhor também tem medo?"

"Não... elas sabem que eu as deixo em paz."

"A gente tem que matar as cobras quando elas aparecem", eu grito.

Ele titubeia. "Sabe, quem está diariamente com os mortos adquire grande respeito pela vida."

Sabedoria simplória, penso, pois Jeová já não falava sobre esmagar a cabeça de toda serpente?

"Quero ir embora, meu senhor. O senhor poderia me acompanhar?", peço. No portão, ele acende a luz, sorrindo.

"A senhorita tem família enterrada aqui?"

"Não sei."

"Algum amigo?"

"Não... nada... ninguém!", digo com aspereza.
"A senhorita é corajosa. Dormiu no túmulo de um estranho. A senhorita não tem medo da morte, sabe?" Sinto vontade de dar um suspiro, mas me contenho.
"Vá para os vivos, senhorita. Quem não tem medo da morte também não precisa ter medo da vida."
Seus olhos se arregalam enquanto ele fala, seus lábios parecem ensanguentados, sua voz tem força. Ele pegou minha bicicleta, me entregou, disse boa-noite e se afastou.

Minha mãe está sentada na minha cama. Nem preciso abrir os olhos. Sinto jasmim e pó de arroz ao meu redor. Minha barriga está quentinha. Só meus pensamentos doem. É como se passassem por um ralador. Mais uma vez, vestígios de sangue em minha retina. Falo como se nunca mais fosse ter a palavra.

"Mamãe lembra quando o professor me bateu eu tinha nove anos minhas mãos ficaram inchadas apanhei quarenta vezes com a régua porque não tinha levado o dinheiro dos trabalhos manuais de novo e eu não queria que a professora de trabalhos manuais pagasse pra mim você se lembra quando papai ficou sabendo seus olhos ficaram brancos como pitomba ele olhou para as minhas mãos e chorou mamãe ele disse que ia matar o professor com seu facão e que ele nunca mais voltaria para casa sem dinheiro ele abraçou nós duas mamãe você se lembra eu também o amo me perdoe mas eu o amo demais quando ele nos abraçou pensei deus deu vocês pra mim mas enquanto estávamos tão juntos uns dos outros você disse alguma coisa e ele nos soltou e eu fiquei molhada o que você disse mamãe o que você disse o que você disse para o meu pai você sabe que ele é meu pai e você não pode tirar ele de mim porque ele também me ama tinha quermesse na cidade nós tínhamos acabado de voltar de Nickerie daquela casa em que aquele homem tinha enchido o útero da sua mulher com arroz com casca diziam que ele a tinha assassinado porque ela amava um outro eu sentia medo na casa eu ouvi um choro tive febre fraca e ele discutiu com sua chefe até que ela o mandou de volta para a cidade no primeiro dia ele me levou junto para a quermesse vocês abriram as caixas na casa nova fazia muito barulho eu fiquei enjoada de todas aquelas bundas e barrigas empurradas na minha cara segurei a mão dele com força comi o algodão-doce deixei ele comer um pouquinho aquela tarde de abril foi suave e amorosa era a primeira vez que a gente saía sozinho juntos então eu vi a roda-gigante achei encantadora queria subir lá no alto você sabe mamãe que eu gosto do céu de nuvens e de estrelas do sol da lua você sabe ele ficou com medo seus olhos quase saltaram das órbitas ele queria comprar tudo pra mim desde que eu não fosse ele até falou o seu nome mas eu fui teimosa fiquei olhando para a roda-gigante então ele me levou sussurrou que eu tinha que ficar quietinha e que ele ia junto eu disse que queria ir sozinha comecei a chorar ele cedeu a roda girou comigo eu experimentei uma ascensão ao céu minha alma dava gritos de alegria ele ficou entre as pessoas no chão ele me segurava com seus olhos a roda rangeu mais alto de perto ouvi um monte de vozes e não vi nada além de luzinhas coloridas e madeira rachando eu não tive medo eu reconheci seu grito noenka espere estou indo até você espere estou indo até você não sei como mas ele me tirou dali um emaranhado de pessoas ele gaguejava de medo ele me ergueu e me tirou da quermesse e ficou dizendo: *Eles nunca me escutam os meus filhos eles me ignoram eles não me amam os meus filhos eles não precisam de mim a culpa é sua mãe sua culpa me desculpe me abrace diga que me ama mas a culpa é sua porque você faz isso com eles mãe onde você está mamãe..."*

Emely pôs a mão na minha testa. Fresca e carinhosa. Eu pus a minha mão em cima e, como se jogássemos *pingi-pingi--kasi*, ela pôs a outra mão por cima. E sussurrou: "Mandei buscar a sua mãe".

Mamãe me cercou de cuidados. Todos os seus sentidos estavam concentrados em mim. Eu ainda não tinha encontrado meu pai. Quando ele estava em casa, eu ficava no meu quarto e por algum motivo ele não entrava. Eu achava bom assim. Meus dois irmãos me olharam de forma estranha por dias e voltaram para suas esposas e seus filhos sem dizer uma palavra. O mais velho me trazia toda tarde latinhas geladas de achocolatado e esperava até que eu bebesse pelo menos duas.

Minha irmã, com quem eu dividia o quarto, quase nunca estava em casa. Ela trabalhava em horários irregulares no escritório de radiotelefonia, ia todo dia para o curso de supranumerária, tinha amigas íntimas e saía com um homem que morava sozinho. Os raros momentos em que nossos olhares se cruzavam, de manhãzinha, às cinco e meia, eram insuficientes para expressar emoções. Ela se vestia em silêncio, rápida, e saía do quarto numa nuvem fresca de perfume alemão.

Cecília, a enfermeira, casada com um viúvo cheio de filhos, estava ocupada demais — entre outras coisas, com sua primeira gravidez — para realmente me dar atenção.

De qualquer modo, em poucos dias já não se via nada em mim que remetesse ao meu drama e eu mal me lembrava da dor. Só meus olhos estavam escuros e minhas saias largas demais, e quando eu cantava, uma pedra em meu peito quebrava a canção em pedaços.

Na quinta-feira de manhã, quando eu ia ao banheiro, ele de repente apareceu na minha frente. Levei o maior susto e me senti pega em flagrante. Ele me olhou com um silêncio úmido nos olhos. Seu rosto se contraiu de maneira estranha. Seus lábios grossos começaram a tremer. Baixei os olhos, com vergonha. Por que ele não me punia? Por que não me dava um tapa no lado esquerdo do rosto? No direito? Ele saiu batendo o pé e gemendo como uma coruja. Impulsiva, corri atrás dele. Um pouco antes de ele fechar a porta do quarto, supliquei: "Papai... papai?".

Ele se virou para mim. Os olhos saltados de raiva. Depois de intermináveis segundos, seus lábios contraídos relaxaram. Seu nariz ganhou vida. Bafejou como um felino agressivo: "Não me faça amaldiçoar você! Não me faça amaldiçoar você, minha filha!".

Balancei a cabeça, engoli um monte de justificativas e desabei soluçando em frente à porta fechada.

Minha filha, ele suspirou numa véspera de Ano-Novo, enquanto todos estavam lá fora e eu ao lado de sua cama, porque ele estava com febre. Seus olhos se abriam, pequenos, e sua pele estava oleosa de umidade. Seus lábios eram grossos demais para sua boca e se juntavam num franzido. Me sentei no banquinho ao pé da cama com os jornais que tinha lido para ele a tarde toda. Na rua, soltavam fogos de artifício: barulhentos e vazios, como suspiros acumulados de almas que explodiam.

"Diga para a sua mãe que os meninos têm que voltar para casa à meia-noite."

Fiz que sim com a cabeça, fui e voltei com um chá de limão quentinho.

Seus lábios grudaram na caneca, sorvendo.

Fiquei ali, de pernas cruzadas, quinze anos de idade, entre pilhas de material impresso. Assim como ele, eu lia tudo que me caía nas mãos: romances históricos, guias das Índias Ocidentais, livros didáticos e todos os jornais possíveis. A última coisa que eu tinha lido naquele dia foram as congratulações poéticas e os agradecimentos de empresários e famílias de posse. Nós dois rimos do poemeto do fabricante de caixões.

Até o ano velho está sepultado em um caixão sustentável do comparte Alex. Com boas esperanças para o ano-novo, deixamos que o ano velho passe como referência.

"Seus irmãos estão chamando, vai lá!", ele disse, me encorajando, quando começaram a gritar muito por mim.

"Eles sabem que eu tenho medo dos fogos. Não vou."

"Humm." Ele olhou para mim, me analisando.

"O senhor também soltava fogos antigamente?", perguntei, buscando solidariedade.

"Claro que não. Não sou nenhum chinês. Não adoto costumes inúteis de outras culturas. Ainda mais se eles me deixarem mais pobre e outras pessoas mais ricas."

"Humm."

Eu escutava a selvageria lá fora e sentia o cheiro de pólvora misturado com o do linho novo das cortinas, o odor das paredes, do carpete; meus pensamentos vagaram para o meu vestido branco, novinho, depois para o coro da igreja no Ano-Novo. Eu iria cantar pela primeira vez!

"Quantos anos você já tem?"

Levei um susto. A voz dele tinha soado estranha.

"Quase dezesseis. Por quê?"

Nos olhamos por um longo tempo antes de ele começar: "Eu já tinha dezesseis anos quando aconteceu. Não era tão criança como você. Na fazenda as crianças amadurecem rápido. Não, você não é jovem demais para saber. Finalmente quero contar", ele murmurou.

Senti que algo iria acontecer entre nós. Ele pôs a mão na

minha cabeça, mas tossiu algumas vezes antes de começar. Olhei para o meu pai com olhos maduros e tive a sensação de receber uma bênção. "Era véspera de Ano-Novo. Silenciosa. Não barulhenta como agora. Nós não espantávamos os deuses com estouros. Nós os chamávamos com cantos e aromas fortes de comida e bebida. A lua pairava sobre o Pará. Fazia um ano que eu estava fora, fiquei encantado com a atmosfera. Paz. Tranquilidade. Eu precisava daquilo, porque estava chocado com o que tinha acontecido diante dos meus olhos na Savana Judaica: a forma como fuzileiros navais brancos atacaram os chamados prisioneiros de guerra indonésios como se fossem animais. Como soldado do KNIL,* fiquei lá com minha metralhadora Tommy, fazendo vigia junto daquele arame farpado horrível. Eram caras legais, os indonésios. Nós compartilhávamos nosso tabaco com eles. Chamávamos todos de japa. Mas, porque uma vez se recusaram a violar sepulturas para desenterrar joias de judeus, foram torturados diante dos meus olhos. Inimaginável. Mais tarde, dois deles foram fuzilados no Forte Zeelandia. Minha filha, nunca confie em uma pessoa branca; eles odeiam todos os de cor e falsificaram a história, juro para você. Mas, bem, eles ficaram surpresos por eu finalmente estar ali e poder respirar de novo o cheiro da minha existência: suor, comida, rios, plantas, areia. Fui dar um passeio para me acalmar por dentro. Meu pai tinha me dado seu relógio de bolso. Ele nunca se separava dele. Mas quis ter certeza de que eu voltaria antes da meia-noite. Ah, filha, o Pará é lindo. Não bonito, mas lindo. Groot-Novar dizia que se ele tivesse sido poeta, teria passado a vida escrevendo versos para cantar a beleza daquele mundo.

* Em holandês, Koninklijk Nederlands Indisch Leger, o Exército Real das Índias Ocidentais. (N. T.)

"Ó lindo, lindo Overtoom com o luar dourado em suas árvores e gotas de orvalho em sua pele. Abrace-me, doce noite tropical."
"Verso após verso o *bakra* continuou, e todos escutavam. Ouvi meu pai dizer a primeira quadra muitas vezes. Até gravei em sua lápide, com letra de mão, claro, porque Groot-Novar tinha razão, filha: o Pará é lindo. Gosto da vida na cidade, mas nunca esqueci o Pará. As matas sempre de um verde fresco, brilhante. Nunca assustadoras como a vida aqui. A gente pode caminhar por horas sem ver nenhum sinal de vida fora as plantas. As plantas são fortes, minha filha. Apaixonantes. Vulneráveis. Fatais. Em uma das minhas caminhadas, descobri uma moenda de cana-de-açúcar. Enormes panelas de ferro. Restos de prensas queimadas, e como o verde havia tomado conta de tudo. Inimaginável. Cruzei com cervos que ficaram paralisados quando me viram e com manadas de javalis das quais tive que fugir. Filha, a água do Pará é preta e límpida como as pessoas de lá e abundante de vida."

Ele não parava. Tanto romantismo retórico vindo de uma boca tão altiva me surpreendeu. Me enchi novamente de respeito e amor por aquele homem. Mas seu rosto envelheceu, envelheceu muito quando ele continuou: "Tudo mudou, minha filha, tudo. Eu caminhava à toa naquela noite. Estava impressionado com a nossa casa branca que parecia um castelo ao luar. E, enquanto pensava em Groot-Novar, na escravidão, na impotência do homem, ouvi um som estranho: um urro estranho, mas humano, urgente e desamparado. Sem pensar duas vezes, corri em direção ao som. Lembro como se fosse ontem. Filha, que você nunca precise ver nada assim: uma cobra estava matando uma criança, sufocando, esmagando, estrangulando. Ouvi os ossos quebrando e os urros no meio da mata. Olhei petrificado. A cobra se ergueu até quase dois metros; brilhava como ouro, arquejava pesadamente, respirava como um homem cansado...

Quando não ouvi nem vi mais a criança, saí da minha paralisia. Um pânico tomou conta de mim. Transtornado, corri para casa e matei as duas jiboias na frente da minha família. O sangue espirrou como fogos de artifício por toda a sala. Eu estava encharcado. Um fedor horrível se alastrou pela casa. Meu pai ficou fora de si de raiva. De medo, compreendi mais tarde. E me ordenou que eu fizesse qualquer coisa para reverter tudo aquilo. Mas até hoje não sei o que ele quis dizer com isso. Eu nem sequer tinha condições de arrumar toda a desordem. Então ele me expulsou de casa, da família, da nossa linhagem".

De repente meu pai parou de falar. Eu tremi. Fiquei com medo. Ele também tremeu, se levantou, se deitou, se levantou, se deitou de novo.

"Eles pensam que a criança se afogou. Ninguém além de mim sabe a verdade. É a primeira vez na vida que conto isso a alguém."

Ele pôs a mão em meu braço. "Minha família nunca me perdoou. No Pará, eles preferem me ver partir do que chegar; eles tinham razão. Foi uma desgraça atrás da outra. Um padre morreu. Meu pai teve uma doença incurável. Duas irmãs ficaram loucas. Eu fugi para a cidade e me enterrei no trabalho. Desde então tenho medo de tudo que rasteja e fico doente nas noites de Ano-Novo. Me sinto muito fraco e culpado. Não sei..."

Lá fora os fogos de artifício tornaram-se mais efusivos. Ouvi minha mãe chamando os filhos e as filhas para dentro. Foi difícil para mim deixá-lo sozinho e me esquivar do seu medo.

"Venha rezar comigo", sugeri.

Ele fez que não com a cabeça. Minha mãe chamou de novo. Eu me levantei, levando comigo um rosto velho, assustado e úmido para o altar de casa.

À tarde alguns alunos vieram, trazendo flores e um bilhete do diretor. Era para eu me apresentar à inspetoria da escola no sábado de manhã. Achei que as crianças não pareciam espontâneas, certamente contaminadas pelo falatório implacável. Eu as despachei com biscoitinhos e minha versão da história. A verdade simplificada. Quando forem mais velhos, compreenderão melhor: uma mulher às vezes tem que deixar um homem com quem é casada. Deve. Deve. Se ficar, cometerá um pecado maior. Eles assentiram sabiamente.

"E o presente da senhora? O despertador de prata que nós demos?"

"Eu vou buscar", prometi.

Eles foram embora quando o sol poente enrubescia o oeste. A noite chegou e senti que tinha sido a última vez que alunos daquela escola me visitavam.

O inspetor foi breve: mulheres casadas que deixam seu marido e causam todo tipo de sensacionalismo não podem trabalhar em nossas escolas cristãs. Ou eu voltava para o meu marido, ou pedia demissão em trinta dias.

Assim como o religioso que havia tentado me impor seu próprio corpo, ele era quase careca e tinha sardas no rosto pálido.

"Não acho justo. Meu marido não é normal!", reclamei.

"Como assim?"

"Não posso dizer."

"Em todo caso, você deveria saber disso antes de se casar."

"Nós queríamos um casamento cristão."

O inspetor se levantou e ficou vermelho como fogo.

"A senhora não era virgem quando se casou, seu marido contou."

"Ele sabia disso antes de nos casarmos", eu disse, seca.

"A senhora tem duas alternativas", ele disse, querendo abreviar a conversa.

Ponderei, a aparência dele me trazia muitas lembranças, fiz que não com a cabeça.

"Vou pedir demissão."

Seu queixo afundou até o peito. Saí da sala combativa. Na rua, deixei minhas lágrimas correrem, livres.

Minha mãe ficou transtornada de indignação. Como é que aquele católico apóstata tinha tido a audácia de me colocar diante de uma escolha dessa? Meus irmãos, ambos envolvidos com a coleta de dinheiro na Grote Stadskerk,* foram chamados. Eles prometeram discutir o caso com alguns membros do conselho da Igreja. Eu sabia que não havia chance de a decisão ser revista. Os inspetores eram brancos, os pastores eram brancos, o conselho da Igreja era branco e o pequeno número de não brancos que fazia parte da cúpula da Irmandade Evangélica não estaria inclinado a se posicionar de maneira diferente da de seus colegas brancos. Viva o ideal de humildade da irmandade...

No fim, o silêncio foi imposto a meus irmãos, enquanto minha mãe era mandada de lá para cá. As solas de seu sapato arrebentavam sob o sol escaldante. Seu desprezo pela congregação aumentava dia após dia. Não havia sido ela a deixar sua Igreja original para viver uma vida conjugal coerente a serviço da apostasia deles?

Certa manhã, ela disse com voz suave que iria uma última vez ao todo-poderoso, o presidente. Se ele não quisesse intervir, ela se voltaria para sempre contra a sua congregação.

---

* Igreja dos Irmãos Morávios (também conhecidos como Irmãos Boêmios) em Paramaribo. (N. T.)

"Eles podem muito bem ficar sem os seus doces", gritei, mas por sorte ela não escutou.

Horas depois, ela voltou para casa. Lábios amargurados. Mal se ouvia sua voz por causa da rouquidão. Executou suas tarefas cotidianas com uma pressa nervosa. Escutei-a se esgueirando pelo quintal. Escutei-a suspirar e suas reclamações entredentes. Nenhuma canção saía de sua boca. Percebi tudo isso dos espaços insondáveis onde eu espiava. Uma satisfação incontestável. Um estupor que me empurrava para trás e me fazia partilhar experiências esquecidas: um formigamento radiante, jorrando de dentro para fora.

Eu estava brincando de novo, protegida das dores do mundo, em torno das pernas de minha mãe, sempre atarefada. Era uma casa de madeira antiquada na rua Stoelman. Muitas vigas pretas em seu interior, portas divertidas de vaivém, uma escada estreita que se retorcia do térreo até os quartos no andar de cima. Lá fora, um quintal estreito e fundo que retinha a areia branca num mar de luz do sol. Fazia um silêncio bom quando os outros estavam na escola e ela reservava um tempo para estar só comigo. Embora estivesse acordada e ficasse ouvindo até todos os sons cessarem, eu fechava os olhos quando ela vinha me buscar. Primeiro ela me chamava com nomes carinhosos, interrompendo a canção ao seu pastor, depois ia me tirar da cama com um abraço. Ela me ensinou uma oração matinal católica. Me ensinou a ficar de joelhos, mãos cruzadas, levantando a cabeça para rezar o pai-nosso. Íamos ao banheiro de mãos dadas. Uma bacia esmaltada branca era a minha banheirinha. Eu gargalhava com a água fria que corria pelas minhas costas junto com os dedos dela. Deixava que ela me enxugasse e me polvilhasse de branco. Eu emitia sons como uma diva satisfeita quando ela penteava meu cabelo com mão firme. O café da manhã: puroleite. Terno-como-mãe. Suave-como-mel, maduro-como-a-terra. Meu Deus, como eu me embriagava com seu amor.

Me levanto e vou até a cozinha, onde o sol brilha, ofuscante. Ela está mexendo na mesma banheirinha branca. Em cima da pia: flores sem haste e frascos de 4711 da minha irmã.

Depois de anos, estou nua diante dela no crepúsculo. Aparentemente, para ela meu corpo não mudou. Desliza o olhar pelos meus contornos sem constrangimento. Queria pôr as mãos dela na minha cintura, recostar minha testa na dela. Eu entendo: ela vai tentar modificar o curso das coisas. Faço um sinal de incentivo com a cabeça. Ela tosse. Pego sua mão e a levo até a água. Ela chora.

"Até onde posso ir na minha condição de mãe, estou com você, Noenka. Lá fora quem rege é Anana,* a Primeira Mãe. Mas você não está bem. Por isso este banho com água, como sinal da Aliança que nosso Criador fez conosco. *Água suporta tudo. Água supera tudo. Água limpa tudo. Água sabe tudo. Água é todo-sabor. Água é toda-forma. Água é toda-cor. Água é todo-odor. Água como a glória do Deus vivo em nós e à nossa volta. Água como a água em que eu te carreguei, com flores pela felicidade que você me trouxe e perfume como oferenda à Primeira Mãe. Venha, deixe-me lavar seu rosto, Noenka, para que o Criador veja você e te faça caminhar em Sua luz.*"

Com a mão em concha, ela pega água e lava meu rosto. Sen-

---

* Divindade do panteão winti, religião afro-surinamesa. (N. T.)

sação agradável, reconfortante. Embora eu não compreenda que efeito sobrenatural a água, pétalas de rosa esmagadas, flores pálidas de jasmim e gotas de perfume podem ter, fico parada, serena, e deixo que o líquido sagrado escorra sobre mim. Não me incomoda que meu cabelo alisado fique encharcado. Mal escuto o canto murmurado dela. Mergulho em seus dedos como no líquido em que ela me carregou. Rio dos pedacinhos de flor que enroscam nos meus pentelhos.

Quando volto a andar pelo quarto, seca e alegre, ela me expõe seu plano para mim. Pedir demissão do serviço da irmandade. Procurar emprego em uma escola pública. Aos poucos, mas, com certeza, me tornar católica.

Não protesto, embora eu saiba que o último, por convicção, jamais acontecerá. A brancura daquela igreja me causava aversão. Para ela também estava decidido: nunca mais poria os pés na igreja dos escravos.

Então de repente: "Seu casamento, o que você pretende fazer a respeito?".

Demorei um pouco para entender do que ela falava. O sim no cartório e no religioso. As assinaturas. Meu novo nome. Eu havia deixado tudo isso de lado. O que ela queria saber? Eu não fazia ideia de que Louis ia todos os dias se lamentar com ela, que esses encontros não duravam mais que cinco minutos e que tinha sido deixado claro para ele que Noenka não o queria mais. Ninguém havia me contado que a enfermeira cuspiu nele quando o encontrou, que a telefonista se negou a falar com ele. Como eu podia saber que meus irmãos já tinham tirado todas as minhas coisas da casa dele?

Arranquei a aliança do dedo — era a primeira vez que ela me incomodava —, fui ao banheiro, joguei-a no vaso, dei descarga e gritei para que minhas emoções encobrissem o som da água sob pressão: "Meu casamento acabou! Fim!".

Ela me seguia de perto. Banheiro. Cozinha. Quarto. Sala.

"Por quê, Noenka?"

Eu queria dar uma resposta chocante, mas reconsiderei. Aliás, antes que eu pudesse responder, ela deixou claro que queria saber a verdade ou então nada. Verdade? Eu não conseguia nem entender o motivo da minha partida, só me lembrava do cheiro odioso do meu sangue.

"Você nunca mais deve me dar fígado para comer", retruquei de supetão.

"Se você não quiser mais...", ela disse assustada.

"Nem carne, por favor..."

Ela continuou balançando a cabeça, concordando, e fiquei realmente aliviada quando desapareci de seu campo de visão.

À noite ela veio ficar do lado da minha cama, retorcendo as mãos, pronta para me sondar de novo.

"Você está menstruada, Noenka?", ela começou, de leve.

"Isso também", respondi com firmeza, "mas simplesmente não quero comer nada que sangre."

Vi como ela refletia, procurando diligentemente por conexões, mas talvez achando que suas perguntas seriam ousadas demais naquele momento.

"Você não gosta nem um pouco de ovos. Fica difícil", ela desconversou.

"Você é bem criativa, mamãe", respondi com voz arrastada.

"Ainda assim me pergunto se você é corajosa ou se é sensata..."

Soou retórico; não respondi, mas pedi leite quente e apaguei a luz.

Emely e Emile também vieram se despedir. Ela me deu um pacotinho: um anel de Peetje de ouro bruto. Mole e um pouco fosco, com uma inscrição desgastada. Pus no meu dedo vazio. Ao mesmo tempo, Emile pôs um pacote grande na minha mão, e foi como se ele tivesse embrulhado o cheiro de couro e cola lá dentro: um chinelo marrom-escuro. Abracei os dois juntos, um abraço longo e forte.

"Quando eu vier de férias, trago tamoatá para vocês. Vou pedir para a minha mãe cozinhar *peprewatra** para vocês, como Peetje fazia." Todos sorrimos, sem sucumbir à emoção. Então ela me abraçou de novo e tive dificuldade em simular alegria. Vi o baú preto na varanda, à espera de vagar comigo para longe de casa.

Minha mãe não escondia seus sentimentos. Seu rosto estava contraído e triste. Não tinha mais dormido desde que soube que eu iria para o interior. Tentou me segurar em casa; sem trabalho, se preciso. Mas junto com o novo e simpático inspetor, uma figura paternal, consegui convencê-la de que seria melhor eu ir. Ficar longe da cidade em que os mexericos sujavam meu caminho como uma chuva de lama. Longe das mulheres que me encorajavam com acenos de cabeça, mas que me evitavam de maneira arrogante quando os maridos e filhos estavam por perto. Eu estava feliz por conseguir superar o coma no qual vivia. Lá, na foz do rio, na cidadezinha que eu me lembrava como um reduto de mosquitos, onde uma grande família convivia na abundância de frutas e peixes, falando com o sotaque melodioso que eu ouvia de minha mãe e Peetje, ali eu recuperaria minhas forças.

"Não fique triste, irmã... vou enviar uma caixa para você toda semana."

A piada que a ouvi fazer tantas vezes quando zombava de quem era de Nickerie. Por um instante um sorriso irrompeu de

---

* Sopa de peixe apimentada, típica do Suriname. (N. T.)

mim. De repente me lembrei da caixinha quadrada que eu tinha recebido do inspetor. Tirei-a do fundo de uma sacola, me pus diante dela, assumi com exagero a pose de reverência dele e falei, decidida: "Então, *moi misi*, você vai para o interior. Pela primeira vez sozinha tão longe de casa. Dezesseis horas de viagem. Lá você vai ter que se virar por conta própria, você compreende. Coma bem, durma bem, viva bem. Sua mãe e eu queremos continuar orgulhosos de você. Tenho algo para você. Não dou isto a todas as meninas que vão para o interior. Isto é especial para meninas bonitas que vão para Nickerie. Mas o que é que eu estou falando, você já é uma mulher, vai entender melhor. Aqui está, esqueça que ganhou de mim, mas entenda que tenho boa intenção. Cuide do seu corpo!".

Emile, Emely, minhas irmãs, meus irmãos riram alto da minha encenação, mas não tirei os olhos da minha mãe. Queria ver o riso dela antes de partir, ouvi-lo borbotar do fundo de sua garganta. Mas ela olhava com uma emoção infantil e lábios apertados enquanto eu abria o pacote solenemente. Papel de embrulho. Dourado. Moedas? Que nada!

"Chocolates! São só chocolates", eu disse, confusa e desapontada, rolando pelos dedos os pequenos discos embalados como moedas de ouro.

"Veja, doze. Um para cada mês, com certeza foi o que ele pensou, velho lambão. Não me admira que ele seja magro como uma ripa!" Ninguém reagiu.

Minha mãe se levantou, pegou uma moeda, abriu habilmente um cantinho e segurou entre o indicador e o polegar algo que eu nunca tinha visto antes.

Quando a costa já estava bem longe da vista, eu ainda via os olhos dela em lágrimas, com as quais se poderia encher todas as doze camisinhas.

Embora a única coisa que eu tenha provado da guerra tenha sido o achocolatado em lata, exageradamente doce, minha mãe estava morrendo de medo de fazer a viagem com o *Princesa Wilhelmina* por causa da ensurdecedora aeronave militar que patrulhava a costa sem cessar e que, como se dizia, de vez em quando afundava o navio errado. Mas embarcamos.

Meu pai, sem condições de influenciar as vontades e as recusas dela, dirigiu seu protesto a mim: "Se você faz questão de ir até a sua irmã neste momento, tudo bem! Mas deixe minha menina em casa!".

"Minha menina? Ha-ha-ha."

Ela riu com desdém e, com uma teimosia divertida, colocou nossas coisas em duas malas separadas. Erguendo as sobrancelhas, ele foi pegar sua mala militar de couro, dizendo que seria mais fácil viajarmos com uma bagagem só. Fingindo simpatia, ela a empurrou de volta para os braços dele: achava melhor cada uma ter sua própria mala. Ele nos observava do amplo cais, balançando a cabeça, com seu boné verde na mão, coluna ereta, magro. Não tive coragem de acenar.

No dia seguinte, enquanto comia mandioca fria e arenque crocante no café da manhã, numa das mesas lotadas a bordo, ela deixou algumas coisas bem claras para mim: nos primeiros seis dias eu ficaria com uma velha conhecida na capital de Nickerie. Ela, com familiares na Guiana.

"Quem é essa velha conhecida e por que você vai continuar a viagem sozinha?", protestei.

Ela me olhou do mesmo modo como olhava para o marido, com aquele olhar de quem-você-pensa-que-é, e falou com indiferença: "Seja gentil com Lady Morgan. Ajude sempre que possível. Vá cedo para a cama. Não me faça perguntas sobre isso. Entendeu?".

Fiz que sim com a cabeça com um enorme nó na garganta, tentei responder com um olhar de quem tinha captado tudo, mas acabamos soltando uma gargalhada.

A casa da rua Rivierweg estava envelhecida, não havia mudado. A decoração elegante continuava lá como um testemunho desolado do esplendor de outrora. O assoalho, claramente, havia brilhado um dia. Em algum momento os candelabros tinham inundado de luz aquela sala. Notei os espelhos e pensei no quanto de vapor úmido de muitas respirações eles já haviam retido. E os bibelôs de porcelana.

Estremeci: pálidos e maliciosos, bailarinos e bailarinas olhavam para a sala. Apenas a senhora sobrevivera intacta ao desgaste do tempo — com exceção de suas mãos; perniciosas e agressivas, elas contrariavam a delicada ternura da mulher. Eu a beijei. Ela me beijou nas duas bochechas, me segurou a certa distância e me abraçou de novo com satisfação.

"Ela é praticamente uma mulher adulta", comentou em voz alta.

Minha mãe concordou com a cabeça.

"*She got the touch of womanly beauty, your Noenka.*"

Ouvi a preocupação em sua voz e prestei atenção em minha mãe, que mais uma vez assentiu candidamente. Então ela também ganhou beijinhos no rosto. Rimos alto das marcas coloridas em nossas faces.

Mal fazia dois dias que ela tinha partido e, apesar de toda a simpática conversa-fiada da anfitriã, comecei a me sentir tão abandonada que meu entusiasmo diminuiu. Eu não tinha vontade de comer, não tinha vontade de nada, e passei a sentir uma justificada aversão por Lady Morgan. Ela fazia tanta coisa, contava tanta coisa, por que não dizia uma palavra sobre o rapaz de uniforme estranho, aquele que, numa grande fotografia, olhava para a sala? Eu queria saber o que havia acontecido com o meu príncipe encantado.

Eu tinha cinco anos e transformei em sonho a realidade na casa de Lady Morgan. Assoalhos brilhavam como os espelhos em molduras de cobre, móveis de madeira escura com arabescos e estofados de cetim colorido, almofadas que cheiravam a flor. Nas paredes, retratos pesados e candelabros repletos de velas brancas, e muitas criaturinhas de porcelana, infelizmente, presas em cristaleiras.

E havia Ramses. Vestido como o príncipe herdeiro de um conto de fadas ocidental: camisa branca com gravata-borboleta, calça justa de veludo escuro até os joelhos, meia branquíssima e sapato preto de verniz, ele se divertia pelos quartos quando sua mãe não estava olhando; quando ela pedia, tocava órgão ou lia em voz alta um livro ilustrado, inglês. Eu o admirava com os olhos, meus ouvidos se aguçavam quando ele falava e eu sonhava que ele virava pássaro e voava para longe comigo e com seu bando de periquitos.

Quando ele fez dez anos, a educação que recebeu de Lady Morgan e de um reverendo mal-humorado mostrou-se suficiente para que pudesse ser enviado para território inglês e ali continuar sua formação.

Assim como agora, eu vagava depois pela casa à sua procura; eu cheirava, escutava e empurrava uma porta atrás da outra, atrás das minhas lembranças. Acariciava o órgão, folheava os livros, perguntava aos periquitos, às ilustrações. Silêncio. Até que de repente ele entrou correndo, com bagagem e tudo, uma dose fervilhante de vida. Encontrei os dois abraçados: um jovem de uniforme branco de escoteiro e uma senhora de rosa-claro. Surpresa, tentei recuar quando ele se desprendeu dela e me viu ali. A princípio ele não disse nada, depois olhou para ela de maneira interrogativa.

"*Hello you!*", ele gritou enquanto vinha em minha direção.

"*Time for tea*", ela anunciou e se apressou em direção à cozinha.

Ele não respondeu. Curioso, me examinou, estalou a língua, e uma risada ressoou de sua garganta. "*Noenka, little bird, Noenka!*"

Finalmente ele tinha me reconhecido. Já nem sei o que aconteceu comigo. Quando voltei para o chão, estava ofegante. Ele também. E ela na copa, de um jeito mais controlado. Entre nós, o silêncio dos pensamentos.

Ela: "Ramses, Noenka não é mais um passarinho, nem você!". Ele concordou com a cabeça e tirou suas coisas da sala como se estivesse atrasado.

Caminhávamos em silêncio pelas ruas. Como se os anos não tivessem se passado, os mesmos grandes arbustos de uva-da-praia estavam na rua de trás, as casas sem adornos escondiam seus quintais compridos, o canal dormia sob nenúfares cor-de-rosa, as pessoas cuidando, resignadas, de sua vida.

"Sabe, Noenka, ver você de novo é como se eu estivesse me despedaçando. É como se chovesse em algum lugar. Como se coisas velhas morressem, o tempo fizesse um desvio, como se eu sentisse o cheiro de uma nova orquídea."

Ele falava devagar, mais em inglês do que em holandês, a cada passo enfiava seu guarda-chuva bem fundo na areia, e eu me lembrei da menina de catorze anos com uma jardineira até a panturrilha, duas tranças com laços, meia de crochê e sapato aberto, andando ao lado de um garoto alto demais, com pernas peludíssimas, cabeleira ao vento e mochila.

"Noenka?"
Era a voz de Ramses. Fiquei espantada e surpresa.
"Sim..."
"Você gosta de peixe?"
"Não..."
Silêncio do outro lado da porta.
"Eu queria te levar para pescar."
Abri a porta. Ele estava parado ali. Nem um pouco tímido.
"Pescar?", perguntei.
"Não pescar de verdade, porque você não precisa fazer nada." Ele deu um risinho maroto. "O tamoatá morde o anzol mesmo sem isca e os jejus pulam sozinhos na cesta."

Tentei rir: já me vi carregando varas de pescar, cestas e uma cabaça cheia de minhocas. Ele percebeu minha resistência.

"Você não precisa fazer nada, se não quiser. Só precisa olhar como eu faço, se quiser, e chupar mangas, se quiser."

Eu queria tudo. Na garupa de sua bicicleta pintada de branco, numa almofada de Lady Morgan, pernas para a esquerda, quatro varas de pescar do meu lado, uma mochila balançando em cima de mim, meus dedos na cintura dele — foi assim que cruzamos a cidade, observados pelos moradores de Nickerie e seus risinhos.

Parece que me lembro de tudo sobre aqueles dias. A voz surpreendente de Ramses na porta dos fundos. O rápido café da manhã. O farfalhar da madame e das pombas. Sentir o vento e o sol na bicicleta. Cheiro de peixe. Cheiro de grama. Cheiro de relva. Rostos estranhos. Novas sensações. Experiências que depois adentravam os sonhos.

O banquete ocorria em uma mesa de uns dez metros de comprimento. De cada lado, em bancos excepcionalmente baixos, homens javaneses comiam em tigelinhas passadas de mão em mão. Senti cheiro de álcool e tabaco forte. Crianças trançavam de lá para cá ou se agachavam à distância para olhar. Mulheres andavam de um lado para o outro. As mais velhas tinham sarongues de *batik* amarrados no corpo, o cabelo com presilhas brilhantes; as jovens usavam vestidos de tafetá. Seus cabelos longos e pretos brilhavam.

Fomos levados a uma mesa menor, embaixo da tenda. Três meninas riam e conversavam com os meninos. Duas foram apresentadas a mim. Annemarie, a menor, veio se sentar ao meu lado. Ela disse, em um holandês caipira, que eu podia agir normalmente, que ela tinha me visto andando com Ramses no mercado, que a cidade de Nova Nickerie era mais bonita que a interiorana Longmay e que a comida já estava chegando.

Gostei dela de cara. Parecia mais velha do que seu comportamento de menininha sugeria e dava a impressão de conhecer bem Ramses e seus dois amigos. Quando ela foi ajudar a servir, Ramses se aproximou de mim.

"Anne é a namorada de August", sussurrou.

"Quantos anos ela tem?"

Ele deu de ombros.

"Ela está na escola?"

"Na das freiras. Vai ser costureira."

"Seu amigo é sortudo!", eu disse.

Ficamos olhando enquanto ela trazia diversos pratos com seus pais e irmãs. O filho de mister B.G.* e seus amigos foram muito bem recebidos.

"Sua esposa?", perguntou um javanês alto, dirigindo-me um olhar amável. Ramses fez que sim com a cabeça.

"Não é verdade! Ele está mentindo! É sua prima!", Anne gritou alto.

Aquilo me deixou sem jeito e fiquei feliz por terem me trazido um prato.

Annemarie ajudou a servir. Contava piadas com voz estridente para mim e para os dois meninos. Quando estava com August, ficava quieta. Seu rosto sempre sorridente parecia tristonho. Quando os olhos dos dois se encontraram, ela disse alguma coisa que eu não consegui entender. August passou a mão em seu topete oleoso de Elvis e fez que sim com a cabeça.

---

* Sigla usada no Suriname para se referir à antiga Guiana Inglesa (British Guiana). (N. T.)

As cores, os cheiros e sabores da festa de circuncisão se harmonizavam com a atmosfera de prazer contido.

Quando ela se sentou outra vez ao meu lado, me disse que se tratava da circuncisão de seu irmão mais novo. Circuncisão? Eu não sabia o que pensar. Ela me levou até o outro lado da tenda, onde as mulheres jogavam baralho. Senti o aroma de tabaco que elas exalavam. Quando ninguém conseguia nos escutar, ela perguntou: "B.G. te contou sobre nós?".

"Não", menti.

"Ele não é seu primo de verdade?"

"Não."

Ela me empurrou, dando risadinhas. "August e eu também vamos…"

Fiquei ouvindo.

"Sou a mulher de August, mas eles não podem saber", e acenou significativamente para todos ali. Ela estava perto de mim. Cheirava ao *sambal* escuro que temperava o arroz frito.

"Você e B.G. podem?"

"O quê?"

"Casar, ora!"

Um tanto espantada, ri diante de seu rosto radiante.

"Estou de férias aqui na cidade. Logo vou embora."

"Que pena. Que pena."

De novo a lágrima seca em sua face.

"Então B.G. vai sentir saudade de você, viu? Você tem que dar muitas delícias para ele."

"Delícias?"

Ela fez que sim com um eloquente movimento de cabeça.

"August diz que eu devo dar tudo para ele porque afinal vou ter que me casar com outro homem. À noite, quando eles estão dormindo, eu pulo a janela. Daí vou lá para trás com ele. Lá.

Na casa de banho. Mas hoje à noite, não. A festa vai durar até o sol raiar", reclamou.

Olhei para a tenda cheia. Fiquei em silêncio com ela. Por fim, a voz aguda de uma soprano nos incluiu de novo na festa. Os maruins me incomodavam. Irritada, respondi às muitas perguntas que Ramses me fez, dizendo que ela tinha falado das aulas de costura. Mas a história não saía do meu pensamento, nem os olhos amendoados e os lábios amuados. O banheiro. Um cômodo frio e escuro à noite. O que eles faziam lá? Quebrei a cabeça. Delícias? August queria todas as delícias? Claro! Os pais dela vendiam comida no mercado. Claro! Ela pegava de tudo das panelas de sua mãe e levava para o seu amado. Ele tinha comida javanesa de graça toda noite no banheiro. Eu até já o imaginava, com seu topete duro de frio, ávido, rasgando a folha de bananeira com os dedos recurvados, levando o *petjel, bami, sambal, telo* à boca e bufando com a pimenta. Uma imagem cômica. Eu não aguentava mais. Chegamos em casa. Ramses abriu o portão e me olhou perturbado.

"Rindo sozinha?", ele perguntou.

"Seu amigo vai saborear comida javanesa toda noite no banheiro da Anne."

"Como assim?", ele questionou, secamente.

Meu riso emudeceu. Algo na voz dele me repreendia. "Achei que você soubesse", eu disse.

Ele bateu o portão e me conduziu pela escada. "Anne e August se amam. Eles querem formar uma família. Mas não podem porque August é hindu e Anne é javanesa, o pai dele é um grande atacadista de arroz e o pai dela vende pacotinhos de amendoim na rua. Os dois estão tristes, sabe. Por isso é melhor você não rir da história que ela te contou num holandês quebrado. Você tinha que ouvir uma vez na língua materna dela!"

"Eu ri por causa da comida", eu disse, envergonhada, porque ele realmente parecia zangado.

Ele me levou para dentro de casa e me deixou sem nem dizer boa-noite.

Mais uma festa:
O percurso pela estrada de barro esburacada até o pôlder com rifle de caça e facão. Nosso cabelo ao vento. Minha saia larga se agitando como uma bandeira. Os arrozais verdes e ondulantes me encheram de respeito pelas pessoas magras que corriam pela propriedade quando ouviam a campainha das bicicletas. Ramses abraçou os menorzinhos, acenou para as mulheres e fez piadas com os homens em hindi.

O anfitrião tinha uma lojinha, mais parecida com uma taverna, com pouca variedade, mas as bebidas estavam geladas e havia banquinhos suficientes. Bebi *sherry* e fiquei ouvindo a conversa ininteligível dos homens que, sem camisa e de calças esfarrapadas, entornavam puro álcool para dentro do corpo.

De vez em quando, Ramses piscava para mim ou falava qualquer coisa em *sranam*, para grande divertimento de todos. Zombavam dele dando-lhe soquinhos e sorrindo para mim.

A mãe e as filhas nos trouxeram *roti* com batatas amarelas e legumes em pratos de alumínio. O sabor era picante e deliciosamente suave.

Fomos embora à tarde, carregados de legumes, frutas, leite, galinhas, com as crianças acenando atrás de nós. Pedalamos muito rápido, mas ainda vimos o sol se pondo atrás dos arrozais. Eu ofegava. Ele tentava me levar no seu ritmo. Queríamos chegar em casa antes de escurecer e antes dos maruins, mas não dava mais. A noite chegou antes de nós.

Desanimados, diminuímos o ritmo. A estrada estava vazia e

uma brisa úmida soprava em nossas costas. Seguimos adiante, deslizando cada vez mais devagar. Ele assobiava, cantarolava e fazia monólogos em inglês para as moscas. Eu olhava fixo para a frente.

"Quero beijar você, mas não me atrevo", ele disse depois de um longo silêncio. Eu não respondi. Um tipo de vida desconhecido formigava silenciosamente em minha barriga e em meu peito.

"Você ficaria brava?"

Não consegui encontrar palavras para dizer o que eu sentia. Apenas continuei pedalando. De repente, ele parou e, ao mesmo tempo, apertou o meu freio. Colocou o braço em meu ombro. Com as bicicletas conduzidas pelas mãos, caminhamos até que a cidade acendesse eletricamente à nossa frente.

No meu sonho, eu estava debaixo de uma goiabeira cheia de goiabas maduras e macias. Os braços e as pernas dele estavam por toda parte em meio à vegetação. Quando ele ficou na minha frente, não vi os frutos que ele havia prometido, mas ele riu e apontou para os bolsos. Olhei: estavam vazios, e sementinhas cor de creme caíam por suas pernas em direção ao chão.

A última festa:

A despedida é junto ao mar, que está alto e agitado. O dique de pedra parece desolado e em ruínas. O ar está cheio de vapor e forma uma unidade com o oceano. Inquieta como o corpo enorme de um animal pré-histórico, a água marulha contra o cais com uma regularidade enfastiante. Nem me atrevo a olhar direito. Tenho um medo primitivo de fontes de água naturais.

Ramses dá uma aula: aterramento marítimo, correntes oceânicas, argila fértil, praia, futuro. Eu só ouço, perplexa com tanta água. Quando ele insiste em caminhar sobre o dique, eu decididamente deixo o Atlântico ser o que é.

Depois pedalamos por uma mata cheirando a madeira podre, vegetação em decomposição e maresia. Árvores escuras com troncos quebrados semelhantes a torsos de gigantes que odeiam a humanidade.

Aguento firme: estou com Ramses, ele é um amigo que gosta de mim, vou segui-lo. Da praia pode-se ver pouco mais que uma faixa de areia cheia de restos de madeira. De novo o mar. Agora apático, porém mais ameaçador do que atrás dos diques.

"Vamos caminhar pela água", ele sugere.

Eu faço que não com a cabeça. Enxames de libélulas passam por nós.

"Você está com medo."

"Não", eu digo, embora tenha a sensação de que bichos bizarros me espreitam.

"Você está tremendo", ele nota.

"É o vento", retruco.

Ele inspira fundo e se move com reverência, completamente conectado ao ambiente à sua volta.

"Você tem que ver as orquídeas."

"Não consigo continuar."

"Então vou pegar uma para você."

Diante de mim, água. Atrás, árvores fedorentas. Me sinto perdida.

"Fique comigo, Ramses", grito num impulso apaixonado.

Ele volta imediatamente, desapontado, mas me abraça. Galhos pesados caem em alguma parte.

"Você não sabe o que são as orquídeas", ele diz baixinho.

"Não...", concordei.

"Orquídeas são flores do Jardim do Éden. Sobreviveram aos maiores desastres para se tornar inacessíveis às pessoas. Plantas solitárias. São flores apenas para as pessoas que realmente gostam delas. Elas se espalharam pela terra em muitas formas e em cores inimagináveis. Suportam sol, chuva, vento, gelo. São indescritíveis."

Fiquei emocionada, mesmo não conseguindo imaginar o que ele queria dizer. Eu adorava rosas-selvagens e folhagens em flor. Ele me olhou como se me contasse um segredo quando disse: "É estranho, Noenka, mas as orquídeas me mantêm vivo".

"E os seus periquitos?", perguntei de mansinho, mas sua língua estava entre meus dentes e sua saliva deslizou pela minha garganta.

Quando entramos na cozinha, minha mãe e Lady Morgan estavam junto à pia. Sinto cheiro de ovo cru e essência de amêndoas. Vejo ameixas inchadas em potes de vidro. Imagino um bolo de ameixa. Meio zonza, eu me viro; lavo as mãos, sopro a farinha.

"Você parece pálida", observa Lady Morgan.

"Ela tem medo do mar", ele me defende depressa.

"Estou cansada", explico.

Minha mãe se vira abruptamente e me olha de frente. "Aconteceu alguma coisa, minha filha?"

Me assusto e balanço a cabeça, dizendo que não. Ela chega mais perto, olha para Ramses e depois para mim. Gema e clara escorrem em seu avental: o ovo se quebrou em sua mão.

Olhei fixo para as ninfeias-selvagens que cobriam quase toda a água marrom e me senti afundando num poço. Ficamos por algum tempo olhando para o canal, rodeados por lembranças desse tipo, perguntas vagas e emoções reprimidas. O vento soprava do rio em nossa direção, trazia o cheiro de peixe do mercado e suavizava o sol impiedoso. Olhei com admiração para aquele antigo jovem tosco que havia se transformado em um senhor cor de chocolate. Bem-apessoado e bem-educado. Meigo, mas extremamente forte. Sedutor com estilo. Seus dentes reluziam, brancos e brilhantes, e suas mãos escuras com unhas perfeitas e palmas rosadas me deixaram de novo fascinada.

"Não sou casado", ele me confidenciou de repente, mostrando os dedos. Nervosa, comecei a falar da minha pensão. Que eu estava surpresa por poder me hospedar na antiga casa. Que logo consegui o quarto, mas que Lady Morgan, exceto por dois retratos na sala de jantar, não estava em lugar nenhum. Que eu estava no quarto perto das buganvílias, atrás da velha cozinha. Ele ouvia atentamente.

"Por que você está aqui?", perguntou quando parei de falar.

Estremeci, senti novamente a ondulação do mar, senti o cheiro pútrido do vômito e vi a superfície infinita da água, os baús de madeira em quartos estranhos. Bem lá no fundo, apareceu o rosto da minha mãe: um ponto cor de cobre, maciço e nu.

"Para trabalhar!", eu disse com firmeza, antes de desatar num choro sufocado.

Era domingo, de manhã cedo, quando bateram discretamente à minha porta. Vesti depressa roupão e chinelos e a destranquei: Lady Morgan.

Ela me olhou bem nos olhos, sorriu e me abraçou. Fiquei surpresa, me envergonhei pela bagunça (caderninhos verdes e azuis por toda parte, flores secas em garrafas, cama desarrumada) e, me desculpando, comentei que tinha acabado de acordar.

Enquanto me aprontava para tomar chá com ela, perguntei a mim mesma sobre o que ela falaria. Mamãe e o resto da família? Talvez sobre mim! Com sorte, a maior parte do tempo sobre o distrito! Eu já estava no terceiro mês e tinha vivido como em um transe: meus dias da semana começavam às seis da manhã com um pratão de mingau (em memória à minha mãe), uma ducha fria, um pouco de ginástica (por insistência do meu pai) e terminavam às onze da noite, quando eu me metia entre as cobertas, cansada e morrendo de sono. A julgar pelas minhas saias, meu tamanho havia diminuído ainda mais. Tive dificuldade para encontrar um vestido adequado para usar num domingo assim com Lady Morgan.

Examinamos uma à outra de maneira indiscreta por alguns instantes. Nos sentamos a uma mesinha redonda perto de uma janela grande, por onde a luz do sol entrava candidamente. Uma pequena vela iluminava o bule de chá branco. Tossi de leve, pronta para a conversa e o chá, e com medo de que o silêncio entre nós evocasse o que eu queria evitar: falarmos sobre Ramses. Ela usava um vestido de jérsei azul-claro que combinava bem com seu cabelo grisalho-azulado, como sempre preso num coque frouxo na nuca. Seu rosto estava levemente maquiado. Mais batom e ruge do que pó. As sobrancelhas, discretamente retocadas. Eu, com a minha jardineira amarela, o cabelo rebelde penteado de qualquer jeito para trás, creme Ponds no rosto, um toque de perfume atrás da orelha, me sentia uma criança diante da professora da escola dominical.

"Você está bonita", ela disse como se quisesse desmentir meus pensamentos.

"A senhora também!", respondi depressa num inglês tremido.

Ela balançou a cabeça e, com recato, iniciou o ritual do chá.

"Mister B.G.: um senhor de terno inglês completo, com chapéu e guarda-chuva, mestre no movimentado estuário, rota

Nova Nickerie-Springland e vice-versa, risonho e bonitão — era mais ou menos essa a descrição na época em que ele possuía cerca de oito barcos de passageiros de navegação fluvial, empregados grosseiros mas obedientes, uma clientela cada vez maior e um capital crescente, que ele investia em mulheres e contrabando. Este último, com o tempo, acabou por transformá-lo num beberrão contumaz. Suas diversas mulheres perderam qualquer sentimento romântico quando, em seu período mais afortunado, ele se tornou legalmente cônjuge de uma ambiciosa senhora inglesa, que, embora não lhe tivesse dado nenhum descendente, mantinha portas abertas para os que ele gerava fora do casamento. Assim, no aniversário dele, a mansão na Rivierweg ficava lotada de descendentes de B.G. de diferentes tonalidades e tamanhos, enquanto mulheres confusas olhavam fascinadas para a senhora que abraçava as crianças contra o peito como se fossem seus próprios rebentos. Uma senhora assim era uma mulher especial: ela dava ao marido espaço para que ele fosse ele mesmo e não provocava sentimentos de culpa em suas inúmeras amantes. As mulheres se envergonhavam de suas próprias paixões tóxicas e, com a ajuda dos maridos, canonizaram a inglesa. Lady Morgan se tornou meu nome honorífico."

Um silêncio pungente invadiu a sala. A luz já não parecia real; transformada pelas nuvens e substâncias invisíveis do nosso sistema, ela chegava com dificuldade à nossa mesa.

Acabou o chá. O bolo também. Havia uma travessa com biscoitinhos coloridos. Peguei um, ponderei, coloquei-o de novo na travessa, tossi de leve para atrair a atenção dela e lhe ofereci seus próprios biscoitos. Simpática, ela fez um gesto com a cabeça e pegou um: o vermelho, que eu mesma tinha pegado antes e levado aos lábios. Sorrindo, pus a travessa de novo na mesa. Lady Morgan me olhou com curiosidade, deixou o biscoitinho e me ofereceu a travessa. Achei infantil e forçado, mas acabei pegando o mesmo biscoito. Estraçalhei-o entre os dentes.

"Parece que gostamos das mesmas coisas", ela observou com lentidão.

Era maldade dela ou uma provocação brincalhona? Fiquei em dúvida, não soube como responder, mas me senti magoada. Naquele momento, o telefone tocou.

"Com certeza é para você", ela insinuou, cansada e com ar de reprovação.

Meneei a cabeça e ergui os ombros, indiferente. Silêncio. Depois ele tocou de novo. Ela atendeu.

"Pensão Morgan!" Ela esperou e colocou o fone outra vez no gancho, bruscamente. Não se sentou de novo.

"*Excuse me*", sussurrou, me deixando sozinha com a vela do chá.

Embora esse encontro tenha terminado de maneira abrupta e me causado uma sensação desagradável, e a pensão tenha adquirido um quê ameaçador, eu me sentia segura e em casa. Desde aquele domingo, o único sinal da presença de Lady Morgan era seu perfume, cujo aroma almiscarado avançava sobre mim como um insulto dissimulado. Eu não ouvia mais sua voz. Nos quartos em que ela ficava, eu nem me atrevia a entrar. Passaram-se domingos, outros vieram, e Lady Morgan continuava fora do meu campo de visão e audição. Eu me sentia culpada. Certamente tinha dito algo desagradável, apesar da minha introversão. Busquei o caminho de volta para ela.

Um mês depois:
Uma hora. Meus alunos saíram correndo da sala de aula,

frenéticos. Permaneci na minha mesa, alta demais, e observei as carteiras vazias. Pela maneira como a sala estava, com tantos papéis jogados no chão de pedra, não se poderia imaginar que as oito horas de aula tinham sido um mar de tranquilidade para mim. Espectadores bem-comportados de olhos escuros que me olhavam sem me causar nenhum incômodo além do desalento de eu perceber que eles não tinham entendido metade do que eu havia dito em holandês-padrão. Eu ansiava pela resposta espontânea dos meus pretinhos de Paramaribo. As aulas de canto. O momento de leitura em voz alta. As flores e as aventuras que eles colhiam na rua: Nickerie.

Eu detestava o sotaque cantado da cidade, a fumaça, seus pôlderes libidinosos, seu petrificado refinamento inglês. Lágrimas pingavam nos meus cadernos. Na escrivaninha. Jorravam dos meus dedos. Quando levantei os olhos eu os vi: Ramses e uma das minhas colegas.

"Um senhor está procurando você", ela disse com voz rouca e desapareceu.

Uma crise ainda maior tomou conta de mim.

"Why? Why? Why not?", ele se queixou.

Continuei olhando para as rolinhas marrons que chegavam tão perto que eu podia tocá-las. Eram pequenas, leves e incrivelmente ágeis. Elas se amontoavam, como se ficar sozinha fosse algo inexistente para as rolinhas. Quando Ramses chegou batendo o pé, elas voaram assustadas. Vi quando voaram baixo sobre o chão, como uma nuvem de poeira, e pousaram no acostamento.

"Responda, Noenka."

Algo irracional me impediu de reagir ao seu pedido de passarmos o fim de semana com amigos dele em Springland. Mas ele tinha sido tão gentil e solícito comigo desde que eu estava em Nickerie, que eu dificilmente conseguiria recusar sem rodeios.

"Estou muito cansada", argumentei.

"Você pode descansar lá. A casa é grande o suficiente. Contanto que você venha." Um carão voou sobre nós batendo suas asas longas ritmadamente. O ar deslocado compôs uma espécie de música triste. Ramses olhou para ele. Seu pomo de adão se mexeu de maneira inquieta, como se ele estivesse engolindo alguma coisa.

"Vá você, homem. Eu quero ir embora daqui agora. Estou com fome também."

Saí com a bicicleta, mas não fui muito longe, pois ele vinha atrás de mim e segurou o guidão. Me engano ou seu olhar escondia a mesma agitação que doía em mim?

"Não gosto muito de festas", eu disse com ar zangado.

Ele me olhou de maneira repreensiva, mas tentou sorrir.

"Na verdade, eu também não, por isso quero que você esteja comigo."

"Eu não vou com você", falei, decidida.

"Ok!"

Ele foi embora com passos largos. Eu precisava fazer alguma coisa. Não queria perder o único amigo que tinha.

O carão voltou com alguma coisa se debatendo no bico.

"Não me siga, quero ficar sozinha. As pessoas daqui são suficientes para mim. Não quero conhecer gente nova", eu disse enquanto seguia de bicicleta ao lado dele.

"Como assim?", ele perguntou. Mas pelo visto eu não precisava dar mais explicações, pois quando o olhei ele soltou minha bicicleta e disse um palavrão.

No jantar, encontrei uma carta, elegantemente assinada por Lady Morgan. Ela queria chamar minha atenção para o fato de que Nova Nickerie era um vilarejo, que o comportamento dos cidadãos estava na boca do povo, mas principalmente para o bom nome da pensão, e cenas como a que eu tinha feito na rua naquela tarde não eram dignas de seus hóspedes

Eu reli. Cheirei. Acariciei. Tinha sido escrita com tanta corporalidade que me deixou excitada. Eu queria Ramses.

Como um sinal físico da minha compreensão, deixei a comida de lado.

Vamos em bicicletas altas e antiquadas com selins estreitos e duros. Queremos estar a sós, ansiar um pelo outro. Por onde passamos, há gente barulhenta. Deslizamos por ruas e praças desconhecidas, à procura. Lá atrás, uma extensão de praia. O mar fica invisível ao longe, atrás de ondas de capim. Jogamos nossas bicicletas no chão. Mas então: a princípio um risinho contido, que depois se intensifica num furacão de risadas. Um mar de olhos escuros brilhantes: meus alunos do pôlder. Eles cochicham uns com os outros. Riem de mim. Soltam gargalhadas.

Escondo o rosto na saia.

Quando acordo, o sol ainda não se levantou. Sinto a barriga pesada. Coloco as mãos em cima dela. O apelo ao coito vibra através dos meus dedos. Tomo uma longa ducha fria.

O eco que ressoa há dias em meu ventre me deixa abalada. Não consigo dormir, não consigo ficar acordada. Não consigo me concentrar. Como se uma guerra hormonal queimasse meu corpo furiosamente nos pontos mais vulneráveis: seios, umbigo, pescoço. O resto funciona mal. Me visto para ir caminhar. Quando chego lá fora, prefiro lavar o cabelo. Por puro atrevimento, corto um pedaço de mais de um ano, começo a chorar quando o vejo sobre minha cama e decido nunca mais alisar o cabelo, nunca mais depilar as axilas, deixar meu bigode em paz.

Por volta das seis da tarde, estou com um monte de amendoins com casca num cinema fedorento e com o ingresso para um filme que só vai começar depois das oito. Quando amasso o cone de papel, o cinema de repente fica lotado. Fico contente, quero me distrair e afundo agradecida na poltrona embolorada quando a luz se apaga.

Os trailers prendem minha atenção: mulheres bonitas e homens gentis travando diálogos poéticos. As imagens passam rápido demais. Quando as luzes se acendem para um breve intervalo, percebo que até meus instintos primitivos podem ser condicionados: estou sentada no meio de homens. Hindus, que me olham zombeteiramente: *ela, uma kafir idiota, no domínio cultural dos Sábios do Oriente com consciência de casta.* Como eu não tinha percebido? *Ela, uma mulher fugida, no domínio emocional dos párias!* Como eu tinha me atrevido?! A escuridão me retirou do julgamento público deles, e o ânimo em que eu me encontrava podia aguentar qualquer drama, exceto aquele apresentado na tela, com uma cobra enorme e sinuosa em tecnicolor.

Na rua está mais claro que lá dentro. Pouco trânsito. Pego a direção de casa em marcha acelerada, evitando o acostamento tomado pelo mato. Meu coração ameaça saltar do peito quando vejo a grande aglomeração junto à pensão.
"O que aconteceu?", pergunto a quem está por perto.
Um me ignora. "Briga de família", resmunga outro.
Vozes enfurecidas chegam até a rua. Vou abrindo caminho amedrontada. A polícia tenta me segurar.
"Eu moro aqui!", retruco ofegante. Me desprendo e subo a escada correndo. Meus olhos procuram estragos materiais. Meu

nariz tenta farejar rastros de sangue. Nada. Nenhuma desordem, exceto nos olhos caóticos de Lady Morgan. Ela aponta para mim.

"Vá embora! *Go away, you!*"

Ela parece dominada por um frenesi. Eu a ouço bradando através da porta fechada do meu quarto.

Faço as malas depressa. Muita coisa. Muito peso. As duas governantas me encaram de maneira hostil quando tento falar. Junto tudo e vou. Uma bagagem em cada mão. Caminho pela Rivierweg sem saber para onde vou.

É Domingo de Ramos.

Ramses grunhe e se remexe quando tento tirar seu sapato. A injeção sedativa pelo visto só entorpeceu a consciência e relaxou os músculos. Suas pálpebras em movimento denunciam grande atividade cerebral. As bochechas tremem.

Olho para o homem que me trouxe aqui. Ele é muito branco, com cabelo crespo arruivado. Seus lábios são vermelho-sangue. Ele mantém as mãos presas entre as coxas. Está claramente comovido.

Quando tusso de leve, ele me olha sem dizer nada. Seu rosto oval me lembra as gravuras de Cristo no livro preto da igreja da minha mãe. *Cristo na cruz. Cristo com o coração trespassado. Cristo com a coroa de espinhos.*

Ele se levanta. É alto e muito magro. Seus ombros são ligeiramente curvos. Ele sente o pulso de Ramses. Demora. Fala sem olhar para mim.

"Fique com ele. Ele precisa de alguém. Tenho que ir. Amanhã de manhã volto para dar uma olhada."

Me levanto protestando.

"Por acaso eu também tenho um emprego. O que irão dizer se eu passar a noite aqui?"

Finalmente ele sorri. Compreensivo. Irresistível.

"Muito bem, eu fico. Mas o que posso fazer por ele?", pergunto.

Ele dá um suspiro. Olhamos para Ramses, dormindo na cama estreita. "Mantenha os mosquitos longe dele e esteja perto quando ele acordar."

Me jogo ali, literalmente.

Quinta-feira Santa: perto de mim o cheiro penetrante de plantas maturadas pela chuva, com caules longos e suculentos e uma abundância indecente de raízes. Na estufa colossal paira o ar salobre da planície costeira. Nas paredes envidraçadas escorre o ar condensado. Potes de barro, suportes abertos de madeira, de onde pendem raízes como minhocas, serpentes, cipós. Algumas se prenderam a galhos e troncos de árvores. Elas crescem para cima, para baixo, para a esquerda, para a direita, com brotos como tubérculos demasiado maduros.

Estou perplexa. Algumas orquídeas arbóreas estão florescendo. Delas pendem cachos floridos do tamanho de um braço, com ramos curtos, ricamente cobertos por flores castanho-amareladas com elegantes pétalas em forma de violino. Seu olor é como um cemitério florido, um perfume aromático cheio de inspiração. A catleia, trazida de florestas montanhosas da Venezuela, com suas flores grandes em forma de trompete conversando com a orquídea-sapoti* presa aos espinhos do limoeiro. Seu olor: aberto, envolvente, fresco como água. A sobrália da África, que se esconde no junco. A rodriguezia, que espera para desabrochar uma colossal floração rosa-avermelhada em novembro.

---

* Nome usado no Suriname para a orquídea *Ionopsis utricularioides*. (N. T.)

"Vou te dar essa", prometeu Ramses, contando que nunca teve coragem de cortá-las, por florescerem de um jeito tão atrevidamente belo.

Adoro as palmas injetadas de sangue e os dedos delgados que deslizam amorosamente pelas flores. Estou curiosa pelas profundezas escuras do ser que inspira essas plantas volúveis a florescer. Anseio pela entrega dele.

"As orquídeas são flores dos deuses. Sua visão desperta veneração e cobiça. Seu perfume inspira e confunde."

"Amém!", provoco.

Descubro uma espécie enraizada no chão, não é uma trepadeira. "O anjo caído!"

Ele se agacha.

"Dizem que as orquídeas são espécies terrestres primitivas. Algumas mostram em pouco tempo o que aconteceu ao longo de milhões de anos: começam a crescer na terra, depois sobem nos troncos, perdem o contato com a terra e crescem nas árvores. De preferência bem alto, aconchegadas por todo tipo de folhagens e envoltas em brumas úmidas."

"A altivez tem um preço. Assim também não se pode admirá-las", reflito.

"Quem realmente gosta de orquídeas vai encontrá-las." É o veredicto final de um conhecedor. Ele se levanta e corta uma joia branca do verde.

"Cheire."

Inspiro profundamente algumas vezes.

"O que você sente?"

Me envergonho por meu olfato pouco desenvolvido, mas num lugar assim é difícil diferenciar aromas específicos.

"Essas vão para o pároco. Todo ano na Páscoa. Serão colocadas no altar esta noite. Depois de um dia, a igreja inteira fica preenchida por uma fragrância mística, pungente. Ela faz alguma coisa com a consciência, essa orquídea do Espírito Santo. Ela faz a gente se familiarizar com a morte. Nos eleva para além da vida. É uma orquídea que perpassa o nosso espírito!"

Entregamos dois baldes cheios de ramos longos de flores brancas na casa paroquial. O pároco fica contente. Aperta nossa mão com força, agradecido. Paga com calor humano.
"Pra mim é Páscoa quando sinto o perfume das suas flores", ele diz amavelmente.
Ramses olha para a beleza que cultivou. Fica radiante. Deve ser uma alucinação, mas vi os bulbos ovais se curvarem para ele em reverência.

Muita coisa mudou desde que fui embora da Rivierweg, mas não quero pensar muito a respeito. Os dias que passei com Ramses na mansão desde então costuravam-se uns nos outros, tornando-se um só. Eu dormia quando não aguentava mais. Eu me deixava acordar porque continuava dormindo. Não fiz nenhuma pergunta quando entregaram a cama nova e a escrivaninha. Ajudei a tornar os quartos habitáveis. Não questionei por que os outros seis quartos da casa continuavam vazios. Me instalei ali. Não queria fazer nenhuma preparação para o Amanhã. Não queria colher nenhuma consequência do Ontem. Vagava pelos cômodos escuros e respirava o perfume de flores que entrava pela janela da cozinha.

Sábado de Aleluia.
"Quero saber o que aconteceu no domingo à noite na Pen-

são Morgan!", digo, resoluta, entrando no quarto dele e me sentando a seu lado na cama.

"Não te contaram nada?"

"Nada", digo.

"Nem o Alek?"

"A cara de Jesus dele só falou de compaixão", brinquei.

Ele acendeu um bloquinho de incenso e o empurrou para debaixo da cama.

"Eu briguei com a dona da sua pensão."

"Só isso?", pergunto, discreta, enquanto me deito com minhas costas contra as dele. As molas do colchão rangem, traiçoeiras.

"O que você foi fazer lá?", começo de novo.

"Queria ver você. Fui para Georgetown. Arrasado. Não podia suportar a ideia de você lá, sozinha, mesmo que tenha sido você a optar por isso. Eu mal cheguei e voltei. Não podia te deixar na mão."

Suspirou fundo.

"Ela veio abrir a porta. Ao me ver parado ali, me enxotou! Eu devia ter mandado um amigo para te buscar. Foi um bafafá. O resto você já sabe."

"Não quer me contar mais nada?"

Ele se virou, aparentemente querendo se deitar de costas.

"Eu estava completamente bêbado e cego de desejo por você. A coisa só foi piorando. E aquela mulher disse coisas que me deixaram furioso."

"Sobre o passado?"

Ele se levantou.

"Não quero falar sobre o passado. Também não te pergunto sobre o seu passado. Ouça, o que pesa na sua cabeça você deve deixar ir para o coração, depois para a barriga, até sair do seu corpo. Isso se chama metabolizar. É assim que também nos livramos de alimentos indigestos..."

Assenti com a cabeça, compreensiva. "Eu sofro de constipação. Isso fica no meu intestino", eu disse, lacônica.

"Falta de movimentação!", ele disse com aspereza.

"Como assim?"

"Falta de movimentação causada por falta de liberdade mental provoca constipação emocional."

"Belo diagnóstico, Ramses. É assim que você foge da vida. Fique ao meu alcance! Eu também estou viva...!"

Ele veio por trás de mim e me envolveu com os braços. "Não remexa na minha vida. Quanto mais fundo você for, mais repugnante vai ficar. Você pode se afastar de mim, mesmo que não queira. Sentimentos são instáveis por natureza. Esqueça as observações do apóstolo Paulo sobre o amor, pois nem mesmo o amor suporta tudo."

"Eu quero você!", interrompi em voz alta.

Ele me soltou e saiu do quarto. Na cozinha eu não consegui falar nada, porque ele estava se vestindo para sair de casa. Desejo, impotência e vergonha me deixaram perturbada.

"O que você está fazendo?", reclamei.

Ele continuou se vestindo, apressado.

"Se esqueceu do sangue no meu sapato? Da areia que você tirou das minhas pernas? Ainda se lembra de como o mar arquejava?"

Ele me olhou, veio até mim e apertou o corpo contra o meu.

"Sinta! Eu também estou vivo. Não me esqueci de nada. Mas tem mais. Venha! Fique aqui embaixo da luz. Olhe nos meus olhos... está vendo? Reconhece a sua imagem? Minha cabeça está tomada por você. Me dê a mão. Aperte meu pulso! Sinta com que certeza minha vida pulsa por você. Meu sangue está repleto de você. Encoste o ouvido no meu peito. Escute o meu coração sussurrar seu nome. Eu te amo."

Ele me soltou e olhou para mim.

"Como é isso em você, Noenka? É só o seu ventre que grita, mas sem pronunciar um nome? Você também pode dizer 'Eu te amo, Ramses' sem estar na defensiva? Você me ama independente das lembranças de nove anos atrás?"

Ele esperou, esperou sem me libertar do seu olhar. Então me puxou para perto dele e me levou para fora.

"Conheço uma mulher que ficou magoada porque o marido dormia também com outras mulheres. Não era o orgulho dela que se sentia ferido, pelo contrário, o orgulho se tornou mais forte, mas ela corria o risco de perder a dignidade. Tentava desesperadamente ser racional. Mas uma convicção instintiva não tem como ser questionada. De qualquer jeito, ele continuou sendo o que era.

"A dignidade dela foi diminuindo. Raiva e impotência não se transformaram em tristeza, mas em vingança. Ela sabia, pelas lendas dos santos, que o demônio só pode ser combatido pelo demônio. Por isso decidiu usar contra o marido a carne da carne dele e o sangue do sangue dele.

"Ela seduziu o filho do marido. Um filho que se tornara homem tendo apenas uma paixão: curar o pai da traição. Ele queria que o pai desse felicidade à sua esposa legítima. Ele a idolatrava por sua dignidade. Não suportava ver como ele lentamente a estava perdendo. Tinha lido que homens desejam aquilo que correm o risco de perder. Decidiu usar a própria relíquia como arma contra o pai. Seduziu a esposa dele."

"Eles disputaram por seis anos. Ele trepava com a mulher do pai. Ela trepava com o filho do marido. Juntos alçaram os mais raros picos de prazer. E não se perderam de vista em suas recaídas."

"Aos poucos o marido tomou consciência daquele ataque simulado. Naquela noite fatídica, ele voltou inesperadamente para casa. Entrou no quarto escuro e acendeu a luz. Seu filho e sua esposa estavam nus nos braços um do outro. Ele viu o ardor que emanava dos dois. Sua perplexidade fez com que a chama dos amantes se apagasse. O frio os envolveu. Eles se olharam nos olhos. Os três. Um deles desatou em lamúrias de cortar o coração. Depois os três choraram de maneira dilacerante, como lobos velhos numa floresta invernal. Os fusíveis da casa queimaram com a tensão.

"Quando a luz do sol correu pelo quarto, não havia mais ninguém. O filho tinha fugido para o manguezal. A esposa, se trancado numa capela. Depois de alguns dias, encontraram na praia o corpo estraçalhado do marido. O filho e a esposa saíram de seus esconderijos. Colocaram flores no túmulo raso do infeliz. Já não tinham lágrimas para dar a ele. Escutaram juntos o tabelião e depois seus caminhos se separaram para sempre: o marido foi sempre fiel; um pai foi eternamente curado. Ele partiu para a Inglaterra para estudar química. Ela foi para Georgetown para se dedicar aos idosos.

"Atormentados pelo passado, ambos falharam. Ele se tornou alcoólatra. Ela, histérica. A conselho de seus respectivos psiquiatras, retornaram a seu local de origem. Ela abriu uma pensão. Ele, um orquidário.

"Do lado de cá do túmulo dele, a vida dos dois se desenrola ao longo de caminhos já anunciados. Mas *Descanse em paz que-*

rido marido e pai se mostrou insuficiente, pois grandes fissuras foram abertas na escura extensão da existência deles. Perdi a esperança de que elas se fechem antes de eu morrer, Noenka."

O domingo de Páscoa nos envolve numa nuvem de incenso e ganja na refeição comunitária com pães ázimos, peixe frito, berinjela no vapor, regada a vinho escuro. Jogamos o jogo do I Ching: detectar palavras-chave e a revelação de significados. Nos ocupamos com isso por horas. Descubro a linguagem dos símbolos: a linguagem dos deuses. Alek se revela um artista da culinária, um piadista original, mas acima de tudo um santo. Quando o anoitecer se aproxima, ele sugere que meditemos juntos.

Ó, nós que vagamos, que não pensamos na chegada da morte; enquanto nos rendemos à glória da vida, a noite cai despercebida sobre nós. Sejamos vigilantes. Quando o lançamento dos dados da vida se tornar exaustivo pra mim... Que os conquistadores, pelo poder da sua compaixão, dissipem a semiescuridão da ignorância... Quando eu vagar, longe de corações amorosos, enquanto os fantasmas da minha vida estiverem surgindo, que os deuses, pelo poder de sua luz, façam com que não haja medo nem terror no espelho...

Oramos com o rosto voltado para o sol, até que ele baixasse: *Om-ma-ni-pad-me-hum... Om-ma-ni-pad-me-hum... Om-ma-ni-pad-me-hum.*

Maio:
Desde que dormimos juntos, o círculo de cerceamento diligente em que tínhamos nos fechado se rompeu. Ramses assoviava em casa, meditava livremente. Eu cantava minhas baladas negras, praticava a pronúncia do inglês e preparava refeições ve-

getarianas para nós dois. O melhor eram os longos passeios de bicicleta que fazíamos para praias desconhecidas nos finais de semana. Com frequência tínhamos que deixar as bicicletas, pôr galochas e continuar o caminho pela lama.

O mar o fascinava. Ele podia ficar olhando para a água por horas, para horizontes que não existiam. Seu espírito aberto me familiarizou com o caráter mediúnico do mar. *Meus pais, o resto da família, a rua onde morávamos, com sua absoluta melancolia, o moroso centro da cidade, eu os senti. Andei por nossos quartos, toquei com meus lábios o cabelo fino de minha mãe, assoprei no rosto fechado de meu pai e aspirei o perfume de minha irmã.*

Porém eu não sentia saudade. Gostaria de passar a vida inteira em Nickerie, mesmo que eu só tivesse Ramses com suas orquídeas e seu guru. Eu não queria ver Louis e a destruição em seus olhos e tinha medo da mulher de cabelo desgrenhado. Flores, incenso e ioga me protegiam. Ramses me iniciou nos segredos do cultivo de orquídeas, na relatividade da natureza: *Aquele que busca, encontra.*

Alek me ensinou a observar meu corpo, a fortalecer meus músculos, meu coração, para que meu sangue não tivesse a oportunidade de reter a melancolia. Eu me sentia segura. Aprendi a sobreviver!

Mas eu tinha sentimentos de culpa. Não estaria usando os outros como adubo para a minha individualidade crescente? Me dava o trabalho de amar as pessoas? Estava preparada para cuidar dos outros? Podia fazer sacrifícios? Compartilhar minha verdade? Ou seria uma epífita se retorcendo e subindo nos mais fortes para se exibir no nevoeiro? Eu amava as pessoas ou as desprezava? Quando meu sonho terminaria...? Quem era eu?

Mais uma vez estávamos os dois ali, esperando que a enchente nos afugentasse. Sem maiores explicações, ele perguntou se eu queria ir embora com ele, para lugar nenhum, vagando pelo mundo em busca de ambição. Queimando navios atrás de nós, renascendo. Eu recusei sem nem ao menos refletir. Por que não? Ponderei: porque nós, você e eu, somos pássaros sem asas. Pássaros que devem permanecer no ninho... Que ninho, afinal? Porém... mais uma vez, balancei a cabeça negativamente, com firmeza.

"O que te prende a esta terra morta?"

"Medo da opressão. Medo da fome. Tenho medo de uma morte violenta."

Ele me olhou horrorizado.

"Todas as minhas antepassadas são judias. Os judeus são perseguidos até hoje. Trago o sinal da raça negra na minha testa e em todas as cavidades do meu corpo. África. Não posso esquecer de que maneira os negros foram espalhados pelo mundo. Os mitos. O medo deles, meu Deus, a impotência deles. Sua traumática impotência", explodi.

"O que você quer dizer? Você não acha que a sua história não é a minha, acha, Noenka?"

O mar respirava, acobreado. Precisei inspirar fundo antes de responder: "Enquanto a Rainha Negra da África não tiver sua coroa de volta, não confiarei em nenhum povo".

"Você se parece com seu pai."

"Eu sou meu pai", respondi, áspera.

"Sua mãe pariu o próprio medo."

"Algo assim."

Ele se levantou.

"Espero que alguém te salve desse emaranhado de amor paterno."

"Eu tinha esperança de que você conseguisse."

Ele foi se sentar na areia. A uma boa distância de mim.

"Você não vai me dar uma chance?", perguntou baixinho.

"Chances têm que ser agarradas, Ramses."

Fitamos os olhos um do outro por algum tempo. Eu me sentia tremendamente forte. Tinha poder sobre ele.

"Não são os homens que oprimem as mulheres, Noenka. Não são os Brancos que oprimem os Negros. É a eterna corrida do ouro."

"Eu sou ouro", falei, maldosa.

Ele ignorou minha observação e prosseguiu: "Se você quiser mudar alguma coisa, tem que se entregar a isso. Uma lei da natureza que vale sempre e em toda parte".

"Para nós seria como praticar a arte desesperada do velho alquimista de fazer ouro do nada", zombei.

"Você desistiu de ter qualquer esperança e ainda nem viu nada do mundo. Abra suas asas e tente transcender a sua história, mulher."

"Você conseguiu isso, Ramses?", perguntei, afável.

Ele se levantou de novo, deslizou os olhos pela água, abriu os braços como asas e disse: "Quase".

"Então o que te prende a esta terra morta?", perguntei enquanto admirava seu corpo.

"A sensação de que algum dia vou encontrar meu pai aqui. Que ele vai vir andando pela praia, do nada, e estender a mão para mim." Ele veio andando até mim da maneira como imaginava aquilo.

"E você pega essa mão?", perguntei, perplexa.

Ele se virou e olhou para a areia: "Se eu vir as pegadas dele".

"Por quê?"

"Se não houver pegadas na areia, ele também não poderá segurar minha mão. Daí será melhor fechar os olhos e sair do meu sonho."

Ele estava na minha frente, tímido, sincero e vulnerável.

"Venha se deitar do meu lado", pedi. "Vamos sonhar que o mar rola por cima da gente e nos confia seus segredos mais profundos. Acho que essa é a única maneira de encontrar o seu pai. Mas vou me sentir muito sozinha com vocês."

"Ali também haverá sereias. Eu não sei onde vou morrer. Mas o mar deverá escutar", comentou enquanto me erguia da areia.

No caminho ele recomeçou: "O que acha de irmos para a África?".
"*No, sir.*"
"Para a Índia, minha terra natal."
"Não."
"Para as Antilhas?"
"Por quê?", perguntei, irritada e desconfiada.
"Ilhas me fascinam."
"Detesto ilhas."
"Noenka, que futuro você tem aqui?"
"Diga você, Ramses."
Ele se calou. Sua elegância o impedia de comentar a respeito. Como eu sempre ficava encantada com suas boas maneiras (nunca ofender ninguém de forma deliberada!), comecei: "Não vou deixar este país enquanto minha mãe estiver viva e te desaconselho a ansiar pelo último suspiro dela. Ela é extremamente saudável. Ainda vai sobreviver a mim!".

"Não vou me meter entre você e sua mãe", ele retrucou.

"Nem poderia. Como se meter entre a sonhadora e seu sonho?", observei, arrogante.

Ele me olhou furioso. "Entrando no sonho dela."

Foi um jogo maluco de palavras e me senti ameaçada. Meus olhos irradiavam hostilidade. Fiquei inquieta e, bem lá no fundo, a velha agitação despertou.

Ele não entendeu nada. Não trocamos uma palavra por semanas. O único contato real eram nossos olhares acusadores cruzando-se como espadas de fogo, principalmente de madrugada. Nos atínhamos ao cronograma prático. Então podia acontecer de ele estar pendurando minhas calcinhas enquanto eu trocava os lençóis da cama dele. Na hora do almoço comíamos juntos e à noite cada um ia, no mesmo horário, para o seu quarto.

Mas a natureza evita qualquer vazio: foi nesse período que Alek e eu nos tornamos grandes amigos. Supostamente rejeitado por seu amigo do peito, ele passava horas comigo. Ele ia me buscar após o almoço e só me deixava no orquidário depois de escurecer.

Minha fala escassa não o incomodava. Pelo contrário. Ele preenchia meu silêncio com longos monólogos no bar do clube de tênis. Sobre divindade. Sobre o disparate das religiões. Sobre as limitações do pensamento. A arrogância do homem com a natureza.

Eu o ouvia mordiscando um pedaço de cana-de-açúcar ou um tomate brilhante, às vezes assentindo com a cabeça, sorrindo e esperando o momento que uma quadra ficasse livre. Então eu me soltava e liberava toda a minha vitalidade no saibro vermelho.

Eu procurava testar meus limites e Alek parecia entender e tentar me ajudar: *Concentre-se só na bolinha. Deixe que todo o seu corpo seja um Olho condutor. Muito bem! Excelente! Palmas para ela!* Com tudo isso, eu mal percebia que a atenção que ele me dispensava (no meu entender, era eu que o monopolizava!) não era vista com bons olhos: as pessoas que frequentavam o clube eram todas brancas e eu tinha desenvolvido a conduta de eliminar os brancos do meu campo de visão e das minhas vivências emocionais. Não por arrogância, como meu pai, mas por medo de que me ofendessem. O ódio racial é imprevisível e incompreensível, ele está onde você menos espera e é mais mortal que punhaladas imprevisíveis em nossa alma desnuda. Eu me mantinha alerta. Simplesmente não construía nenhuma relação com pessoas brancas. No que me dizia respeito, elas deveriam simplesmente descarregar seu ódio na imagem estereotipada que tinham na cabeça.

"Você é arrogante. Já acenaram três vezes para você", resmungou Alek.

"Eu sou míope. Menos seis e menos sete", comentei com indiferença.

"Eu gosto de você. Você não se deixa seduzir por ninguém, certamente não pelas mulheres deste buraco. Sabe qual é a maior preocupação delas?"

A saliência na calça dos homens, pensei, mas sabendo que essa resposta também me exporia, eu disse, melosa: "No momento, a maior preocupação delas é o professor de tênis, aliás, colega de seus maridos".

"Exatamente", ele concordou.

Assim elas deixam seus maridos em paz por um instante. Embora a única coisa que faça esses senhores passar dos limites seja a cerveja clara de Paramaribo, pensei.

"Quer que eu te apresente a elas?"

Pedi dois copos de suco de laranja e escolhi, dentre algumas possibilidades, uma resposta clara. Pois embora eu odiasse mulheres, sua falsa faceirice para ganhar os homens, seu desamparo fingido, a rivalidade destruidora que mantinham umas com as outras, eu não conseguia imaginar a vida sem suas saias se agitando ao vento. Finalmente, pela primeira vez, deixei meu olhar correr pelas mulheres. Pareciam meninas, com suas sainhas curtas de jogar tênis. Pouca bunda e pouco peito, constatei depressa, mas descompromissadas. Livres!

"O que você pretende conseguir com isso?", perguntei.

"Deixa pra lá. Não vai adiantar nada. As mulheres morrem

de inveja umas das outras. Quando não sentem pena de outra mulher, sentem inveja. Você tem amigas?"

"Não perco meu tempo fazendo coisas com as mulheres simpáticas que encontro", eu disse, enquanto em pensamento eu repetia algumas vezes aquilo que ele havia dito sobre inveja: *Se acontece algo negativo, elas sentem pena de você. Se é algo positivo, sentem inveja.*

"Afinal, você é casado?", perguntei quando finalmente decorei a frase, tentando liberá-lo da aura etérea em que eu o colocara.

"Quando eu estiver velho e cansado da vida, vou procurar uma virgem com vontade de casar e que esteja disposta a me acompanhar até o túmulo."

"Não tem nenhuma mulher de quem você goste?"

"Não é isso!", ele objetou com veemência. "Minha natureza se opõe a instituições como o casamento. Ao não me casar, eu salvo duas pessoas da mais sutil escravidão!"

"Tolice", protestei alto, pensando ao mesmo tempo que é verdade que as pessoas defendem ferrenhamente aquilo de que têm menos certeza.

"Você odeia mulheres!", eu disse, falando mais comigo mesma do que com Alek. Ele riu.

"Que tipo de romantismo você vê em fogão, sabão em pó, vassouras, uma cama e um marido morto de tanto trabalhar? Eu não conseguiria encontrar alento numa mulher infeliz e num emprego forçado. Sem falar na compulsão sexual... Por que eu correria o risco de que a mulher que eu amasse viesse a me desprezar? Não quero ficar em dívida com quem eu amo..."

"Existe essa possibilidade em qualquer relacionamento."

"Mas do casamento se espera isso de antemão, devido às suas obrigações e limitações."

De certo modo ele tinha razão. Pensei em minha mãe: suas mãos machucadas, sua barriga, ela acabada, seu peito achatado, seus tremores, suspiros, seus olhos turvos pelo eterno sentimento de culpa do marido, sua boca cansada de seus sacrifícios rejeitados. Mas algo não estava certo: eu tinha me beneficiado disso. Estava viva. Eles haviam se empenhado para que eu sobrevivesse.

"Você não teve pais? Crianças precisam de pais."

"Crianças sempre têm pais. Mesmo as geradas fora do casamento. Alguns amam seus filhos. Outros não. Muitos cuidam de seus filhos. Muitos não. Mas daqui a cem anos a humanidade terá essa questão inteiramente sob controle. Os embriões serão cultivados em estufas, como tomates, até que estejam prontos para o consumo. Os exemplares mais utilizáveis acabarão por produzir o Povo Escolhido, através de uma seleção racional. Salve a ciência!"

Fiquei escutando e balançando a cabeça.

"Se isso significa o fim do casamento tradicional, também é, ao mesmo tempo, a libertação da mulher e do homem."

Ele me olhou bem, de forma penetrante.

"Infelizmente isso também significará o seu fim, minha cara Noenka, porque você é preta!"

"E o seu, meu caro Alek, porque você tem nariz de judeu."

Talvez eu não devesse ter dito isso, porque ele ficou vermelho como um pimentão. Afinal eu tinha me proposto a não gastar energia em relações com pessoas não pretas. Mas para judeus eu fazia uma exceção irracional. Tentei sorrir.

"Eu gosto de você", ele disse pela segunda vez em uma hora. "Você me toca e isso é bastante incomum. Você deveria andar a cavalo. Eu gostaria de te pintar nua sobre um corcel de fogo. Já consigo até imaginar."

"Você é judeu?"

"Não vivo de acordo com as leis judaicas."

"Eu não vivo como o estereótipo negro!"

Ele deu uma gargalhada.

"Posso te beijar?"

Estendi a ele minha mão esquerda. Ele estampou um beijo na palma da minha mão.

"Isso tem um significado especial?", perguntei, impassível.

"Que eu reconheço uma alma gêmea em você", ele disse, sério.

"Mas eu não acredito nos seus deuses", falei, para que lembrasse.

Ele segurou minha mão.

"Você ainda é tão arrogante a ponto de pensar que o homem, com todas as suas deficiências, realmente é o cúmulo da criação? Por que uma criatura tão mesquinha como o ser humano estaria no topo da hierarquia?"

"A criação pode não estar concluída. Quero dizer, o ser humano está evoluindo para um certo refinamento."

Ele levantou os olhos para o céu.

"Talvez os tomates estejam ficando mais vermelhos a cada ano, mais cheios e ricos em vitaminas, mas nunca conseguirão transpor seu estado vegetativo por conta própria!"

"Então vamos deixar esses seus deuses se manifestarem de maneira incontestável, Alek."

"Eles fazem isso com frequência. Basta ver as descobertas geniais que de vez em quando despontam na esfera humana. Acaso? Sonhos? Inteligência? Pensamento lógico? Pesquisa exaustiva?"

"Aquele que busca encontra! Pois não há nada novo sob o sol!"

"Exatamente. Tudo o que desponta em nosso pensamento já existe. Há muitas coisas amadurecendo ao nosso redor e que está ao nosso alcance, como esta tarde tão cheia de promessas e tão fascinante quanto você. Vamos jogar para agradar aos deuses, Noenka."

"Um tomate nunca será um animal, Alek!"

"Mas um tomate que tenha a sorte de ser comido por você será incorporado pelo organismo humano. Ainda temos a ambição de agradar aos deuses, mesmo quando desconhecemos seus caminhos."

Fiz um gesto de desespero.

"Minha vida inteira fui bombardeada com deuses disso, deus daquilo. Cansa demais."

"Sshh. Não reclame. Os deuses estão atentos a você. Me deixe te ensinar a jogar na ofensiva. Quem sabe você não é a deusa do Amanhã."

"Sou casada. Alek", confessei no caminho para casa. Ele continuou andando imperturbável, pegou minha mão e balançou.

"Quem se deixou persuadir por você?"

"Eu fui pega!" Indignada, puxei a mão.

"E a corça se libertou?"

Recuperei o domínio de mim mesma. Construiríamos juntos uma parábola: um remédio para abordarmos questões delicadas com distanciamento e perspectiva. Uma terapia que Ramses tinha aprendido com sua emblemática mãe inglesa.

Respondi com estilo: "A corça fugiu da toca, mas com um peso preso na perna!".

"E o tigre está rugindo?"

"O tigre pediu ajuda à serpente. Juntos, montaram armadilhas para a corça. Acho que a serpente quer envenenar a corça!"

Foi fácil falar dessa forma sobre algo que eu estava reprimindo fazia meses, e com tanta energia, algo que sufoquei tão profundamente que não escapava nem mesmo em meus sonhos. Aliás, foi a primeira vez que falei disso. Alek apertou seus dedos frios nos meus.

"O que a corça pode fazer para sobreviver?"

"Se livrar do peso", disse Alek.

"Isso não é possível sem a boa vontade do nosso tigre malvado", expliquei.

"A corça pode fazer de conta que não há peso algum."

"Daí ela teria que ficar parada num só lugar, como uma miserável. Cada vez que quisesse se mexer, o peso provocaria dor."

"Então há três alternativas para concluir a parábola. Você pode começar", disse Alek, como se tivesse pressa.

Hesitei. Ele soltou minha mão.

"A corça encontra um esconderijo e nunca mais é vista por ninguém."

Alek pegou minha mão de novo.

"A corça está cansada de fugir e chama um cervo que passava por ali, trotando. O cervo acha mais agradável ficar com alguém do que sozinho e sugere ajudá-la a carregar o peso. Ele não poderá ir para toda parte, mas ela também não precisará ficar sempre no mesmo lugar."

"E o tigre com a serpente?", perguntei.

"Continua montando armadilhas até que ele mesmo caia numa. Quem cava uma cova para o outro acaba caindo nela. A terceira possibilidade é você que tem que pensar", disse Alek sem pressa.

"Acontece um milagre! O tempo se desequilibra e surge um tremendo caos! Os deuses intervêm e estabelecem uma nova ordem!", gritei enquanto corria um pouco à frente dele.

"É o que estamos esperando!", ele disse, me consolando, ao se aproximar de mim e me abraçar.

Como pensamos que não havia ninguém em casa, tomamos um chá juntos e ainda falamos um pouco sobre meu progresso no tênis. Depois da quarta xícara, Alek saiu apressado para um compromisso.

Fiquei pela primeira vez sozinha à noite, meio abandonada naquele casarão. Senti um pouco de medo. Quem sabe quantos seres sentados em posição de lótus estariam me observando? *As pessoas suspeitam que o mundo dos espíritos atravessa o dos humanos.* As pessoas acreditam que os espíritos se escondem em casas pouco ocupadas ou vazias. "As pessoas" eram meus professores sem nome das revistas fininhas de Ramses espalhadas pela casa.

Com medo do vazio abissal, fui para o meu quarto. Acendi a luz: Ramses. Ele estava deitado na cama, olhando para a porta. Senti um calafrio: minhas malas estavam feitas.

"Eu entendo. Tenho que ir embora", falei, resignada.

Nenhuma resposta.

Confusa, mas principalmente muito zangada, peguei minhas malas. Estavam vazias. Joguei-as no chão e abri, quase arranquei as portas do armário das dobradiças, e atirei dentro das malas peças de roupa e tudo o mais que vi pela frente. Logo as gavetas e prateleiras ficaram vazias.

Me agachei, afivelei as correias das malas e lutei contra a dor: de novo posta para fora. De novo sozinha no meio da noite. *Como se o tempo jogasse um jogo sórdido com o espaço e a matéria.* Arrastei meus pertences até a porta e tentei organizar os pensamentos. Não consegui. Tinha lido em uma revista rosacrucianista que inteligências superiores intervêm quando o espírito humano corre risco de estresse. Então esperei. Eu mesma não conseguia pensar em uma saída. Tinha esperança de ser guiada por algo fora de mim. De repente tive consciência de que, de qualquer forma, eu precisava ir embora daquela casa. Mal tinha aberto a porta, ele já estava ao meu lado.

"Não vá... Fique comigo. Se você for, não vai restar mais nada."

Ele se comportava como um pedinte: suas mãos expressivas segurando a porta, respiração agitada, olhos suplicantes. Sua voz.

"Não é você que quer que eu vá?"

Ele balançou a cabeça negativamente.

"Eu só queria dizer que você está livre. Não precisa se sentir presa a mim e à casa. Você não tem nenhuma obrigação comigo, Noenka."

"Então me deixe ir", eu disse, ressentida.

"Pra onde? Nem na casa de Alek há lugar para você." Ele estava me ofendendo ou projetando em mim a sua aflição?

"Escute, Ramses, com certeza não será a primeira vez na minha vida que eu não sei onde vou passar a noite. Se você me deixar ir agora, me dará a chance de eu cuidar para que seja a última vez. Por isso abra a porta!", eu disse, orgulhosa por ter controlado a minha ira.

Ele não se afastou, pressionando o corpo contra a fechadura.

"Então eu fico! Mas, em nome de Deus, pare com essa violência", concluí, venenosa.

Ele se afastou da porta, levou minhas malas para o quarto e as desfez; chegou a ponto até de colocar tudo de forma organizada no armário e nas gavetas.

Não deixei que ele me visse chorar.

Quando saí do banho, ele estava deitado na minha cama. Achei desagradável e fui para o quarto dele. Através do mosquiteiro, vi os besouros, centenas deles, na varanda iluminada. Alguns insistiam em voar para a lâmpada, atiravam seus corpos duros contra ela e caíam outra vez no chão. Tontos ou mortos. Que importância tinha isso? Eles morriam às centenas à noite, para desaparecerem de manhã engolidos por galinhas famintas, que, por sua vez, seriam trituradas por nossos dentes carnívoros. E a terra ria! Só a terra ria! Nela está o fim de todos nós!

Ele me tirou do meu devaneio com rispidez. Eu o senti no meu pescoço. Estava me cheirando.

"Você cheira a pântano em dia de sol. Você cheira a pântano depois de noites de chuva. Eu adoro o cheiro da sua água. Me deixe ser seu peixe!"

Ele adormeceu com a cabeça no côncavo dos meus quadris. A chuva, que tornava ávida a água de canais, pântanos e rios, e que continuava a ser trazida do leste pelo vento, fez com que meu porto seguro também se agitasse. Começou com minha mãe anunciando sua chegada por telegrama. Insegura mas feliz, passei horas no cais à espera do navio que atracou mais tarde do que o normal devido à contracorrente, com os passageiros completamente mareados.

Forte como era, minha mãe foi a primeira a desembarcar. Corri para ela, me apertei em seu corpo e não consegui evitar o choro. Ela aguardou, com as mãos ao redor dos meus quadris. Quando a soltei, vi que havia mais uma pessoa querendo abraçá-la: Lady Morgan. Fiquei paralisada. Será que ela não se importava nem um pouco com a grosseria que tinha feito comigo? Abatida, recuei. Quando minha mãe percebeu, veio até mim e ordenou: "Quero que você volte para a pensão. Não é adequado para você morar com um semi-idiota, um maníaco sexual e com os amigos dele!".

Eu me afastei e a deixei sozinha.

Quando a vi de novo, dez dias depois, foi no mesmo lugar, só que em circunstâncias diferentes: era meio-dia, o céu estava encantadoramente azul e ela ia embora. Fui até minha mãe, mas dessa vez foi ela quem se afastou de mim e me deixou sozinha. Achei inconcebível e fiquei esperando. O cais superlotado. O navio balançava. Continuei esperando. Não sei como ela me achou, mas me abraçou, queixosa (O que estão fazendo com você!), chorou e depois me deixou ali parada.

Não fazia nem uma semana que ela havia partido quando o inspetor encarregado da política de alocação, sentindo-se obrigado a intervir na vida privada dos funcionários alocados, chegou, não sem alarde, ao distrito do arroz. O corpo docente do Serviço Público entrou em alvoroço. Os diretores das escolas apressavam seus funcionários. Registros com atraso de semanas foram, sem perda de tempo, preenchidos com cruzinhas por alunos aplicados. Cadernos preparatórios e relatórios de avaliação foram inventados. Conflitos foram solucionados, os pátios das escolas capinados e reuniões anunciadas.

Durante um desses encontros, o primeiro desde que eu estava ali, conheci todos os funcionários. Quatro professores graduados e sete normalistas. Cinco homens. Seis mulheres. Juntos, redigimos uma lista de reclamações, das quais a principal era o protesto contra o trajeto horrível que os funcionários viam-se obrigados a percorrer diariamente até o pôlder, e com seu próprio meio de transporte. Moradias no local ou transporte oferecido pelo governo eram as exigências.

Eu me divertia com as discussões, aderia aos votos da maioria, não conseguia rir das piadas sujas do diretor, não precisava da cerveja e não tinha nada a acrescentar. Nem quando meu chefe, com um risinho maldoso, observou que, segundo os documentos oficiais, eu era uma "senhora" e não uma "senhorita". Eu não levava para casa montes de frutas e verduras da horta, por isso não me sentia obrigada a nada. Mais tarde descobri que não tinha sido por acaso que nossa escola foi a primeira a ser escolhida para a fiscalização do inspetor.

* * *

Durante sua visita ele me cumprimentou com a cortesia apropriada. Perguntou sobre minha vida pessoal e sobre meu bem-estar, fez algumas observações em sarnami* para meus risonhos alunos e saiu me dirigindo uma pequena reverência. Para divertimento de todos, ele deixou um bilhete com meu chefe, no qual me oferecia a possibilidade de ir até seu gabinete em determinado horário. E foi por causa desse pequeno comunicado que fiquei sabendo, através da linguagem floreada dos demais professores, dos romances do excelentíssimo inspetor. O diretor da escola ainda se atreveu a me pedir que eu tivesse cuidado, uma vez que aquele senhor tinha um relacionamento de longa data com uma das minhas colegas, e me alertou para que eu tivesse a generosidade de não atrapalhar a boa relação entre os funcionários. Informei a ele, com a maior naturalidade, que eu tinha diversos amantes e que achava o senhor inspetor nobre demais para rebaixá-lo a isso. A verdade é que me solidarizei com as mulheres que ele já havia conquistado: *As mulheres de Nickerie, como os campos de arroz, aguardam excitadas para ser semeadas.*

Fui até o inspetor confiante e muito bem informada de todos os pormenores. Havia outras vinte pessoas esperando na minha frente, também com histórias já bem ensaiadas para o interrogatório. Quatro horas depois do horário marcado, fui chamada. A sala era pequena e quente. Havia duas cadeiras de aço e uma mesa de madeira. Fui convidada a me sentar.

---

* Variante surinamesa do hindustani caribenho. (N. T.)

"Nickerie fez bem à senhora! Para começar, ficou mais bonita...", ele iniciou, sorrindo.

Me mantive quieta como um peixe.

"Onde a senhora mora?"

"Na rua Gouverneur. O número eu não sei."

"Sozinha?"

"Moro na casa de uma pessoa."

Ele inspirou profundamente, se levantou e começou a andar para lá e para cá.

"Sejamos sinceros... A senhora vai casar com aquele rapaz?"

Eu estava preparada e respondi sem mudar o tom de voz.

"Não."

"O que a senhora pretende fazer então?", ele perguntou, irritado.

Não respondi. Ele se sentou novamente.

"Está satisfeita com a situação?"

Fiz que sim com a cabeça.

"A senhora dorme com aquele rapaz?"

"Às vezes."

"A senhora o ama?"

"Às vezes."

"Ele a ama?"

"Ele é carinhoso e bom pra mim. Não me incomoda."

"Ele não tem boa reputação. Ele abusa de mulheres... dizem."

Ele só acrescentou a última palavra quando concordei com expressão divertida. Esperei, satisfeita.

"Ouça, minha cara menina, está vendo todo este cabelo grisalho?", ele disse, inclinando-se para mim do outro lado da mesa.

Eu olhei para o cabelo dele e fiz que sim com a cabeça.

"Ele ficou grisalho, em parte, por eu não entender a vida,

em parte pelas decepções com as quais não consigo lidar e em parte por causa da idade."

Me senti insegura, pequenininha.

"O que eles querem de mim?", perguntei baixinho.

"Vá morar em um destes endereços que vou te dar. Não porque onde você está seja ruim para você, mas é que eu também tenho minhas obrigações."

Ele me entregou um papelzinho. Reconheci um dos nomes. "O primeiro é de uma parteira. Boa pessoa. Há outras professoras que moram lá. O segundo é de uma família. Dois filhos, eles são pessoas com deficiência. Um belo quarto. Eu recomendaria este último endereço. Ela gosta de você e eu respondo pessoalmente por ela. É uma ótima pessoa."

"Também a considero minha colega mais próxima. E é justamente por isso que não vou para lá. Eu tenho um gênio ruim. Além do mais, nem sei se vou fazer o que o senhor quer que eu faça", lamentei.

"É uma ordem!", ele disse de maneira fria e decidida.

Eu me levantei.

"Se você não se mudar, saiba que ficará aqui por apenas mais três meses."

Encontrei Ramses e Alek junto às orquídeas; pareciam irmãos.

"O que ele queria?", Ramses perguntou, direto.

"Que eu não me meta com homens sedutores", brinquei.

"Os iguais se atraem, você poderia ter dito, mas claro que não pensou nisso", caçoou o ruivo. O negro queria saber mais.

"Eles querem que eu me mude."

"Eles quem?", Ramses perguntou com frieza.

"Minha mãe e o inspetor."

Ele fechou sua agenda e olhou para Alek.
"Vocês vão ter seus corsages. Ok? Agora pode ir embora!"
Alek partiu imediatamente. Fui me sentar ao lado dele.
"Corsages para quê?"
"Para uma festa dos marinheiros. O velho grupo vai embora. Alek tem que ir junto. Ele está partindo!"
"Pra onde?"
"Holanda. Com certeza ele te contou!"
"É por isso que você está mal-humorado?"
Ele foi até uma bacia com água da chuva e lavou o rosto.
"Você não pode ir embora, Noenka. Você tem que ficar. Eu me caso com você!", ele despejou.
"Por causa da minha mãe e do inspetor?"
Ele jogou um punhado de água em mim.
"Deus sabe por quê."
Ele se aproximou de mim. Enfiei minhas mãos nos bolsos da sua calça, esfreguei a barriga em suas nádegas. Mordi suas costas.
"O endereço novo será uma farsa. Eu vou ficar com você. Nem Deus pode me proibir isso."
"Ele pode arruinar você, tenha cuidado."
"Eu morreria para ficar com você."
"Ele pode confundir sua mente."
"Meu corpo encontrará o caminho até você."
Passaram-se minutos sem nenhuma palavra. A orquídea-sapoti que florescia espalhava um odor leve, incapturável.
"E quando a deusa abandonará seu amante?", ele perguntou, no mesmo ritmo.
"Só quando ela o tiver saciado de corpo e alma."
Pela sede dos lábios dele, percebi que poderia durar uma eternidade.

* * *

Dez dias depois fui morar com a família Jonathan: paredes muito brancas, chapiscadas, caixilhos robustos e portas de madeira escura. Banheiro privativo. Cama larga. Cadeiras de couro.

A dona da casa era como um clima de chuva e sol, uma circunstância desconexa. Mais seios que corpo. Mais cabelo que rosto. Mais sol que pele branca. E sobretudo ela era voz. Às vezes movimento.

Me mostraram a casa inteira com uma série de comentários simpáticos e chá em xícaras leves e largas, sem asa. Vi desenhos a lápis, chineses de quimono, senti o cheiro do jasmim quente e ouvi o som dominical da lata de bolachas. Me senti em casa. Sorvi o chá agradecida.

"Está delicioso."

Ela continuou bebendo.

"Obrigada. Ganhei da sogra do sr. Bookkeeper. Uma senhorinha chinesa. Uma espécie de bruxa cheia de ervas e provérbios."

Eu ouvia enquanto sentia o perfume do chá e o bebia devagarinho.

"Você não precisa se incomodar com os meus filhos, caso não goste de crianças", ela disse, nervosa.

Seu medo a fez perder o cheiro de esmalte de unha.

"Quando eles chegam em casa?"

"Por volta da uma da tarde, para comer. Por quê?"

Sua agressividade cheirava a talco de bebê.

"Posso comer junto com eles?", perguntei um pouco tímida.

"Vamos ver!", ela respondeu com frieza.

Quando entrei, Ramses e Alek estavam na espaçosa mesa da cozinha, cercados de rolos de fita, alfinetes, fios e de outros apetrechos desconhecidos.

"Como está cheiroso aqui!", gritei feliz.

"A casa dos seus novos anfitriões cheira mal?", Alek perguntou, irritado.

Para me acalmar, saí da casa e fui até as plantas da estufa. Quando voltei para junto deles, Alek recomeçou.

"Está gostando de lá?"

"A casa é bonita. Meu quarto é elegante. A cozinha tem prazeres gastronômicos."

Ele esperou quando fiquei em silêncio.

"Ela é bonita."

"Quem?", perguntei, ingênua.

"Gabrielle."

"Seus olhos de pintor devem saber disso muito bem", provoquei.

"Mas ela também é a mulher mais fria que já encontrei na vida."

Me virei de costas para os dois, fui para perto da janela e sorri.

"Ela te ofereceu alguma coisa?"

"Chá. Chá quente", falei debilmente.

"Tome cuidado para ela não te seduzir com a garrafa. Ela ensinou muitos jovens a beber."

"Noenka só bebe quando eu estou junto!", reagiu Ramses paternalmente.

Eu queria saber mais sobre minha nova anfitriã.

"Ela bebe?", perguntei.

"Por sorte sim, porque se ela não se entupisse de bebida alcoólica, congelaria Nickerie."

Eles riram alto e por muito tempo da piada maldosa.

"Os corsages vão ficar prontos a tempo?", perguntei para mudar de assunto.

"Mesmo assim é melhor lá do que com a parteira. Ela poderia te convencer a ficar de esfregação!", ele continuou.

"Pode parar. Nada de piadas grosseiras sobre mulheres na minha frente!", eu disse, aborrecida.

"Você sofre de excesso de sororidade, garota!"

"*Relax!*" Ramses tentou me acalmar, prestava atenção no nosso bate-boca sem em nenhum instante afastar os dedos ou os olhos das peças que iriam se transformar em corsages. Olhei para ele com carinho. Anoitecia. Quando quis me levantar para ir fazer o chá, Alek me segurou por baixo da mesa com suas pernas. Ramses olhou, assustado.

Ele ficou surpreso e saiu da cozinha.

"Cuidado. Tem dois cervos indo na sua direção", disse Alek. Enquanto eu tentava soltar minha perna, sentia que, em pensamento, ele percorria um caminho mais além em minha pele. Ramses voltou com uma garrafa de vinho que havia deixado em temperatura ambiente no orquidário. A sala vibrou quando ele rompeu o revestimento de alumínio e girou o saca-rolha com firmeza.

"Quero saber o que vou beber", disse Alek.

O vinho respirou novamente com um estalo.

"Bergerac", explicou Ramses. "Mas é melhor você mesmo descobrir a personalidade dele."

Entornou o vinho nas taças e jogou a garrafa, que se quebrou.

"De pé!", ordenou.

Obedecemos.

"Levantem as taças!"

Acatamos.

Ele olhou pra mim, em seguida pra Alek e, depois de um bom tempo com os lábios entreabertos, anunciou:

"Esta noite vou fazer uma coisa que sempre fiz com amor e esmero com as minhas plantas. Transplantar vocês dois." Ele olhou para Alek.

"Alek, vou sentir sua falta. Nada vai aliviar a saudade. Já tive muitas amantes, mas nunca um amigo. Às vezes as mudas não se dão bem na terra nova. Às vezes a planta matriz murcha. Não sei qual parte minha vai sofrer mais. Estivemos tão próximos! Alguns anos de química me ensinaram a distinguir as substâncias. Isso se tornou minha filosofia de vida. Busco pureza, e é justamente o amor que me torna um clarividente. Não há nenhuma diferença entre as qualidades de um amor puro e de uma amizade pura. Dois nomes para o mesmo fenômeno. A diferença só aparece quando se reconhece em alguém um amigo!" Ele nos olhou por um bom tempo.

"Bebam comigo, meus amigos!"

Eu bebi bastante.

"Beba tudo!", ele me encorajou.

A bebida borbulhava dentro de mim e eu me sentia acorrentada.

"Olhe a Noenka", Ramses continuou. "Nesta vida, minha amizade com ela tem dimensões que para mim estão associadas à criação. Com você não, Alek, porque você é um homem como eu. Então, *if in the twilight of memory we should meet once more, we shall speak again together and you shall sing to me a deeper song. And if our hands should meet in another dream we shall build another tower in the sky.** Esta noite eu inundo vocês com

---

* "Se nos encontrarmos novamente no crepúsculo da memória, voltaremos a conversar e cantarás para mim uma canção mais profunda. E se nossas mãos se

a tempestade da minha alma e com o vinho amadurecido pelo sol como o símbolo do amor amadurecido pela vida." E despejou um pouco de sua própria taça nas nossas.

"Noenka disse que você tem um semblante de Cristo. E ela tem razão, porque você é de verdade um Cristo", Ramses disse, abraçando o amigo.

Alek permaneceu imóvel e, como naquela noite na cama, com os olhos voltados para Ramses. O vinho tinha um sabor um tanto doce e convidava a beber mais e mais. Novas garrafas foram abertas. Lembranças foram resgatadas. Eu tinha a sensação de que era melhor eu ir embora e deixar os dois sozinhos. Ramses foi ficando cada vez mais inglês e sensível. Eu não suportava vê-lo assim, abraçado a Alek, que continuava envolto em fel, num silêncio sacerdotal.

À medida que a noite avançava, Alek foi ficando mais hostil. Não que ele tivesse dito ou feito alguma coisa, mas eu tinha a sensação de que ele me tratava tão bem que chegava até a ser ofensivo.

"Fico triste por vocês dois", eu disse, amistosa, mas olhando para ele de queixo erguido.

"Não sei se devo invejar você ou Ramses!", ele retrucou.

"Pode me invejar, embora eu seja apenas uma substituta. Veja como seu amigo está triste por sua causa", eu disse.

"Ele não está triste! Ele está transplantando! Está oferecendo todas as certezas dele para você."

"Ou as objeções?"

"As esperanças dele! As esperanças!"

Não tive oportunidade de perguntar de que tipo, pois nosso Amigo voltou com uma nova garrafa.

---

encontrarem em um outro sonho, construiremos uma outra torre no céu." Trecho do poema "The Farewell", de Khalil Gibran. (N. T.)

"Acabei de decidir que vou raspar a barba, Alek. Como sinal de luto!"

"Quero que você mantenha a barba!", eu disse, ressentida.

"Eu raspo para você! E você raspa a minha!", gritou Alek.

Eu saí da sala.

Eram quatro da manhã quando acordei. A casa estava banhada em luz. Os rapazes estavam deitados na cozinha. Como se o sono tivesse se abatido sobre eles de repente. Garrafas de gim vazias na mesa. Peças de roupa. Livros. Um deles havia vomitado. Talvez os dois. Apaguei as luzes e saí. Besouros estalavam sob as solas do meu sapato.

Na próxima vez em que encontro Alek na quadra de tênis, Ramses está com ele. Eles me dão um sorriso cúmplice. Ambos sem barba. Estão vestindo camiseta e tênis iguais. Isso me irrita.

"Tenho uma surpresa pra você!", Ramses grita.

"Espero que seja um Bergerac!", retruco, mas meu cinismo lhe escapou devido ao entusiasmo.

"Você será o par de Alek no baile de despedida. De vestido longo e com uma orquídea minha no cabelo."

Me senti desagradavelmente surpresa. Minha vontade era arrancar sua língua e com ela vendar seu amigo. Mas escutei de cabeça baixa, sem me trair. Vou fazer alguma coisa, ele vai ver. Vou explodir a fortaleza deles. Enquanto meu plano se desenvolvia, eu rebatia as bolas para o professor com firmeza e meticulosidade. Talvez ele tenha sentido que eu estava na ofensiva, pois deixou de lado seu jeito brincalhão. Me fez correr para lá e para cá, da linha de fundo à rede. Se empenhou em me humilhar na frente de Ramses.

"Não fique tão tensa. Menos raiva!", gritou enquanto pegava as bolas que eu acertava na rede. Eu me mantive firme. Alek punha mais efeito na bola. Durante vários minutos, o barulho surdo do encontro entre a raquete e a bolinha, acompanhado de arquejos, foi a única coisa que ouvi. Eu estava sem fôlego. Arfava.

"Parem", Ramses advertiu.

"Agora que estava ficando bom!", Alek gritou para Ramses.

Eu não aguentava mais. Tinha calafrios, tremia. Me senti tonta, vi estrelas. Então joguei a raquete no chão, soltei as bolinhas e caí, estranhamente devagar.

Gabrielle quis ajudar com os corsages. Recusaram. Ramses não estava disposto a transferir suas atividades para a cozinha dela e Alek não tinha vontade de pajeá-la. Ela estava sozinha com as crianças. O marido, Evert, tinha sido chamado com urgência à estação de pesquisa em Wageningen e só voltaria para casa dentro de dois dias. Para demonstrar solidariedade, fui para casa pouco depois da meia-noite com os dedos encharcados e o cheiro de flores distantes no cabelo.

Caminhei, corajosa, pelas ruas escuras, passando pelo canal. Às vezes era cumprimentada indistintamente por silhuetas escuras que tiravam água do canal. Ouvi pessoas se lavando. Sentia prazer em pensar no meu descanso noturno. Eu gostava de dormir. Ri de Ramses um dia, quando ele me disse que eu estava criando molestadores ao andar sozinha pela cidade à noite. Por Deus, quem em sã consciência pensaria em me molestar? Eu era puro osso, e os homens de Nickerie gostavam de gordurinhas. Além do mais, não aconteceria nenhum estupro. Eu não iria oferecer resistência. Respeitaria as instruções do sujeito e me despediria com uma reverência.

Talvez essa indiferença seja resquício dos cromossomos Y dos meus antepassados, que foram condicionados a se doar, agradecidos, à brutalidade sexual e a seus amos brancos e negros. De braços e pernas abertos. De olhos e lábios fechados. Sem gemido, sem suspiro, sem soluço, apenas a espera rítmica pelo estertor animal que significava o fim do sonho. Mas como fechar uma vagina que nunca se abriu? Escutei passos perto dos meus. Passos pesados. Uma bota. Comecei a andar mais rápido. Corri. Senti uma respiração quente no pescoço. Apertei a campainha.

"Senti muito medo na rua. De repente ele tomou conta de mim."

Ela balançou a cabeça em sinal de compreensão, me envolveu com seu braço e me levou para a cozinha. Ela passava uma sensação de calor e solidez.

"Você está com um cheiro delicioso", disse.

"Orquídeas azuis. Vou trazer algumas para você na próxima vez."

"Por favor!"

"Eu não quero chá!", falei, estremecendo, quando vi que ela começava a prepará-lo. Gabrielle segurou minhas mãos com firmeza e percebeu que eu tremia terrivelmente.

"Vai passar", me desculpei.

"Tome um banho quente. Você pode usar o banheiro das crianças", sugeriu. "Meu marido, muito habilidoso, instalou uma espécie de caldeira lá."

"Não quero incomodar as crianças. Já são quase duas da manhã!", eu disse, recusando com um tom amistoso.

"Meus anjinhos não vão se importar. Eles estão dormindo profundamente. Mas se você não quiser por outros motivos..."

Quinze minutos depois eu estava refeita ao lado dela, dentro de um roupão acolchoado. Tinha decidido ficar acordada com

Gabrielle, se ela quisesse. Era quinta-feira à noite e a sexta-feira, na verdade, não era considerada um dia escolar no pôlder.

"Você não vai estar cansada amanhã?", ela perguntou.

"Já dormi um pouco", menti.

"Não precisa ficar acordada por minha causa", ela disse, percebendo que eu mentia.

Me acomodei melhor e suspirei com prazer.

Eu me sentia bem ao lado dela. Pedi alguma coisa para beber.

"Chá? Chá de jasmim, Noenka?"

Olhei para ela sorrindo, sem responder.

"Chá de gengibre também é uma delícia. Chá de ervas é bom a esta hora."

Ela parecia tímida.

"Só gosto de chá quando o sol está brilhando ou quando está chovendo", falei devagarinho, sem que eu mesma acreditasse.

"O que você gostaria de beber então?"

Passei os olhos descaradamente pelas prateleiras cheias do bar. Uma bela visão que me deixou melancólica. Ela foi até lá. De maneira provocante, acariciou as garrafas de cima a baixo e leu os rótulos. Ela tinha talento para línguas estrangeiras.

"Eu não entendo muito de bebidas alcoólicas, mas é uma bela visão. E um bem precioso", eu disse, interrompendo-a.

Ela permaneceu em silêncio por algum tempo, e então: "Evert traz de Georgetown. Amigos que viajam muito também nos trazem algumas. Queríamos montar uma adega, uma coleção particular com vinhos selecionados, conhaque, uísque, rum. Mas nunca conseguimos. Toda vez que ele chega em casa com um bom achado, contrabandeado de algum país distante, eu esvazio em meia hora quando ele passa a noite fora de casa. Fico surpresa que ainda tenha tanto...".

"Isso significa que ele não sai com tanta frequência!", concluí.

Ela corou muito. Era assustadoramente bonita. Alek tinha razão.

"O que eu posso te oferecer?", ela perguntou quando eu não disse mais nada.

"Nenhum vinho caro do seu marido."

"Isso não importa."

"Quero alguma coisa suave, doce, mais ou menos forte, e de preferência quente e colorida."

Ela riu com seus grandes dentes brancos.

"O que é considerado excelente não é doce nem suave, mas forte e preferivelmente escuro ou claro. Nada colorido."

Demos risada.

Duas horas depois:

"Por acaso o boato sobre meu alcoolismo histérico já chegou a você?", ela perguntou enquanto arrumava meu cabelo despenteado pelo vento.

"Já."

"E se eu confessar que é verdade, você vai se mudar?"

"Não."

"Você não acha ruim que eu seja conhecida como alcoólatra?"

"Álcool não é saudável."

Suspiramos juntas.

"Trabalhar demais também não é. Insônia também não é. A gente opta por alguma coisa", ela disse, com um pretenso ar negligente.

"O álcool deixa as pessoas feias."

"Eu sou feia?"

Nos olhamos no espelho. "Talvez você já tenha sido mais bonita. Mas na verdade eu quis dizer feias por dentro."

"Gosto de me pintar, mas não para me esconder. A ideia é justamente acentuar o lado de dentro. Meu interior é feio?" Este último comentário soou afetado.

"Quantos anos você tem?"

"Trinta e seis", ela respondeu sem hesitar.

"Dez a mais do que parece", provoquei.

"Obrigada, Noenka. Às vezes eu preciso desse tipo de elogio forçado!"

Eu não disse mais nada. Dei um sorrisinho. Ela enrolou meu cabelo, mecha por mecha. O licor quente fazia efeito. Eu lutava contra o sono. Minha cabeça descansava pesada no colo dela.

"Venha dormir comigo", ela disse na noite seguinte, depois de uma jarra de vinho quente.

"Como assim?", perguntei um tanto embriagada.

"No meu quarto. Na minha cama."

"Por quê?"

"Porque é gostoso, Noenka."

"Mas que diferença faz se a gente no fim vai dormir?"

"Toda. Os sonhos são mais criativos e suaves. Alimentam a gente."

Enquanto dizia isso, ela suspirava e sorria, balançando a cabeça.

"Seu marido não vai gostar", eu disse, querendo me desculpar pela minha recusa.

"Ele não me conta com quem divide seu quarto de hotel. E menos ainda a cama."

Ela apagou algumas luzes e fechou as cortinas com puxões rápidos. "Fique tranquila sobre dormir comigo, Noenka. Nós temos duas camas individuais juntas."

Hesitei, desconfiei, não conseguia entender a situação. Ela se aproximou de mim e segurou meu rosto com as mãos.

"Você está com medo de mim?", ela perguntou, olhando para a minha boca. Então eu senti: ela não era uma circunstância; era um estado de espírito, naquele momento melancolia. Gabrielle não esperou pela minha resposta, soltou o cabelo, pegou minha mão e eu me deixei levar.

"Não precisa ter medo. Ainda quero conversar um pouco mais. E quanto às mulheres, eu nem saberia o que fazer com elas", e continuou falando. Ainda assim, ficamos um bom tempo em silêncio no quarto.

"Eu não tenho medo de você!", eu disse, quebrando o silêncio e olhando para a foto de casamento deles.

"Obrigada!", ela disse num suspiro; em seguida foi até o porta-retrato e o virou, resoluta.

"Desde que nasci eu sou sozinha. Meus pais eram tão voltados um para o outro que não havia espaço para mim. No entanto eles me adoravam: eu representava o troféu do amor deles. Mas, assim como um troféu, eu era colocada de lado com todo o cuidado, e só ressurgia quando eles queriam me mostrar. Nas festas de família ou quando amigos iam visitá-los, eles me exibiam, mas deixar que eu me aconchegasse com eles na cama de manhã estava fora de questão. Eu dormia mal com as tempestades de outono, por exemplo, e ia para o quarto deles. Enquanto minhas pernas aguentavam, eu ficava parada do lado da cama, vendo como eles dormiam pertinho um do outro, abraçados. De manhã eles me encontravam no tapete ou no colo da nossa babá, que cheirava a alho, e não a canteiros de flores como a minha mãe."

Ela tirou o lençol que a cobria e se inclinou na minha direção.

"Estou te aborrecendo?"

"Continuo sintonizada, minha senhora."
"Quer uma bebida?", ela perguntou.
"Não. Quero te ouvir!"
"Tenho uma sede insaciável. Estou feliz por você me ouvir!" Ela se levantou e escutei a água saindo da torneira.

"Meu pai era médico. Clínico geral. Minha mãe era sua assistente. Ele morreu pouco antes de fazer sessenta anos. Minha mãe não aguentou nem um ano. Eu via como as lembranças dele a sugavam para a morte. Eles me deixaram algum dinheiro. Uma mansão em Zeist, hipoteca inclusa. Centenas de livros. Muitos amigos. Evert se formou pouco depois. Rodamos algum tempo pela Europa: França, Espanha, Alemanha. Estávamos bem, mas ainda sem encontrar a paz. De repente ele quis vir construir seu país. Fomos mandados para Wageningen. Um ninho de gente fofoqueira. Ele ajudou a aperfeiçoar o cultivo de arroz para as bocas mimadas dos holandeses e dos americanos. Muito de vez em quando, um pouco disso ia parar no prato da mãe dele. Construímos esta casa por pura indignação." Ela se levantou de novo, foi até a cozinha e voltou com torradas, um pote de pasta de amendoim, manteiga.

"Quão bem a gente conhece um homem quando o conhece ainda estudante, se casa e vive com ele, enquanto ele se arrasta por quatro anos na faculdade? Muito pouco! Ele está constantemente cansado e mentalmente envolvido demais com suas provas para de fato dar atenção a você. Tudo era um mar de rosas nas festinhas que organizávamos na casa dos meus pais, que estavam eternamente de férias. Um casal invejável, os amigos diziam. E era verdade mesmo, porque o que não dava certo de dia era consertado à noite na cama. E como! Sabe o que eu fazia quando Evert estava na faculdade ou estudando em casa?"

"Você lia", eu disse e olhei para as estantes lotadas que cobriam as três paredes daquele cômodo.

"Eu tentava aprender línguas estrangeiras e manuais médicos. É curioso, mas só fui conhecer meus pais através dos livros deles. Os dois eram humanistas. Tinham livros sobre todas as religiões possíveis em casa. Muitos trabalhos originais. Eram apaixonados pela França. Pela língua. Por sua história cultural. Aliás, eu também, mas etnologia era o verdadeiro hobby deles. Andavam por ruínas e museus. Visitavam os povos mais exóticos. Meu pai tinha uma coleção de instrumentos de sopro peculiares. Muitas flautas de osso. Aprendi a tocar flauta de Pã com a minha mãe." Ela se calou abruptamente.

"Gostaria que estivessem vivos. Quando descobri que meu filho era uma pessoa com deficiência, perdi o interesse por tudo. Meu entusiasmo pelo que acontecia fora de casa morreu. Comecei a beber... Na verdade, não foi bem assim... foi uma confluência estranha de circunstâncias..." Em silêncio, passou manteiga nas torradas.

"Depois houve problemas por causa de uma amiga, uma holandesa. Acusações contra mim. Ressentimento da elite branca daqui e de Wageningen. Não conseguiram me atingir diretamente, então voltaram-se contra Evert. Serviços pesados em Wageningen. Remoção do primeiro escalão. Isso porque ofereci abrigo a uma mulher branca casada que tinha um caso com um surinamês casado. Hipócritas, porque todos eles a desejavam e não suportavam que ela só quisesse aquele chinês. Foi demais pra mim. Evert sempre longe de casa. Maud na miséria. E o meu menininho querido de repente não engatinhava mais, ficava deitado quietinho em cima do seu ursinho, não subia mais na beirada do berço... Meu amor ficava só num canto do quarto. Viajei pra cima e pra baixo com ele entre Nickerie e Paramaribo até que descobrissem. Quando ele tinha quase quatro anos e me convenci de toda a verdade, dei a ele uma irmãzinha. O diagnóstico dela foi dado: Mizar também tem a mesma anomalia cerebral que o irmão. Evert ficou furioso quando soube que poderíamos ter evitado. Duas crianças com deficiência, isso foi um duplo desgosto em seu peito de homem saudável. Mas o meu peito queria alimentá-las. Agora os dois são parceiros de brincadeiras, amigos, amorosos. Eles se dão muito bem. Caso contrário, um dia eu seria obrigada a colocá-los numa instituição. Com certeza as pessoas convenceriam Evert. Mas a mim... teriam que rasgar meu peito."

Mastigávamos, perdidas em pensamentos.

"Está começando a enxergar o vale de lágrimas entre Evert e mim?"

Assenti com a cabeça, cansada.

"Nunca vamos conseguir superar!"

Nunca sempre faz sentido no sofrimento, pensei, mas disse: "Sessenta anos não são suficientes para superar isso?".

Ela se espantou e me olhou zangada.

"Sessenta anos?"

Ela se atirou na cama.

"Sessenta anos? Esperar até eu ficar senil?" Furiosa, ela se levantou e se endireitou.

"Noenka, daqui a cinco anos eu vou para a Europa com os meus filhos, provavelmente sem o Evert!"

"O que você vai fazer lá?"

"Estudar direito e encontrar outro marido."

"Por que você está adiando, se está tão convencida?"

Afastei o lençol para ouvir bem a resposta. Silêncio. Forcei os ouvidos a noite toda, mas só ouvi a luz se apagar.

"Não dormi a noite inteira", ela reclamou na manhã seguinte.

"Com certeza por causa do meu mau hálito", brinquei.

"Você ridicularizou o meu plano", ela reclamou.

"Então você me entendeu errado, Gabrielle", eu disse com ternura.

"Você tem uma única chance para se defender." Ela parecia desesperada.

"A lei da minha natureza é a seguinte: experiências dolorosas devem durar o mínimo possível, para que no futuro a gente se incomode o mínimo possível com elas."

"A vida inteira!", ela resmungou depois de refletir um pouco.

Fui rindo para o meu quarto e escrevi o seguinte bilhete: *Meu casamento durou exatamente nove dias*. Coloquei cuidadosamente em um envelope, com o nome e o endereço dela.

"O que é isto?", ela perguntou.

"Uma prova!"

Esperei. Ela leu em voz alta com uma força que me derrubou.

Depois me olhou surpresa e disse: "Como é possível? Quase todas as mulheres levam anos para se livrar de um marido. E você parece extremamente suave. Extremamente vulnerável!".

"Posso ficar com as flores que sobraram?", perguntei a Ramses com voz doce.

"Não sobrou nada", ele respondeu no mesmo tom.

"Que estranho", murmurei, desapontada.

"Quebramos apenas as partes que precisamos de toda inflorescência. Mas se você quiser mesmo, se quiser algumas flores..."

"Sádico. Você já passou da idade de arrancar as patinhas das moscas uma por uma. Suas plantas queridas também sentem", eu disse com aspereza.

"Sem dúvida. Mas elas não sentem como nós."

"Como você sabe?", perguntei agressiva.

Alek surgiu de um quarto para se intrometer: "Minha mãe até conversava com as plantas que ela tinha no apartamento. Quando ela morreu e ficou lá caída por dias, as plantas não gritaram em coro pedindo ajuda. Nem mesmo tiveram o respeito de resistir ao cheiro ruim. Encontrei todas completamente secas depois de seis dias".

Ele caminhou até o orquidário e me olhou, desafiador. "Simplesmente peça algumas orquídeas. Você sabe que Ramses faz tudo o que você quer."

Fui me sentar, decidida a não responder. Meu momento de revanche chegaria.

"Você queria dar flores para alguém?", Ramses perguntou, preocupado.

"Para Gabrielle. Ela é muito carinhosa comigo."

"Carinhosa?"

Alek se postou atrás de mim.

"Ela está tentando te embonecar. Vai te transformar numa boneca de vitrine. Olha só para ela, Ramses, está com o cabelo todo ondulado. Daqui a um ano não vai ter te sobrado mais nada de verdadeiro!"

Tamborilei os dedos com força no tampo da mesa.

"Em todo caso, você não precisa ir comigo ao baile assim."

Soltei uma gargalhada.

"Você vai se arrepender disso, cara. Será a primeira e a última vez na sua vida que eu vou ser seu par."

"É exatamente isso que deixa o nosso exilado tão revoltado, Noenka", Ramses se intrometeu, arrogante.

"O exilado aqui vai botar fogo na sua cidade antes de deixá-la para sempre!", continuou Alek, inclinando-se sobre mim enquanto falava com Ramses.

"Em que roupa a cidade vai se embrulhar? Num traje escuro, salpicado de estrelas feitas de glitter? Ou em vestes de bainha em ponto ajour, em que até os bairros mais pobres brilhem sob o dourado do luar?"

"Chega!", gritou Ramses, nos arrancando do nosso estranho êxtase. "Ela vai vestir vermelho. Fui eu que pedi. Vermelho-raposa!"

"Portanto uma cidade em chamas", disse Alek, me olhando pensativo. Ramses voltou com alguns ramos compridos e cheios de flores cor de bronze, dos quais pendia um enorme labelo rosa. Uma catleia brasileira.

"Agora vá. Elas são para você e Gabrielle. Fique bonita para o baile. Nos vemos de novo no domingo!"

Ele se virou para Alek e se pôs diante dele em posição de boxeador.

"Minha cidade vai brilhar, mas não ficará em chamas por sua causa. Fogo frio, *you know*!"

Radiante, apertei o rosto contra as flores para sentir o cheiro da axila da Mãe Terra.

Como todas as festas oficiais, aquele baile também se destacava pela aparência esplêndida dos casais, que tinham os olhos voltados para todos os lados, menos para a pessoa com quem tinham se comprometido num passado distante.

"Ah! Lá vem o nosso capelão!", gritaram quando entramos, em tom de chacota.

Alek estava com sua cara de Jesus. Inacessível, sem se apresentar à fileira de anfitriões, ele me guiou até um salão muito iluminado. Usava seu uniforme verde-claro com dragonas vermelhas, quepe na mão.

"Você vai deixar o seu posto?", perguntou um cavalheiro de branco, enquanto pegava minha mão para beijar meus dedos.

"Sua noiva?", perguntou um outro.

"Tudo o que você puder imaginar", Alek respondeu, e continuou andando até uma mesa, de onde podíamos ter uma boa vista do salão, da entrada e do palco no qual a banda estava reunida.

"Pensei que os corsages fossem para as mulheres", cochichei, indignada, quando vi a lapela decorada dos homens. Ele continuou olhando em volta do salão.

"O comissário ofereceu para as tropas que estão partindo. Eles têm uma medalha comemorativa no peito também", ele disse, como se falasse consigo mesmo.

Marinheiros trajados de verde-escuro circulavam com bebidas e petiscos.

"Quando você viaja?", perguntei para tentar desfazer o clima de meticulosa inacessibilidade que ele irradiava.

"Segunda-feira. Depois de amanhã. Vamos nos levantar para o brinde e a dança!"

"Alek dançou como uma borboleta. Eu o segui. Deixei que ele me levasse no ritmo da música. Nenhum sorriso rompeu sua máscara. Nenhum sinal de rendição. Ele só balançava a cabeça negativamente quando outros homens vinham me tirar para dançar."

Vi pelo espelho que ela estava sorrindo.

"Ele dançou a noite inteira comigo, bem juntinho, sem nenhum sinal de comoção em seus músculos."

Ela me penteou até tirar o cheiro desagradável da festa do meu cabelo.

"Eu fiz de tudo para seduzi-lo, Gabrielle." Enquanto eu lavava o rosto e escovava os dentes, vi que ela pendurou meu vestido e o alisou com a mão.

"Ele odeia as mulheres, você não acha?"

"Ele é muito bom pintor para isso, Noenka!"

"Por que ele me rejeita, então?", gritei do banheiro.

"Um homem pode te rejeitar por achar que te entende mal, por suspeitar que você quer usá-lo para alguma coisa…"

"Para quê?", rebati.

"Ou por ter medo de se perder em você", ela concluiu com calma.

"Então ele desperdiçou muito bem sua única chance!", eu me gabei enquanto me enxugava.

"Ele está blefando, Noenka, boa noite."

Fiquei por um bom tempo olhando para a porta fechada.

Batidas na minha janela. Me levanto. Alek com uniforme de tênis. Abro a janela.

"Se arrume depressa. A quadra está vazia. Uma última partida!"

Me visto correndo. Por que diabos não o enxoto daqui?, penso enquanto vou andando até ele e o cumprimento baixinho.

"Combinei com Ramses!", eu digo, zangada.

"Então por que você veio?"

Fico parada. Considero dar meia-volta. Faço isso. Por um instante ele não acredita, mas quando chego ao portão ele está ao meu lado. Um rosto de Cristo destroçado, ao qual ninguém poderia oferecer resistência.

* * *

"Ramses está no seu quarto. Não faça cenas. Evert está em casa", diz Gabrielle.
"Como você pôde deixá-lo entrar?"
"Ele estava transtornado. Parece que ele sabe onde você estava e com quem. Tentei fazê-lo ir embora, mas ele ficou na rua, esperando."
Ela me olha de um jeito maternal.
Eram onze horas. Seis horas depois de eu ter saído de casa. Respiro fundo.
"Não é o que você está pensando!", eu digo, indo direto ao ponto.

"Não me importa! Me poupe das suas explicações."
"O que você quer, então?", pergunto.
"Nada!", ele afirma enquanto me olha. "Nós tínhamos combinado. Eu disse que chegaria aqui às oito horas. Você não estava. Só fiquei esperando. Por hábito."
Respiro aliviada, me desculpo e vou ao banheiro. Quando voltei, ele havia desaparecido.

"Com certeza ele te contou. Você já está me evitando há semanas."
Ele largou a lixa de unhas e empurrou meu pé do seu colo.
"Você quer mesmo falar disso?"
"Quero. O que você sabe, afinal?"
"Que vocês continuam fascinadas por homens brancos."
"Quem são *vocês*?"
"Mulheres pretas!"

"Embora eu não tenha um comportamento de massa, sou obrigada a admitir que ele me fascinava, sim. E, como judeu, o quanto ele é realmente branco?"

"Branco o bastante para que você se lembre dos estupradores das suas ancestrais!"

"Eu odeio ele!"

"Mas você fez amor com ele. Voluntariamente!"

"Não foi fazer amor. Foi indagar a verdade, Ramses!"

"Que verdade?"

"A sua e a de Alek."

"E descobriu?"

"Não! Nada!"

Ele suspirou profundamente algumas vezes.

"Você procurou numa dimensão errada, Noenka. Alek era um asceta. Eu o conheci quando estava perdido no caos das minhas paixões inconsequentes. Ele as mobilizou, meditando comigo. Aprendi a ouvir meu eu mais profundo e encontrei meu código moral. Com isso consegui continuar. Só o impulso de beber às vezes é mais forte que a minha vontade. Alek vigiava meu código moral."

"E por isso ele dormia comigo, sua namorada?"

"Ele sabia que você tinha se tornado parte disso. Mas não entendo. Como ele pôde quebrar seu próprio código às minhas custas? A quebra só seria permitida à beira da morte."

"Pelo jeito ele fez isso por você. Agora pelo menos você sabe quem eu sou. Aliás, ele disse que me ama."

"Então isso tem a ver com a natureza do relacionamento de vocês. Ele não tem coração. Só alma."

"Estou curiosa para saber a diferença", falei com desdém, enquanto ele ficava silencioso.

"Um coração ama experimentos. Uma alma admira símbolos!"

"E que símbolo eu representava, então? O útero, com certeza!", repliquei, venenosa. "Vou te dizer, Ramses: nós ficamos juntos por horas e horas, sem reservas. Depois ele me deu seu lenço azul. Eu dei a ele um brinco, que ele imediatamente enfiou no lóbulo sem furo da sua orelha!"

Ramses apertou as orelhas com as mãos. "Por que vocês fizeram isso comigo? Eu preferia não saber. Vocês se profanaram. Vocês cruzaram os portões do meu paraíso. Como qualquer homem comum, o guru foi cegado por seus esforços para aumentar a qualidade de sua beleza com a quantidade de seus admiradores. Para você, a sua aparência vale mais do que um só homem. Mas teria sido melhor se eu não soubesse: não se pode reparar a infidelidade!"

"Só meus pais se importam com a minha aparência, cara. Além do mais, você está pondo um peso em mim. Quer saber o que é infidelidade? A gente pode amar uma pessoa e enganá-la. Você pode amar uma pessoa e humilhá-la. Você pode amar uma pessoa e renunciar a ela. Você pode até amar uma pessoa e matá-la. Mas isso não é infidelidade."

Segurei firme na camisa dele e o olhei nos olhos: "Infidelidade é destruir suas orquídeas. Infidelidade é tomar chá com Lady Morgan. Infidelidade é receber carne pra comer escondido. Eu dormi com Alek, mas não te traí!".

Ele continuou olhando para o vazio.

"Você acredita em Deus, Noenka?"

"Às vezes."

"Sabe por que Ele se envolve num véu de mistério para nós?"

"Porque não confia em nós?"

Ele assentiu com a cabeça e abriu a porta para que eu saísse.

Mergulhei nas minhas atividades escolares. Tentava de todas as maneiras romper a barreira linguística entre mim e meus alunos. Milagrosamente funcionou melhor do que nos meses em que passei sentada atrás da mesa gastando saliva à toa. Eu andava entre as fileiras, sentia o cheiro de *dal** e óleo, colocava a mão nos ombros estreitos deles e recebia sorrisos que nunca mais esquecerei.

As freiras me ensinavam hindi com muito mais paciência do que eu tinha lecionado. Eu demonstrava interesse pelo que acontecia em suas casas, pelo pôlder e por incidentes sérios que envolvessem pessoas que eu não conhecia. Não evitava levar pra casa legumes, frutas e incontáveis rolos de material para correção.

Paralelamente ao trabalho, havia Gabrielle. Eu costumava passar a tarde com ela e as crianças. Quando elas queriam, nós as levávamos para ver lojas, casas, ruas, em meio à multidão vagarosa.

As pessoas nos ignoravam. Até crianças viravam o rosto quando viam as cadeiras de rodas. Gabrielle continuava sorrindo. *Que mãe forte, forte*, eu pensava. Ela sabia que tanto os crioulos como os hindustânis no distrito consideravam uma desonra ter um filho com deficiência e que em geral os escondiam. Gabrielle não, e eu sentia que, como ela, eu também caminharia de cabeça erguida ao longo das árvores. Mesmo que eu tivesse cem filhos assim!

As crianças de Gabrielle, pelo contrário, observavam, encantadas, os movimentos daquela modesta cidade.

Respondiam suas próprias perguntas. Tinham dividido o mundo entre pessoas que podiam andar e pessoas que não podiam. A primeira categoria fazia cadeiras de rodas para a segunda, que fabricava almofadas decorativas para a primeira. Elas prefe-

---

* Prato da culinária indiana. (N. T.)

ririam ter tido asas a pernas. Polemizavam sobre árvores, sobre casas, sobre nuvens, sobre o vento. Sua mãe raramente entrava na conversa. Na maior parte do tempo elas sorriam para nós, nós para elas e uma para a outra. À noite eu corrigia os trabalhos dos alunos. Depois mergulhava em romances clássicos. Tomava longos banhos de banheira e dormia bem.

O curto feriado da época da colheita me levou a Ramses. Fui para lá desocupada. Ele também estava livre. Me abracei nele, sedenta. Ele estremeceu até as bochechas. Nos beijamos muito entre os amarelados livros de bolso ingleses espalhados pelo chão do seu quarto. A atmosfera permaneceu carnal, úmida e ofegante todos os dias. Falávamos uma porção de assuntos insignificantes e íamos para a cama várias vezes por dia. Em alguns momentos era profundo e dolorido. Ruidoso. Com frequência demorado e com resignação. Inspirador. Não saímos de casa. Comíamos pão velho sem manteiga, ovos crus. Bebíamos leite assim que ele era deixado na escada e subíamos de novo.

Quando eu quis ir embora na terça-feira à tarde, uma serpente tomava sol, enrolada, na escada. Colorida, mole e indefesa, como se não tivesse nenhum veneno.
"Espere!", disse Ramses quando eu quis chutá-la. "É uma cobra-coral."
"E daí?", perguntei, atrevida.
"Alguém nesta casa deve estar grávida!"
"Você, com certeza!", respondi, contrariada.
De repente ele me pegou e me girou. Acabamos de novo na cama. Quentes e trêmulos. Durante um longo orgasmo, no qual

tive a sensação de escorrer de mim mesma, gritei: "Não quero filhos, Ramses... Vamos continuar assim, livres de preocupações...".

Três semanas depois, fiquei sabendo: grávida. Era como se o fluido que havia saído do corpo de Ramses enchesse minha boca. Eu cuspia. Por onde eu passava, manchava a terra com flocos de espuma feitos pela minha saliva.

Aborto. Logicamente isso passava pela minha cabeça e dominava o meu comportamento. Primeiro procurei em manuais de medicina: todos se preocupavam de maneira sentimental em favorecer o crescimento; em lugar nenhum havia alguma coisa sobre interrupção. Então, apesar da minha decisão de nunca mais jogar tênis, me dediquei a horas de jogos turbulentos para quem sabe assim expulsar a vida de dentro de mim. Experimentei frutas verdes, bebi óleo de rícino e esperei, mas o que saía do meu corpo tinha tudo a ver com Gabrielle e nada a ver com Ramses.

Quando nem a água amarga do coco verde ajudou e eu comecei a me sentir cada vez mais doente e inquieta, tive uma ideia brilhante. Procurei durante horas pela casa de Annemarie, a garota javanesa que anos antes havia me confiado seus segredos ao som de música de gamelão. Por toda parte, outras casas. Outras pessoas. Nada de Anne. Fui até o mercado e olhei para as mulheres morenas, em busca daquele rosto. Elas baixavam os olhos. Nenhuma delas era Anne.

Talvez Ramses conhecesse algum Simba fortão que quisesse pisar na minha barriga.

"Uma colega quer fazer um aborto."
"Quem?"

"Não vou dar o nome. Esse tipo de coisa se faz no anonimato."
Nenhum comentário.
"Pra onde ela pode ir?"
"Para um médico. Com muito dinheiro e um monte de lágrimas."
Tremi. "Ela não quer um médico."
"O que ela quer então?"
"Uma javanesa que faça alguma coisa. Ou alguma bebida."
"Isso é contra a lei, Noenka!"
"Ela precisa de ajuda!", quase berrei.
Ele ficou quieto, como se o assunto estivesse encerrado.
"Ramses, ela precisa de ajuda!", implorei.
"Eu não posso ajudar!", ele disse baixinho.
Tentei um riso de desdém. Gemi. "Todo mundo sabe que você engravidou um monte de mulheres e as enjeitou. Você fazia que elas abortassem primeiro. Ou será que elas achavam uma honra andar por aí carregando um barrigão com um filho seu?"
"Conversa-fiada!", ele gritou com aspereza. "Me admira você acreditar!"
Ele me segurou pelos ombros. "Este homem de Nickerie sempre derramou seu sêmen na própria mão. Jamais quis engravidar uma mulher, Noenka. Jamais!"
Eu o empurrei para longe de mim e saí da casa. Chorei. Chorei tanto que todo o meu corpo sacudia.
Meninos que jogavam críquete na rua pararam o jogo: "Viram isso? A mulher do B.G. está chorando. Ela está chorando... você viu?".
Corri sem saber para onde.

Tenho doze anos. Uso laços grandes no cabelo. Sem seios. Sem pelos pubianos. Estou na água. Alguém joga água em mim com as mãos. Ele é alto e negro. Ele me lava até a maré subir, depois me er-

gue e me carrega pela água até uma praia branca. Ramses está ali de bota e uniforme de explorador marítimo. Traz consigo orquídeas em uma casca de coco verde. Ele as oferece pra mim. Então escuto risos. Risos insuportáveis. Sinto medo, quero fugir, mas ele me impede. Consigo me soltar, procuro os braços que me trouxeram até ali. Então eu os ouço chegando. Fujo. Caio na areia fofa. Eles se inclinam sobre mim dando risada. Abrem as minhas pernas. Me violam. Um por um. Alek. Evert. O diretor da escola. O aluno cheio de espinhas. O vendedor de água. O pároco gordo. O pastor. Louis. Eu grito. Estendo os braços para Ramses. Ele está olhando o mar. A maré sobe. A água chega cada vez mais perto. Sorri pra mim com sua bocarra branca. Primeiro os homens vão embora ofegantes. Depois ele também começa a andar, mas em direção ao mar. Cada vez mais longe. Ouço sua risada. Não o vejo mais. Não consigo me levantar. Meu corpo está pesado. A água está perto de mim. Ramses! Ramses! Ramses! Mas é Anne quem vem. Ela corre para mim. Seu cabelo longo parece asas ao vento. Ela pega a minha mão. Puxa. Me levanta. Vejo um rastro de sangue que escorre desde o lugar em que eu estava na areia até onde ele sumiu no mar.

Gabrielle pega a minha mão.
"Quietinha. Eu estou aqui. Já passou", ela sussurra.
Olho ao redor. Paredes brancas, sem nada. Sinto uma cama dura e alta. Cheiro de hospital. Eu sei. Aborto. Narcose. Médico. Sangue. Dor.
Procuro a mão de Gabrielle e enxugo minhas lágrimas com ela.

Ele era uma nuvem de tempestade. Encharcado. Escuro. Preto. Olhos e dentes faiscando.
"Vou apresentar queixa contra vocês, você, o médico, Gabrielle", ele balbuciou.

"Por quê?", perguntei enquanto deixava minha bicicleta tombar no acostamento.

"Assassinato!"

"De quem?"

"Do meu filho!"

"Seu filho nunca existiu, cara."

Ele me olhou. Gotas enormes de suor em sua testa. No pescoço.

"Era meu filho, Noenka! Nosso filho! O céu sabe disso!"

Assenti com a cabeça. Eu entendi: já estava mais que na hora de encarar a verdade.

"Eu não poderia lidar com uma criança, Ramses."

Ele pegou minha mão. "Você não, mas eu sim! Você acha que minhas mãos não podem carregar uma criança? Acha que elas não podem lavar uma criança? Acha que meus dedos são agitados demais para dar de comer a um bebê? Acha que este peito não tem calor?"

Fiquei calada. Vi as palmas vermelho-rosadas de suas mãos macias, macias, tão macias. Sabíamos que estávamos cercados por campos de arroz e terras virgens. Ninguém morava ali.

"Vamos embora, Ramses."

"Não. Não há mais saída!"

"O que você quer fazer então? Me matar?"

Ele se aproximou de mim, abriu sua camisa com um puxão. "Você quebrou este peito. Ouço minha coluna estalando e não tenho mais ombros!"

Peguei minha bicicleta, percebi que não fazia sentido continuar conversando.

"Como você ficou sabendo?", perguntei ainda.

"Toda Nickerie está sabendo. O pessoal do hospital comenta."

"Então está na hora de eu ir embora!", eu disse com violência.

"Eu quero meu filho!", ele retrucou de modo autoritário e infantil.

"Filho? Nunca existiu um filho! A única coisa que existiu foi a materialização de um delicioso feriado de Pentecostes. Eu o expulsei da minha memória em meio à dor e ao cheiro de sangue." Ele se sentou no acostamento, foi ficando cada vez mais cabisbaixo, menor, cada vez mais molhado com as gotas que pingavam de seu corpo.

"Você não me ama, Noenka. Não ama a vida!"

Fiquei calada. Percebi o quanto tinha sido cruel com ele.

"Minha mãe morreu quando eu nasci. Meu pai trepava com metade de Nickerie. Fiquei dividido entre minha mãe adotiva e o internato nos anos em que os meninos se apaixonam por suas mães e imitam os pais. Cresci sem sonhos. Coloque seu ouvido na praia e vai ouvir a respiração de Anana. Você ouve o seu choro, a sua música, meu menino, meu pai dizia isso e se jogava comigo na areia. A praia é a barra da saia de Anana. Ouça ela dançar, meu menino. Eu ouvia. Construí castelos, escrevi nomes de garotas com letras colossais. E quando o perdi, deixei minhas pegadas ali, bem fundas, claras e tristes, para quando ele saísse da água. Quando olhei pra trás, tudo havia desaparecido. Anana tinha levantado sua saia e sumido sob o ventre suado do mar, seu amado, que se apropriou dela, devoto, violento, e a libertou mais virginal e inacessível que nunca. Eu os vi agindo, o mar e a terra, deuses que não sabem a diferença entre dar e tomar. O que eles dão é o que eles tomam. Me entenda: felicidade, tristeza são miragens. Amor: meu pai, minha madrasta, meus livros; eles encheram minhas mãos de tesouros impossíveis de carregar. Mas quando eu quis usá-los, Noenka, eles escorreram da minha mão como areia, pior, como água, não, como vento." Ele chorou. Meu Deus, ele chorava e continuava a falar.

"De repente apareceu você. Com você, minha cabeça ficou

repleta de sonhos de novo." Ele encheu as mãos de areia, deixou que escorresse pelos dedos.

"Você estava me buscando, Noenka. Você se deixou arrebatar, como uma orquídea. Você se enlaçou em mim. Eu me afeiçoei a você. Achei que sabia pra onde você queria ir e que você conhecia minhas origens, minhas forças, minhas fraquezas. Podíamos crescer juntos, cada um florescendo por si próprio. Mas você já foi jogando fora o primeiro botão inesperado, sem pensar que ele também continha uma parte de mim. Você não é uma orquídea, mas um hibisco-crespo vulgar que deixa cair suas flores durante a noite!"

"Se você continuar assim eu vou embora!"

"Você já foi embora!", ele disse com voz rouca.

"Tudo bem... meu amigo... mas você também tem que saber o que eu sinto... eu preciso me impor limites, me refrear. Não quero que algo meu sobreviva fora de mim... uma criança, por exemplo. Não tenho a vida eterna para ensinar meus descendentes a viver com a inversão que eu mesma sou, que me afasta da vida normal e que eu, por mais remota que seja a probabilidade, transmitiria a um filho. Posso parecer maluca, mas é isso o que eu sinto e você..."

Ele baixou os olhos e balbuciou: "Nosso filho seria mais que uma pessoa, Noenka... meu filho...".

"Ele nem seria seu filho", interrompi, impaciente. "Para o mundo exterior seria o filho de outro. Não levaria o seu nome... sou uma mulher casada!"

Ele se assustou tanto que eu estremeci. Ele se aproximou de mim: "Não, você não está mentindo. Eu deveria saber... aquela sensação de impossibilidade quando eu estava com você... fui traído... eles sabem que jurei no túmulo dos meus pais nunca ir para a cama com a mulher de outro homem... agora vão me pegar e me condenar, Noenka...".

"Quem?", perguntei enquanto cólicas percorriam meu intestino.

Ele olhou ao redor enfurecido, espalhando uma tensão que me fez calar. Senti cheiro de álcool.

"Você também está ouvindo... não está sentindo... os deuses que puniram minha mãe e meu pai... e meu filho... onde afinal vocês jogaram meu filho?"

"Essa criança nunca existiu!", gritei em pânico e subi na minha bicicleta.

"Noenka, Noenka, não vá embora. Eu não aguento mais! Me ajude, estou com tanto medo..."

Quando minhas lágrimas pararam de brotar, olhei para trás: Ramses tinha se jogado na areia.

"Maud e seu marido haviam brigado de novo, algo inevitável na situação deles. Foi se tornando cada vez mais pessoal, violento e com agressões mais evidentes. Ele a chamava de puta; ela dizia a todos o quanto ele a enojava. Ele bateu nela. O sangue que escorreu do rosto dela os acalmou. Ela se lavou e, como de costume, foi para a cama às onze horas. Uma hora depois ele também foi se deitar. Um leito amplo de casal. Sob o feitiço odioso do silêncio, ele tentou uma aproximação. Maud o repeliu. Ele continuou tentando... Ela saiu correndo de casa, descalça e com uma camisola finíssima. Por dias e dias ele ligou para amigos e conhecidos perguntando se tinham visto sua mulher. Por fim, envolveu a polícia. Poucas horas depois, eles informaram: sua mulher pegou um avião para Nickerie no mesmo dia. Três dias depois, ela havia partido com seu médico para a Europa, via Guiana Inglesa. Para ele foi uma humilhação social. Sua esposa loira o tinha largado, abandonando suas duas lindezas mestiças, sua mansão extravagante, dois carros e conexões com a elite por causa de um médico magrelo, enquanto ele havia alardeado que ela provavelmente tivesse cometido suicídio. Eles moram em Bruxelas. Maud envia todo ano um cartão com os dizeres: *Melhor estar exilada no amor do que unida no ódio.*"

Ela está deitada na minha cama. Me sentei num banquinho ao seu lado.

"Obrigada. Você conseguiu me distrair", eu disse, triste.

"Achei que você não queria falar sobre Ramses", ela se desculpou.

"Faz dias que ninguém sabe dele no trabalho. As portas da casa dele estão destrancadas. Seu guarda-chuva continua lá, como se ele estivesse em casa. Ele não está em lugar nenhum...", enfatizei, irritada.

"Quem sabe ele está em Georgetown ou até mais longe."

"Quem sabe! Mas me sinto tão culpada! Não vou sossegar até saber onde ele está. Eu gostaria de andar até o mar!"

"Por que o mar?"

"Também não sei. O oceano o fascinava."

Ela saltou da cama e esticou os lençóis. "Ouça, Noenka, se você realmente quer encontrá-lo, tem que confiar na sua intuição. Afinal, ele era seu marido."

"Outra palavra", eu disse, envergonhada.

Mas ela não deve ter me escutado, pois voltou em silêncio com uma caneca fumegante de leite.

Animosidade na sala de aula. No pátio da escola. No pôlder. Cabecinhas de crianças me espiavam timidamente. Mulheres me olhavam com curiosidade quando passavam por mim. Rapazes e homens mais velhos ficavam me encarando. Ninguém mais me cumprimentava. Na sala de aula, os vidros de geleia vazios não eram mais preenchidos com flores do campo e os pequenos ombros se afastavam num gesto de rejeição quando eu colocava a mão sobre eles. Enquanto meus alunos folheavam, indiferentes, seus livros manchados, esse desprezo incompreensível fazia com que eu acabasse caindo no sono na última carteira.

Todos me deixavam em paz — até o diretor, que muitas vezes me acordava tossindo enfaticamente. Eu já não me desculpava, ficava olhando o caminho de areia que ardia de calor, na esperança de ver um rosto magro sorrindo sob uma auréola de cachos ao vento. Eu ansiava por Ramses até com meus dedos. Meu útero expurgado estava inquieto à procura dele. Deslizava doloroso para a minha vagina, a boca molhada e aberta de desejo pelo meu Ramses. *Quando eu o encontrar, vou cobri-lo de lambidas molhadas da cabeça até a virilha e me deixar ser regada por ele em todas as entradas do meu corpo. Uma orquídea floresceria em minh'alma, carnuda, vermelho-cobre, com perfume de casca de árvore. Do meu umbigo saltaria um labelo brilhante que se plantaria entre as pétalas rosa-profundas do meu ventre. Eu lhe daria a orquídea mais alta, com um perfume como o de sangue degelado para que surgissem lembranças da concepção.* Uma vez, quando ele trepava nas minhas profundezas e minha garganta se enchia de seu vinho mais maduro, senti meus limites se tornarem vagos. Senti que o topo da minha cabeça, meus dedos, meus calcanhares não eram mais pontos fixos. Tinham se separado para lhe dar espaço de se derramar com todo o frescor no leito em que eu havia me transformado. Nós nos entregamos. Dormimos um sono desperto.

Ramses disse que naquele momento sentiu como era ganhar vida. Fluir... ser recebido no calor ilimitado do ventre de uma mulher. Para mim, tinha mais a ver com sobrevivência: o oposto da dor, acho.

Quinze para as três, e quando eu me afastei da janela — três horas. Andei pela casa de um cômodo a outro, de um no outro. Me assustei quando o assoalho estalou. Morcegos voavam ruidosamente pelo sótão baixo. Corujas brancas davam passos largos e pesados sobre o piso fino. Besouros batiam contra as vidraças iluminadas.

Na sala de estar, minha sombra foi capturada por um halo de luz esférico e intangível. Esperei pela luz sanguínea da manhã que nascia, deslizando paciente pelos ponteiros do grande relógio. A ideia de uma nova manhã sem Ramses era mais solitária que a casa abandonada do meu amigo desaparecido. Fui para a frente de um grande espelho. Meus dedos alcançaram a ponta de meus dedos. Eles não estavam muito firmes, por causa da forma crispada como eu segurava a garrafa de gim com a qual tinha acelerado meu sangue. Desabotoei a blusa e o sutiã impulsivamente e deslizei os dedos sobre os seios. Eram grandes demais para as minhas mãos. Tirei a saia. Vi nádegas largas e quando tirei a calcinha vi uma barriga peluda. Fiquei olhando para o portal coberto de pelos, atrás do qual sabia que estava a minha alma. Juntei as mãos como numa oração:

Ventre meu
Fonte do que não tem nome
Mãe que vive na criança
Que abriga pais
Que sangra na criança... me traga Ramses... me traga Ramses...

Eu me lamuriava para meu próprio reflexo no espelho. Ramses! Ramses! Me traga Ramses. Sem ele eu tenho muito medo.

Desabei diante do espelho. Cansada, impotente, molhada. Saliva saindo da minha boca. Lágrimas dos meus olhos. Muco do meu nariz. Meu pescoço suado. Minhas coxas pegajosas. Como minha alma sangrava.

Ela me segurava com uma das mãos e com a outra lavava todo o meu corpo. Eu chorava copiosamente. A água que caía inundava minha garganta. Gabrielle: seu cabelo estava molhado, seu rosto, suas roupas. Ela não estava triste; eu não via pena nem medo. Ela estava ao meu lado, forte, e me deixou ser fraca. A água passava por mim junto com os dedos dela. Água por toda parte. Ela me enxugou sem esfregar, tocando-me com suavidade. Seus seios deslizaram pelas minhas costas. Encostei minha cabeça neles. Ela parou. Ouvi as batidas calmas de seu coração e esperei até também ouvir as minhas. Ela continuou. Eu a senti aos meus pés. Calor entre as minhas pernas. Ela pôs ataduras na minha alma. Quando quis agradecê-la, me virei, peguei seu rosto em minhas mãos e vi os olhinhos estrábicos da minha mãe. Surpresa, deslizei aos seus pés e pressionei meu rosto em seu ventre. Me leve, mãe. Me leve de volta pra onde você me pegou. Não quero ficar aqui. Ela pôs a mão na minha boca. Gritei por entre seus dedos. Ela não respondeu, mas cheirou com medo a nuvem mefítica que nos rodeava. Ela gritou, mas não saiu nenhum som. Corri para as estufas, arranquei as flores, esfreguei-as nas minhas mãos e no rosto dela, em seu cabelo, suas pernas. Quando a sala se encheu do aroma divino eu olhei ao meu redor.

Lá fora a cidade havia despertado. Eu estava deitada no chão, nua diante do espelho.

"Você não devia beber", disse Gabrielle olhando para meus dedos trêmulos. Percebi, em fragmentos, os preparativos que ela fazia para o chá. Eu estava tensa como uma corda. Tudo o que ela fazia provocava bilhões de vibrações em mim e temi que elas ressonassem com o sentimento que eu mantinha escondido.

"Vá se sentar", ela disse, afável.

Não me mexi. Ela veio ficar ao meu lado.

"Você não devia beber, Noenka. O álcool enfraquece e você tem que ser forte."

Ela estava bem perto. Eu sentia sua respiração em meu

rosto. Sentia cheiro de pasta de dentes, pasta de amendoim e pó de arroz.
"Você está morrendo de medo!", ela sussurrou.
Eu estava prestes a explodir.
"Me conte. Vou te ajudar! Estou com você."
Através do sal que penetrava pelos cantos da minha boca, balbuciei: "Está fedendo lá nas orquídeas, Gabrielle".

"Estou sentindo", ela disse, mordendo quatro dedos. Ao mesmo tempo empurrei a porta para abri-la. Vermelho. Rosa. Roxo. Marrom. Amarelo. Me senti mal. Gabrielle me apoiou. Uma delícia de tirar o fôlego se misturou com um odor repugnante. Florescências que pendiam de epífitas de uma beleza comovente se exibiam imperturbáveis.
"Você achou alguma coisa, Noenka?" Sua voz era ansiosa e impaciente.
Quebrei uma orquídea-aranha verde-amarelada e caminhei de costas para fora.
"Contra o fedor", eu disse, enquanto colocava a flor perfumada bem perto de seu rosto.
Inspiramos profundamente.
"Você ainda está sentindo algum cheiro?", ela perguntou baixinho.
"A orquídea favorita dele está florindo", eu disse, sorrindo aliviada.

"Por que estou aqui, irmã?"
Ela me olhou, se levantou e ouvi seus passos rápidos pelo corredor. Passadas pesadas se aproximaram antes mesmo que eu me endireitasse. Um médico entrou no momento em que o vi

deitado: posição fetal, pernas encolhidas, a cabeça entre os braços, como se dormisse. Ele já havia se tornado parte da terra, onde os vermes vão e vêm. Cipó enrolado em seu pescoço.

"Estão esperando a senhora, mas a senhora também pode continuar deitada", disse o médico.

Eu não sabia a quem ele se referia, mas desci da cama e calcei meu sapato. Me abaixei, ainda me lembro disso, e quando tentei erguer seu corpo, meus dedos sentiram seus ossos. Sei que Gabrielle correu para a rua. Mãos me levaram para longe dele, por mais que eu resistisse.

O médico falou com Evert. Uma mulher com um lenço florido na cabeça estava na rua. Seus olhos pareciam inchados. Ela sorria. Onde deixaram os cabelos que minhas mãos seguravam mesmo depois que eles tinham nos separado?

Do terraço, Gabrielle me olhou e assentiu com a cabeça. Pegou minha mão e veio se sentar perto de mim. Escutei portas batendo e burburinho de vozes. Quem lavaria e embalsamaria Ramses? Alek estaria a seu lado para murmurar as seis sílabas?

Alcor e Mizar brincavam com bolas coloridas. Havia sopa de ervilha e arroz junto de dois pratos vazios. Quem faria a vigília ao lado dele com as velas acesas? Quem se certificaria de que sua mortalha fosse azul? A água da banheira estava quente. Tomei dois comprimidos verdes.

Quem lhe entregaria as orquídeas de sua jornada? Quem traria oferendas de incenso por quarenta e nove dias para apaziguar os deuses da paz e da ira durante a estada dele no bardo? Quem iria cuidar das cinzas? Adormeci cercada por Evert, as crianças e suas bolas sarapintadas. Gabrielle atravessou meus sonhos tocando flauta.

Dormir à base de comprimidos. Acordar com café preto. Ser anestesiada pelo álcool. Este último era o pior. Eu já sentia vontade de vomitar só com o cheiro de xerez. Tinha nojo de uísque e a doçura do licor me saciava a conta-gotas. Ainda assim eu bebia, com o nariz tapado e a língua queimando. Até que descobri os benefícios da cerveja. Madura e jovem, porter, stout, fria e quente, cerveja viva e cerveja sem carbonatação: o espaço embaixo da minha cama ficou cheio de latinhas e garrafas. Eu já não sabia o que escorria, se minha urina ou a cerveja. Eu ignorava os comentários dela e ela mesma; a comida ficava junto aos livros recomendados por ela, e os únicos que conseguiam me seduzir para algum contato eram seus filhos. Ela não desistiu. Permaneceu ao meu lado com seus cuidados.

"Lady Morgan!", ela anunciou solenemente certa manhã e, antes que eu pudesse protestar, o quarto havia se enchido do aroma de almíscar.

Virei o rosto para a parede. Rompendo o silêncio, ela me contou uma história: numa manhã, um cachorro de rua entrou correndo num bar. Uma moça gritou. O cachorro deixou cair o que tinha na boca. Aquilo chorou. Era uma criança ensanguentada e com um longo cordão umbilical. Quinze minutos depois, os homens falavam todos ao mesmo tempo. As mulheres se lamuriavam, histéricas. Perto de um quartinho que servia de banheiro, jazia o corpo nu de uma menina. Ela se chamava Vajra Sattva. Durante nove meses ela escondeu a criança que carregava da retaliação insana de sua família, que a tinha prometido em casamento a um velho iogue. A criança escapou do enforcamento em seu ventre. Seu pai deu-lhe o nome de Ramses. A família agora está unida no cemitério.

Olhei para a mulher: toda de preto, um chapéu com véu. Nossos olhos se encontraram com dor e desprezo.

"Ele sabia?", perguntei.

"Quem ousaria magoá-lo tão profundamente?"

"Sua madrasta atormentada", respondi, maldosa.

O tremor ao redor de sua boca ficou mais forte. Ela esperou. O tremor não parou. No entanto, ela disse, com o mesmo jeito distante: "Nosso filho deixou tudo o que possuía para a senhora".

Ela acenou para mim com um gesto de cabeça e desapareceu.

"Ela não fala. Anda como se tivesse medo de perder alguma coisa. Já não senta nem fica em pé. Passa dias deitada na cama, inquieta. Precisa de ajuda para se vestir. Já não sorri. Ouve vozes e vê pessoas que não estão aqui. Não dorme. Só toma bebidas alcoólicas…"

"E doces e coloridas", acrescentei enquanto admirava um periquito agitado pela janela aberta. Queriam me deixar sozinha. Protestei. Não respondia às perguntas dele. Ele me deixou com Gabrielle no parlatório.

"Vamos para casa", falei.

"Você precisa de ajuda", ela disse, olhando para a cadeira dele vazia.

"Pra quê?", perguntei, agressiva.

"Pra voltar a ser como era."

"Não quero mais ser como eu era! Como posso seguir em frente como se Ramses não tivesse sido cremado?" Eu também tinha perdido o controle da minha voz. O médico entrou apressado na sala com dois homens de jaleco branco. Eles me seguraram. O médico enfiou uma agulha no meu braço.

"Gabrielle também bebe", ainda tentei dizer.

Caí de volta em meu corpo de uma altura rarefeita. Apertei os pés, as mãos, as costas e a cabeça. Tudo o que era vago e distante foi dominado por linhas nítidas e cores vivas. A perna de alguém estava encostada na minha. Louis! Fiquei atônita, mas, com medo de deixar transparecer, sorri para ele de forma mecânica. Ele pegou minha mão. Eu a retirei devagar e a deixei descansar, fria e mole, sobre a dele.

Eu não mais estava no meu corpo. Tinha me aninhado em meus pensamentos, pronta para escalar minha torre de marfim.

Havia um pequeno avião e uma ambulância branca. Mãos cuidadosas levavam meu corpo. Em direção a Gabrielle. Ela me apertou em seus braços, enquanto eu a consolava assoprando seu rosto para que secasse. Quando eles amarraram meu corpo, entendi por que ele resistia: alguém realmente havia machucado Gabrielle, pois eu nunca a tinha visto chorar.

Uma semana em Wolfenbuttel: o clitóris crescido de uma mulher cega que se masturba o tempo todo. O lugar escorria fisicalidade e tive que me segurar para não deslizar. Fome em olhos cintilantes, desejo em narinas trêmulas, dedos úmidos em calças úmidas e lábios inacreditavelmente secos. Eu me envergonhava da minha feminilidade e estava contente com o avental largo que apagava a minha identidade. Me esquivei das garras das solitárias e baixei os olhos para o olhar penetrante das peladas. Depois de dois dias eu também tinha transcendido completamente o corpóreo: uma nova boneca de pano tinha se juntado ao teatro de marionetes.

No décimo dia, fui levada a uma espécie de sala de espera. Apertei meus dedos, suados de medo contra o rosto. Fiquei rebelde ao sentir o cheiro de liberdade no asfalto e a ouvi no barulho de pneus rodando. Minha boca se encheu de um grito que minhas cordas vocais já tinham emitido: Mãe!

Por que ela estava chorando? O que ela murmurava? Por que eu não sentia perfume de jasmim e pó de arroz, mas de leite materno? Eu ouvia como o sangue dela corria no ritmo das batidas do meu próprio coração. Ela se soltou, apertou minha mão na sua e começou a vociferar. Nem sei o que ela disse, mas senti que amaldiçoava o mundo inteiro, inclusive o seu deus. Jamais esquecerei como uma cidade pode ficar boquiaberta quando alguém escapa de sua mesquinhez. Paramaribo. Como posso me esquecer da sua respiração melancólica naquela tarde de segunda-feira? A princípio pensei que era ódio daqueles que ficaram para trás o que pairava sobre mim como uma nuvem de veneno, mas quando relâmpagos atravessaram seu céu chumbo-pálido, eu sabia que seria cuspida por você.

Como você fedia... Como se tivessem aberto todas as fossas e livrado a lama cinzenta das sarjetas, você me recebeu numa nuvem de excrementos gaseificados, enquanto eu a libertava e vinha esperançosa ao seu encontro. Esse fedor ficou em mim durante dias. Me deixou fraca, mas excepcionalmente lúcida. Vi como você estava velha, cansada e deteriorada e só pude pensar naquela mulher na clínica que, assim que via um visitante, se encolhia até conseguir roçar a língua em seu próprio sexo inchado como amaranto. Maior desprezo do que esse pelo próximo, eu desconheço.

Embora ele se comportasse como se eu nunca tivesse ido embora, era estranho estar de novo com Louis. Eu me lembrava, cada vez mais fisicamente, com meu corpo, do conto de fadas que contei, a pedido de meus alunos, mas com grande relutância. Tive que tapar a boca com a mão para não gritar para ele: *Mas, vovô, por que você tem dentes tão grandes?* De tão horrível era o sorriso branco dele que ocupava a casa toda. Mas eu o observei e lhe dei o meu sorriso, regado de temor reprimido e cautela. Ele poderia fazer com que a qualquer momento me levassem de volta à ponte de pedra, à amendoeira, ao portão. Para aquele cheiro resignado de comida cozida demais e roupa fervida demais. Pois ele, meu marido, havia me reivindicado ao médico. Sua assinatura ornamentava a procuração. Eu não sabia como minha mãe tinha conseguido convencê-lo, pois mesmo antes de ela começar a chorar, ele, cortês, já tinha concordado: temos que tentar de novo juntos. Afinal, o que Deus uniu nada nem ninguém pode separar.

Em nome de Deus, nós tentamos. Tentamos enquanto minha mãe me ajudava, contraindo-se de dor e esperando por uma cama livre no hospital.

Ela me visitava diariamente. Magra e retorcida pelo que de repente havia lhe acontecido. Eu não sabia o que era, mas a dor dela expelia chamas que inflamavam minha cabeça.

"Fique em casa. Deixe que eu vou até você", eu insistia toda vez. Mas ela se negava e balançava a cabeça vigorosamente.

"Por acaso você tem vergonha de mim? Não quer que seus vizinhos me vejam depois de Wolfenbuttel?"

Ela pôs a mão na minha boca, acariciou meu rosto com seus olhos e balançou de novo a cabeça. Eu simplesmente me resignei. Passávamos horas na cozinha. O único lugar em que eu me sentia em casa. O conjunto branco de estofados e o aparelho de som brilhante me repugnavam, assim como as camas de aço nos quartos. Minha mãe tinha conseguido um quarto só para mim. Toda vez que ela vinha, ia até lá primeiro, cheirava e bisbilhotava tudo com desconfiança, controlava a pequena bacia de água benta, checava se o Novo Testamento estava debaixo do travesseiro, abria a janela e suspirava.

Uma vez ela começou a cantar o Salmo 23 a plenos pulmões, mas na metade sua voz falhou e choramos juntas, tremendo, desoladas. A Dor Dela e o Meu Silêncio nos uniam. Ela lia a Bíblia em voz alta todos os dias, enquanto eu tinha visões de todos os tipos de água. A sirene do meio-dia arrebentava a teia onde nos mantínhamos presas: ela preocupada com o Arco-íris, eu com a Maré Cheia. A partir daquele momento, evitávamos o olhar uma da outra e nos despedíamos sem dizer nada.

Eu ficava olhando, mas ela não se virava nenhuma vez, provavelmente com medo de que, como anos atrás, eu corresse atrás dela e me agarrasse chorando em seu peito.

Nós tentamos, em nome de Deus, mesmo quando ela ainda se resguardava, abatida, deitada em sua própria cama na casa paterna, onde não queria que eu a visitasse. Me senti traída e não saí mais da cama até ver o triunfo nos olhos do meu marido. Aquilo me fez sarar como que por magia. Embora aquela compreensão arrependida que ele derramava sobre mim com uma chuva suave de palavras de consolo, tapinhas fraternais e caridade samaritana me dessem náuseas, eu o suportava. Por recomendação médica, eu tinha que dormir muito, mas minhas pílulas para dormir acabaram no café dele, de maneira que ele não percebia minhas noites sem descanso. Eu ansiava por minha mãe. Suspirava por meu pai. Sentia falta da nuvem de incenso de Alek, do vinho quente de Gabrielle. Chorava pelas orquídeas de Ramses.

Enquanto seu ronco serrava a noite, eu me vesti. Fazia cinco dias que não via minha mãe. A rua dormia com suas janelas fechadas. Vaga-lumes se acendiam. Estava frio lá fora. A luz branca do luar pairava sobre a costa. O cascalho de conchas parecia mais branco que durante o dia. Caminhei até o portão no silêncio funéreo do pátio. Meus dedos tocaram o aço no exato momento em que as mãos quentes dele cingiram meus pulsos. Quase não me assustei; me soltei, olhei para aquele rosto que parecia uma água-forte amarrotada. Sua voz era estridente e mal dava para entender o que ele dizia. "Não vá embora de novo! Fique comigo! Amo você! Não vá embora de novo, Noenka! Fique comigo!", num refrão interminável.

Vi que um homem também pode chorar. Ele tremia. Um fluido como prata líquida escorria de seu nariz. Ele tentou me segurar com uma mão frágil. Seus lábios continuaram se lamuriando até que o muco tornou a fala impossível.

"Não me deixe, Noenka! Não vá embora de novo!" Sem ordens. Sem pressão. Um lamento que parecia vir de uma imensa cratera. Sob a luz do luar, só de cuecas, ele parecia uma estátua de bronze, uma projeção sem polimento.

Por que ele continuava chorando, os braços apoiados na parede, de costas para mim, mesmo quando eu já estava lá dentro, sentada em uma de suas poltronas brancas? Vi o quanto ele tinha emagrecido. A bunda pequena, suas costelas, as pernas longas e finas. O bonito corte baixo do cabelo visto de trás.

Imagens se contrapunham, se sobrepunham, se misturavam, se desfaziam.

Ainda fria do banho, me deito ao lado dele. Sinto o cheiro do óleo de jasmim com o qual me besuntei. Ele me procura, meio dormindo. Suas narinas fungam por meu pescoço, meus seios, até a barriga. Quando ele quer ir mais longe, tento empurrá-lo. Ele continua. Tremo quando sinto o sangue escorrer do meu corpo. Estou com três toalhinhas absorventes. Ele as sente. Funga, e funga mais desvairado. Sinto cheiro de sangue, meu odor primitivo. Ele estremece, tenta chegar à fonte. Uma luta lúgubre. Parir para dentro. Primeiro suas mãos, depois seu rosto coberto de sangue. Os lençóis. Meus dedos. Minhas coxas. Ele parece conduzido pelo furor. Me estupra mugindo como um touro. Adormece rosnando. Vou para o chuveiro chorando pelo sacrilégio. Determinada, corro na chuva para denunciá-lo aos meus pais.

Me levantei e encostei o rosto na cavidade do ombro dele. Pus as mãos em suas coxas. Elas são duras.

"Eu fiquei louco", ele disse, estremecendo. "Não sei o que aconteceu comigo nessa noite. Não consegui me controlar. Eu queria desaparecer em você. O cheiro do seu sangue me excitou. Eu nasci de cesariana, talvez tenha a ver com isso. Pode me acontecer de novo. Foi uma sensação estranha. Eu queria me entranhar nas suas pernas. Me sentia muito sozinho, Noenka. Ouvia sons da minha mais tenra infância."

Eu o virei, coloquei um dedo em seus lábios e esfreguei minha barriga na dele. Senti como o sangue trepidava em seu sexo. De longe, o ouvi ainda falando. Fazendo confissões. Senti o perfume de orquídeas bem perto. O frio me circundou.

Observei como ele me desnudou, controlado, mas ainda assim ávido. A melancolia dos campos de arroz tomou conta de mim, cinza-chumbo, como quase chuva e quase sol. Eu me entreguei a isso, enquanto Louis procurava, ofegante, um caminho até mim. Minhas pernas generosamente abertas, minhas mãos sob a cabeça, os olhos como num sono leve, fiquei estirada ali sem nenhum pingo de entusiasmo, sem sonhar com nada.

"Não posso entrar em você. Você está fechada. Trancada!", ele reclamou depois de algum tempo.

Me assustei, uma sensação de como se eu emergisse da água. "Como assim?", perguntei enquanto meus dedos tentavam ajudar, empurrando, abrindo, apertando, procurando. Em vão; meu osso púbico parecia ter aumentado. Pensativa, me virei e ouvi Ramses dizer: *Não importa por qual porta se entra. Importa que a porta se abra para você espontaneamente.*

"Você ainda gosta da minha bunda?", perguntei, submissa. Queria lhe dar algo de que ele sentia falta e de que parecia precisar tanto. Ele lambeu minha bunda até ficar molhada.

"Se deite nas minhas costas e venha por qualquer abertura que encontrar. Estou esperando você!"

Ele procurou, errou, pressionou e, lenta mas decididamente, foi perfurando minha cratera. Fogo irrompia dos meus quadris. Água escorria pelas minhas costas. Eu o ouvi chorar de surpresa.

Ele me fez pensar em Ramses, que invadia todas as portas ao mesmo tempo, sua língua como uma ameixa intumescida em minha boca e seus dedos e seu sexo se encontrando em meu vale. Enquanto meu marido se desafogava em mim pela primeira vez, a dor brotava. *Dor. Dor. Os olhos de Gabrielle em seus filhos. Dor. Dor. Dor. Os pólipos desmedidos no ventre de minha mãe. Dor. Dor. Dor. Dor porque me deixei foder por trás.*

Desde que eu soube o que havia de errado com minha mãe, entrei num estado de ausência de gravidade. Fui desconectada daquilo que me dava direção. Ficava horas sentada na tampa do vaso sanitário me perguntando como seria dezembro sem a cantiga dela, sem nenhum vestígio dela na areia riscada pelo ancinho na manhã de Ano-Novo. Como eu sobreviveria a outubro, quando o sol esquenta os frutos do algodão até rachar e o vento sopra as fibras de seus tufos brancos? Como ficariam suas rosas, o jasmim, a cerejeira? Será que as pombas sentiriam falta do seu cantarolar matinal e arrulhariam, nostálgicas? Ou, tristes, enterrariam sua cabecinha no peito? O que restaria de mim?

Eu tinha ficado com ela em uma sala de espera lotada. Uma sala de espera quente, com cadeiras marrons bambas, revistas rasgadas, paredes vazias, bocas impassíveis. Olhos diagnósticos. Peitos suspirando. Eu de pé. Ela sentada. Suas mãos cruzadas no colo, os lábios contraídos em uma prega profunda, desoladora. Coloquei o braço em torno dela enquanto ela sorria e as pessoas viravam o rosto de modo mesquinho. Nessa hora pensei nos dias marianos que ela havia passado com os papistas, em suas novenas, suas velas de Gouda; na missa de santo Antônio, na qual sua voz trincando de esperança se destacava retumbante no monótono hino de louvor; em como ela me olhou durante o Memento dos Mortos e me viu enxugando lágrimas.

Ela não queria receber nenhuma visita que não fosse da família. Era o seu jeito. Meu pai conversava indolentemente com Louis sobre selos e caligrafia. Apenas os olhos dele, saltados das órbitas em direção a ela, traíam sua atenção. Uma enfermeira arrumou frutas. Outra filha juntou a roupa suja. Eu estava sentada ao pé da cama. Como antigamente, quando ela falava de sua juventude, da avó rígida, o pai enérgico, os irmãos, a irmã. Lágrimas me vieram quando ela foi se sentar no sofá vazio vestida com um quimono escuro, um penico azul no chão à sua frente e um restinho de charuto na boca. Entre uma baforada e outra ela disse: "Meu pai se preocupava pouco com a gente. Ele ficava fora quase o tempo todo. Na mata, nos rios, procurando ouro. Depois, balata. Ele nunca vinha pra casa com ouro, mas trazia pedaços de balata, que minha mãe guardava; quando juntou o suficiente, ela esquentou e amassou pra fazer uma boneca grande pra mim". Ela contou de frutas silvestres, carne de caça assada, papagaios que falavam, de um mundo que me pareceu irreal demais. Eu ouvia de boca aberta. A fumaça que ela soprava, intensificada pelo cheiro de tabaco úmido, me inebriava.

"Sua mãe era carinhosa?"

"Não sei. Ela morreu jovem."

"É ruim morrer, mamãe?"

As lembranças terminam aí, quando ela diz meu nome bem alto. Me aproximo de seu rosto. Só meu pai e Louis estão nos observando. Os outros conversam de modo pretensamente indiferente e até se preparam para ir embora.

Quero esfregar meu nariz no dela. Quero estar a seu lado, não, quero me deitar sobre ela. Por fim coloco a mão em seu rosto. Ela a agarra.

"Você pode fazer uma coisa pra mim?", pergunto.

"Tudo", ela diz, sorrindo.

"Não guarde a dor só pra você." Eu choro.

Ela aperta os olhos e os mantém fechados por alguns minutos, pressiona minha mão em sua testa.

"Queria poder sentir seus pés na minha barriga, chutando meu coração. Não conheço alívio maior para a dor!"

Me senti tomada pela dor, do alto da cabeça aos calcanhares.

Ela não voltou mais para casa. Para o resto da minha família, era hora de cortar definitivamente os laços com nosso pai. Ele se agarrou a Louis e a mim. Concordei em ir morar com ele.

Fiquei feliz com a ascese: eu ainda sofria de vaginismo, apesar dos lubrificantes e dos conselhos técnicos do médico, e meu ânus nem sempre se comportava de maneira receptiva. Eu cuidava do jardim, mantinha a casa decente e cozinhava para os homens. Entre uma coisa e outra, tirava tempo para me afundar em sonhos borbulhantes sobre o futuro e o passado que tinha se evaporado.

Em um sábado de céu azul-metálico, ela não estava mais lá. Nuvens brancas como mármore brincavam com o vento. Folhas amarelas e marrons da altiva amendoeira giravam até o chão. O amplo arbusto de sabugueiro estava coberto por uma névoa de florezinhas granulosas. A roseira da família balançava num canto, podada.

Eu tinha onze anos. O sol queimava em meu sapato. Tirei-os na cozinha e plantei os dedos dos pés abertos no ladrilho frio. Água, sombra, ar fresco. Suspirei.

Contei os buraquinhos na tela da janela, que traziam um fiozinho de ar até mim. Ouvi o esvoaçar veloz de patos e galinhas e o arrulhar das pombas. Cheiro de cloro e creolina no banheiro. As panelas vazias. O fogão frio. Eu estava com fome. Assustada, espiei pela porta amarela e suja, entreaberta. Eu nunca entrava naquele quarto sem ser convidada. O quarto de casal deles. Cheirava a tabaco e roupas velhas e tinha uma cama larga com barras grandes de cobre. Também havia um armário fundo com livros grudados uns nos outros, num grande amontoado de papel estufado. O armarinho de parede branco-patinado com garrafas escuras de bebida e potes de pomada. Uma pomada preta para furúnculos. Uma pomada marrom fedorenta. Uma branca que ardia nos olhos e bálsamo peruano, com um perfume suave. Embaixo da cama, caixas com roupas puídas e lençóis usados. Lençóis brancos com pontinhos marrons, como manchas de sangue difíceis de tirar.

Três da tarde.
Eu tinha adormecido à mesa de jantar redonda com linóleo amarelo-brilhante. O vento úmido me deixou com fome. Onde ela estava? Por que não vinha para casa? Ela sabia que eu tinha voltado da aula de canto! Ela sabia que os outros tinham ido embora! Quem a estaria retendo? O mercado já tinha acabado! As lojas estavam fechadas! Talvez só tivesse parado na casa de alguma mulher para conversar, com sua voz rouca e as sacolas pesadas, enquanto eu queria estar com ela. Dormi de novo, amuada.

Cinco da tarde.
Amena como uma manhã verde. Vulnerável como uma mulher grávida. Impaciente, mas com cuidado, empurrei a porta: o odor de tabaco, o cheiro de livros e ele. Eu o vi através das barras da cama. Ele nem se mexeu quando entrei e fechei a porta. Não se mexeu nem mesmo quando fui para bem perto dele. Seu rosto tinha sulcos úmidos. Seus olhos estavam adormecidos. Seu nariz largo se mexia rápido para cima e para baixo.

"Papai, onde ela está?"
Ele colocou a mão no meu ombro. Me afastei bruscamente.
"Onde está minha mãe?"
"No hospital. Ela foi operada."
Me exasperei, corri a tarde toda, observada pelos telhados inclinados das casas dos refugiados. A amendoeira, o tamarindeiro, a água brilhante do canal, o homem da raspadinha de gelo com seu carrinho vermelho e verde passavam por mim. O vazio do meu estômago tinha se transferido para a cabeça. Minha mãe doente! Doente? Doente? Eu via seu rosto negro em toda parte e encontrei em mim seus olhos vigilantes. Doente! Hospital! Operação! Tinha a sensação de que eram coisas relacionadas com o branco. Com aço. Com impotência. Com lágrimas. Com dor. Com chuva. Com areia. Com buracos profundos. Era tudo

relacionado com um espasmo no fundo do meu corpo e com o cheiro de fim.

Ainda a vejo olhando para a manhã azul-esverdeada enquanto varria e amontoava folhas secas com uma vassoura dura. O farfalhar das conchas acompanhava seus lamentos. "Tem uma amêndoa madura ali!" Ela já tinha apanhado para mim. "Olhe, os botões de rosa logo vão abrir!" Nos inclinamos juntas. Não me esqueço de como eles esperaram, as pombas, os patos, as galinhas, as flores, os arbustos e a terra úmida de orvalho. As manhãs também são azul-esverdeadas e as tardes mais amenas quando vou até seu leito de hospital. Primeiro os outros visitantes. Depois o porteiro e os longos corredores do hospital. Portas abertas. Odores densos. O consolo das flores.

Encontrei a morte tão de perto que cheguei a sentir seu abraço frio. Joguei fora as flores que havia trazido. Também o rosário e a lata prateada com biscoitos amanteigados. Uma enfermeira estava ao lado da cama dela. Ela me cumprimentou. Não respondi. Queria dar passos para trás, fechar os olhos, o nariz, mas uma força magnética puxava e abria todos os meus sentidos. "Mamãe!", gritei através dos estrondos surdos. Queria detê-la, mandá-la voltar, porque eu via que ela estava em algum lugar diferente do meu. Um lugar onde não permitem que as pessoas entrem. Lá onde não há chão para os pés nem céu para a cabeça. Eu a agarrei: apertei seu corpo contra o meu, macio, frágil, leve e fresco, como um ramalhete de flores, sem hastes e sem folhas.
"Estou sangrando. Estou sangrando. Estou sangrando em você", soou uma voz embaixo de mim, mas eu não a soltei porque não queria ver seus olhos.

"Não tenho medo do seu sangue. Desde que você me deu a vida, você sangra em mim, mamãe."

Eu quis dizer: eu te amo. Queria dizer: você pode fazer de tudo comigo desde que não vá embora, que não se afaste de mim como um dia perfumado de dezembro.

A enfermeira me ajudou a sair da cama. ("A senhora a está machucando!") E o modo como balançava a cabeça significava muitos pensamentos e sentimentos indefiníveis. Eu ignorei isso e só então me atrevi a olhar nos olhos da minha mãe. Eles brilhavam. Sorriam intensamente tristes e reconfortantes. O cabelo fino se encrespava grisalho em torno da cabeça. A cabeça forte dela.

Meu Deus, como eu te amo!, pensei, e continuava a dizer: "Foi culpa minha. Fui culpada todos os dias. Sempre culpada. E ainda sou pecadora, porque estou sentada na beirada da sua cama, sei que você sente dor e não faço nada. Mas eu te amo! Quero sofrer por você! Quero morrer por você!".

Meu pai me abraçou com firmeza. Ela respirava ofegante e se contorceu. A enfermeira lhe deu uma injeção. Aos poucos minha mãe se fechou. Ficou inacessível para mim. Acariciei as linhas que a vida desenhara em seu rosto. Vi que tínhamos a mesma marca na palma das mãos. Tentei escutar seu sangue fluindo. Ela ainda respirava e seus batimentos cardíacos faziam seu corpo transparente tremer. Admirei a linha perfeita de suas sobrancelhas, a testa alta, o nariz pequenino. E seus lábios. Morenos. Jovens. Bonitos. Mas lastimavelmente cansados.

Caminhei apática pela imensa tristeza da rua Wagen, em direção ao crepúsculo corado. As árvores não se mexiam, seus troncos elegantes estranhamente à espera, como mulheres fazendo pose. O trânsito se movia lento diante de meu olhar observador. Inconscientemente, eu esperava que algum conhecido meu passasse. Pernas que eu reconhecesse. Um perfume de antigamente. Os dias me sufocavam como hóspedes indesejados. Tudo me importunava. O leite que fervi demais, os pintinhos que saíam dos ovos, as flores de cerejeira, os rapazes que assobiavam para mim, Louis no cio, o médico dela e sua piscadinha, seus amigos perguntando sobre a cor do luto. Toda a vida parecia insolente! Insolente!

A pensão não ficava numa rua movimentada. Ela estava no canto da varanda, circundada pela luz oscilante de um poste. Fiquei num ponto em que podia vê-la bem. Ela levantou os olhos de modo arrogante.

"Temos acesso permanente. A senhora pode ir vê-la a qualquer momento."

Meu inglês soara ótimo, mas eu não sabia dizer mais que isso. Queria fugir daquela carranca negra impassível que não tinha nenhuma semelhança com o rosto moreno e vivo de minha mãe. Tia Mary, que havia escapado da estupidez da existência trabalhando como missionária. A única irmã de minha mãe. A única pessoa viva que ainda se lembrava da criança vulnerável que ela tinha sido um dia. Eu era obrigada a gostar dela agora que minha mãe se preparava para ir embora para sempre? Por que ela enjeitou sua irmã mais nova a vida inteira?

"Sua irmãzinha, Beatrix cor de cobre, está morrendo!", eu gritei e quis sair correndo. No entanto, naquele momento não consegui fugir, talvez para ver em que momento ela iria desabar.

Ela sorriu quando me aproximei. Procurei ver em seus olhos se ela me reconhecia. Rígida e impassível, ela se abriu para mim. Não dissemos nada; não ousamos abrir a boca, temendo que algum som diabólico pudesse estragar tudo. Leve como vento, me movi em di-

reção a ela com passos longos e pés que mal tocavam o chão. Esvoaçamos em torno uma da outra: um pas de deux nascido do desejo determinado. Era ela. Minha mãe. Busquei seu rosto por muito tempo na Babel de minhas lembranças, sonhando como seria se eu estivesse dentro dela. Assumi a dianteira. Ela permaneceu comigo, como se sugada na esteira do meu desejo. O vento trazia lavanda. O céu estava azul. Sons de flauta ao redor. Tempos mais longínquos. Anos mais profundos. Ela se tornou minha. Não de branco. Não com magnólias. Não com champanhe. Sem certidões e testemunhas. Eu já nem sei mais como, mas ela vivia comigo. Devotada. Alguém que eu podia descrever a qualquer minuto, porque ela era meu próprio desejo. Até esta noite. Minha ausência de gravidade é ameaçadora e é como desabar, cair para trás. Vejo a gangorra e a água. A roda-gigante e as pessoas. Sinto cheiros de antigamente. Não imagino como irei aterrar. Tempo e lugar também estão obscuros. Só sei que lá tem uma luz acesa.

    Ela diz que está difícil suportar. Devo soltá-la? Deixá-la à deriva? Devo dar a ela mais espaço? Penetrá-la mais fundo? Ela diz que isso cansa. Quero voltar ao encontro em que ela me capturou em seu olhar e eu afundei em direção à pera em sua barriga, onde tive uma vida doce como gameta. Ela diz que eu estou em toda parte. Ela tem razão. Enquanto ela me alimentava, tomei posse dela. Provoquei olheiras em seus olhos. Dei brilho a seu rosto. Fui inquietação em seu peito. A cãimbra perto do olho. As lágrimas aflitivas. Eu. Eu. Eu me aninhei nela.

    Ela diz que isso a afasta. Eu sou suas crises de choro. Sua fúria. Sou seu ódio. Sua estafa. Quando ela ri é porque me meti em seus pensamentos. Quando ela chora, eu brinco em seu sangue. Estou em toda parte.

    Acima de tudo, isso dói, ela diz. Eu cresci nela. Ela vai estourar. Espera sob o lençol branco. Suas mãos seguram seus joelhos. Ela abre *bem as pernas. Eu a deixo. Ela diz que está dando à luz a si mesma. Não é verdade. Aquela que dormia acordou. O sonho acabou.*

Alguém bate à porta do quarto. Ouço vozes do lado de fora. Me levanto. Dor de cabeça. Pontadas no peito. Prendo o cabelo num elástico e visto um quimono de minha mãe. Bêbada de sono, saio do quarto cambaleando.
"Gabrielle!"
Ela está parada na porta. Vejo suas costas, seus quadris largos, cabelo claro. Não estou surpresa. Cansada e tímida, não sei como agir. Então ela se vira, se afunda em meus olhos e um arrepio percorre minha espinha. Fico pesada. Quente. Viva. Caio. Tudo o que estava fechado se abre. Passam-se alguns segundos de confusão.
"Noenka?", ela diz.
Fico paralisada. Meu baixo-ventre está tenso e dói. Não ouso me aproximar, com medo de que ela se queime em meu fogo. Ela me estende a mão e a convido para entrar. O ardor suaviza. O que aumenta é a umidade entre minhas pernas.
O quarto está sólido de tensão. Poroso pelos antibióticos que sobem de sua cama e circulam com o cheiro de carnificina. Espanto em todos os olhares. Como é possível? Como um corpo tão limpo pode se comportar tão mal? Não era dela aquele vapor mefítico. A doçura da lavanda e a pureza do jasmim é que combinavam com ela. Alguém tinha que borrifar o quarto com água de lavanda, para que a admiração vítrea pudesse penetrar todos os olhos antes de se transformar em alienação, mas ninguém ousava se aproximar. Nem mesmo eu, que sempre havia vivido com meu rosto encostado em suas saias. Assim como os outros, eu tinha medo de me dissolver junto com ela.
Havia lágrimas em seus olhos. Nós víamos. Por que deixa-

mos que ela morresse sozinha? Fazia silêncio, mas eu ouvia vozes estranhas, cães uivando, crianças berrando, árvores sopradas pelo vento. A máscara de anestesia se mexia para cima e para baixo. Os olhos dela também. Eles estão muito abertos. Eles gritam: Me ajude! Por que vocês estão me olhando? Por que ninguém levanta uma mão para me impedir? Vocês não estão me ouvindo cair? Meu corpo se tornou um pântano no qual estou desaparecendo. Vejo-a cair. Ouço-a desabar. Sinto que ela está partindo. Quero gritar, gritar alto, gritar até que o sangue jorre das minhas têmporas latejantes, gritar até que tudo arrebente e se torne uma grande desordem desabando junto com ela. Ela busca um ponto de apoio. Pegamos aquela mão. Os olhos dela se embaçam.

"Acolha-a, meu Deus."

O terreno está sulcado e coberto de mato. Passarinhos dormitam em galhos desfolhados. Flores desabrocham tímidas. Conchas pontiagudas refletem a luz do sol. O céu aberto e católico. A gritaria inaudível ganhou vida. O branco se tornou mais amplo. A tristeza não diminui mais. Coroas de flores rescendem.

Minha mãe? Silêncio! Penetrando aos poucos... A ameaça passou. O tempo se solidificou. A queda dela terminou. Não choveu. Nada de tempestades e outras forças da natureza. Era uma quarta-feira. Um dia como todos os outros: provisório, muito azul, despretensioso, com uma tarde vermelho-desbotada que se fundiria em uma noite com estrelas cintilantes e vidas acasaladas para parir a manhã e perseguir o vento.

A morte de minha mãe me cobriu de uma apatia que nem mesmo os problemas de Gabrielle conseguiam dissolver. Pelo contrário. Meio adormecida, eu escutava suas reclamações, suspirava com ela e a entupia de chá. Embora eu sentisse uma alegria vibrante quando ela ficava comigo, eu tinha a sensação de estar em uma redoma que me impossibilitava o contato com outras pessoas. Eu via os fatos: seu primogênito havia contraído uma encefalite por causa de uma febre alta e desde então estava em coma. O especialista havia sugerido a eutanásia. Senti isso como uma tragédia. Uma peça com vários atos que não me deixou indiferente, mas cujo enredo acontecia sem a minha participação. Eu tinha escolhido o lado da protagonista feminina e também a admirava por sua aparência. Eu me preparava para a catarse. Mais que isso eu não conseguia.

Nesse meio-tempo, as chacotas de Louis passaram de uma leve compaixão para uma impaciência venenosa. Talvez isso também se devesse a meu pai, o bicho-papão que cada vez mais ignorava a presença dele e interrompia seus comentários. Louis sugeriu que voltássemos para nossa casa. Eu nem respondi! Rude como fiquei, ele tentava transferir seu descontentamento em Gabrielle. Às vezes a cortejava abertamente, às vezes a incensada era eu, e ela, a insultada. Com frequência ele a persuadia a beber em excesso, e os dois me atormentavam juntos. Ele aludia às Donzelas de Ferro. Ela a orquídeas, maresia e Buda. Ele ouvia avidamente. Malicioso, serviu para Gabrielle uma taça cheia de *puncha cuba*,* que ela bebericou encantada. Eu os ignorei, mas me mantive atenta a tudo. A sombra agourenta que subia pelo rosto de Louis, as veias saltadas em suas têmporas, o desespero de Gabrielle, a ânsia velada em sua voz... Eu percebia tudo. Me pe-

---

* Licor caribenho. (N. T.)

guei, inclusive, zelando por ela e olhando Louis com reservas. Era assim que ele também explicava o fato de eu ir até a pensão dela a qualquer hora da noite sem nunca protestar e ficar esperando até que ela desabasse na cama, agitada, rindo.

Muito raramente, minhas irmãs apareciam. Perguntavam da minha saúde, faziam uma rápida visita de inspeção pela casa e iam embora. Meus irmãos tinham seu jeito particular, pediam que eu preparasse chá e petiscos. Depois ficavam sentados olhando para o nada, tão intensamente que meus olhos chegavam a ficar úmidos. Sentíamos falta de nossa mãe, cada um à sua maneira. Nosso pai só saía do quarto para suas necessidades diárias, entre elas receber o jornal matinal e noturno e ouvir, concentrado, o noticiário no rádio. O mundo passava à minha revelia. Eu não sentia nenhuma necessidade de querelas sociais. Quando animados discursos políticos enchiam a sala, às vezes até altas horas da noite, eu fugia para o meu quarto. Mantinha as coisas de minha mãe em ordem. Objetos da casa, do jardim e da cozinha. Sentia o odor do ano velho no úmido vento alísio e me satisfazia com sonhos passados.

Depois de alguns dias sem aparecer, Gabrielle surgiu de repente na varanda num horário não habitual. As ruas estavam inundadas. O céu vomitava. Eu não sabia se ela estava chorando, porque estava completamente molhada, mas ela parecia incomodada e respirava, nervosa, pela boca. Como na primeira noite, ela se recusou a entrar.

Eu me agachei e fiquei olhando a água formar uma poça no lugar onde ela estava. Sua saia grudava nas coxas. Imaginei o rego longo de suas nádegas entre duas pregas. Pareciam magras. Vi seus mamilos através da blusa branca. Duros e sensíveis.

Os trovões recomeçaram. Rajadas de vento lançavam jatos d'água para dentro: fiquei encharcada. Mas continuei ali. Então ouvi: Louis me fodeu, Noenka! Fiquei tonta. Algo tão grosseiro assim não podia estar saindo da boca de Gabrielle e, pior ainda, ela estar envolvida naquilo. Pressionei os dedos nos olhos. Não podia ser verdade. Devia ser o barulho da chuva no telhado de chapa ondulada, ou então o vento havia recolhido um significado vulgar em alguma parte e largado sobre nós. Tirei as mãos do rosto: a chuva tinha dissolvido Gabrielle. Só havia vestígios de lama no chão e dor no rosto molhado do meu reflexo. Quando senti cólicas na barriga, não duvidei mais do espelho e do que eu tinha ouvido.

Eu tinha um monte de bonecas de papel. Eu as recortava do papel pardo e grosso dos sacos de açúcar usados. Às vezes, para afastar as formigas, comprava saquinhos novos no chinês. Eu fazia pessoinhas, do tamanho do meu dedo médio, com todos os detalhes. As meninas com um tracinho. Os meninos com uma cruzinha. Pintava tudo minuciosamente com lápis de cor. Às vezes eu tinha até quarenta, com nomes que eu pegava na Bíblia. Eu vivia num mundo de sonhos e realidade com minhas pessoas de papel. Ninguém tinha acesso. Ninguém se intrometia. Noenka no País das Maravilhas, diziam minhas irmãs, zombando, e meus irmãos passavam bem do ladinho com seus sapatos enormes. Brincadeira de criança. Mais que isso. Cochichando com o papel, eu respondia ao mundo dos adultos.

Eu acabara de completar nove anos com música de órgão e amiguinhos fantasiados, e tinha guardado serpentinas de papel prateado e dourado da festa. Com certeza foi a história de Sarina, a menina *do dessa,** *que trançava guirlandas para a colheita do arroz, contada de maneira tão vívida por minha professora, e o malmequer-do-brejo que florescia amarelo-forte nos acostamentos, o que me fez querer comemorar meu aniversário de novo com minhas bonecas. Construí uma tenda de papelão, amarrei guirlandas de flores e instalei meus amigos. Quando finalmente consegui sair da mesa, corri para o local sombreado pela amendoeira, onde estava a tenda da festa. Depredação. O riso maldoso dos meninos da vizinhança. Antes de dormir, eu quis explicar a Deus minha tristeza. Não a Deus Pai, Deus Filho ou Deus Espírito Santo. O que você está procurando, minha mãe perguntou, porque eu folheava todos os livros. Eu não respondi. Só voltaria a rezar quando encontrasse a Mãe de Deus.*

Na hora do almoço, pus a mesa para dois. Meu pai olhou com estranheza. Lá dentro pairava o cheiro pesado de sopa de ervilha. Lá fora as aves e o verde voltavam a respirar, vibrantes.

Louis chegou. Atirou sua capa de chuva no chão, espirrou, sacudiu a água do cabelo e perguntou se eu podia desamarrar seu sapato. Não escondi a indignação: bufando de raiva, fui para a cozinha e mexi a sopa aos solavancos. Ele achou isso divertido, chegou perto e se esfregou em mim. Sua ereção me despertou impulsos destrutivos. Quando ele me lambeu no pescoço, eu me virei: "Eu quero me separar de você!".

"Por quê?", ele retrucou imediatamente.

"Adultério!"

"Seu ou meu?", rebateu sem hesitação.

Por um instante fiquei muda. Fingindo-se de indiferente, ele jogou milho para as galinhas.

---

* Nome dado a vilarejos da região rural da Indonésia. (N. T.)

"Gabrielle esteve aqui!", gritei mais alto que os cacarejos.

"E?", ele disse com jeito doce.

"Você sabe o que eu quero dizer!"

"Ah... minha mulherzinha está com ciúmes", ele disse, rindo satisfeito.

Agarrei a camisa dele e chiei: "Com ciúmes? Eu nunca quis estar no lugar de outra mulher. Nunca quis ter nada que é de outra pessoa. Eu daria a vida para me livrar de você!".

Ele se soltou. Seus lábios e olhos estavam impregnados de vermelho. "Você não deve ficar imaginando coisas, Noenka. Estou cansado dessa sua boca grande. Você não é a única mulher que eu posso fornicar, e não se comete adultério com putas nem com amigas. Nesses casos trata-se, respectivamente, de serviços públicos e favores entre amigos..." Ele se curvou para me olhar. "Adultério se comete com alguém que a gente ama. Eu não te acusei de adultério..."

"Eu adorava Ramses", explodi.

Ele olhou como se quisesse me matar, não comentou nada, mas deu um risinho malicioso: "Embora a sua amiga bonita me faça lembrar de Campo Alegre,* eu considerei mais como um favor recíproco entre amigos: ela encontrou satisfação para o seu desejo e eu finalmente não precisei me sentir um veado!".

O que houve depois é difícil de recontar. Aconteceu automaticamente. A sopa incandescente sobre seu peito, sua barriga, suas pernas. Seu punho no meu rosto. Meu grito de socorro. E, por fim, minha consciência virou um vale de estrelas iluminando um banquinho que estava nas mãos de meu pai e que caiu se arrebentando em algum lugar.

---

* Famoso bordel em Curaçao. (N. T.)

Embora Louis quisesse de outra forma, o médico percebeu, pelo meu olho roxo e lábios lacerados, que se tratava de uma briga conjugal cotidiana. Fomos abordados separadamente: eu precisava me abrir mais para o mundo exterior, em especial para o meu solícito marido e, principalmente, tomar os comprimidos. O frasco grande continha estimulantes. O outro, tranquilizantes. O maior estava cheio de pílulas para dormir. Quando ele me entregou, perguntou de forma casual sobre o espasmo nervoso que impedia Louis de me penetrar. Não me incomoda, doutor, eu disse, cheia de doçura. Bufando, ele me receitou um purgante. Olhei com ar insolente para a corpulência que saía de sua camisa e mandei lembranças para sua azeda esposa.

Dezembro se arrastava para o fim, chuvoso e lento. Eu ficava acordada quase todas as noites na esperança de escutar os passos cuidadosos dela nas conchas, sua batidinha na vidraça, sua tossezinha. Durante o dia eu vasculhava a cidade com os olhos. Desfilavam outros perfis, outros quadris, pernas desconhecidas.

Me dirigi ao hospital onde estava o filho dela. Apertei um lenço no nariz para não sentir de novo o cheiro de minha falecida mãe e apressei o passo, mas o branco de enfermeiras, médicos e fachadas me intimidou. Presa numa nuvem de antibióticos e pelo som de aço leve, me senti desmoronando por dentro. Angustiada, acenei para um táxi e me deixei levar para fora da cidade, em direção aos subúrbios. Eu procurava Gabrielle. Queria encontrá-la para lhe dar carta branca. Ela podia usar Louis como quisesse.

Parcimoniosa, ela se apresentou como "a prima do seu pai" e foi se sentar com ar agressivo e hesitante na beirada de uma floreira. Contente com essa quebra na rotina — fazia dias que eu não falava com ninguém —, acordei meu pai. Antecipando o que viria, sugeri que ela entrasse. Ela recusou de modo brusco. Por educação e curiosidade, fiquei com ela, fiz observações vagas sobre o enorme cacto e me assustei tanto quanto ela quando uma voz de barítono berrou: "Vocês me deixaram em paz por catorze anos... será que chegou a hora de novo... prima Zelda?". Ele se aproximou a passos largos com as mãos nos bolsos, uma urumbeta murcha, seu olhar sobre mim, tensão nas bochechas.

"Minha mulher está morta. Eu mal estou vivo. Meus filhos seguiram todos sua própria estrada. Nossos caminhos estão separados há muito tempo!", ele alfinetou.

Os dois olharam para mim. Tinham a mesma poça d'água nos olhos, o mesmo desprezo na boca. Me sentia uma estranha entre os dois, uma mendiga diante da arrogância deles.

"Ela é ainda mais teimosa do que a minha falecida Beatrix!", eu o ouvi dizer de longe.

"Como assim?", perguntei, atrevida, tremendo.

"Você quer ir comigo para o Pará?", ela retomou, simpática.

"Pra quê?"

Eu não me atrevia a olhar para eles, me sentia oprimida. Depois sucumbi aos braços dela em torno dos meus ombros. Ouvi seu sorriso e senti seu gesto de aprovação.

Minha mãe tinha dezesseis anos quando se casou, uma criança ainda. Virginal e ingênua, religiosa e totalmente despreparada para a vida de casada. Esbelta e pequena, um brilho acobreado no rosto. Com sua veneração infantil por monges, com os quais passou grande parte de sua vida de devota, deve ter sentido profunda afeição pelo militar negro de uma família conservadora do Pará, com seus ritos sagrados, vastas fazendas, muitos filhos e poucos homens, família, aliás, que era odiada por causa de seu patriarcado pelo agressivo clã de mulheres que controlava o restante do Pará.

"Nos casamos. Que situação. Teve que acontecer na fazenda, por causa da família dele, da deusa da fertilidade e de todo tipo de motivos obscuros. Navegamos até lá em canoas. Ele de terno de flanela branca e com um chapéu-panamá engraçado, eu usando um vestido branco de *crêpe de Chine*, do lado do meu pai, que nem mesmo parecia feliz, que nem mesmo sorriu pra mim, que ficou olhando carrancudo para a frente, enquanto as mulheres entoavam vários tipos de oração e os homens batiam seus remos na água escura… De repente a igreja apareceu, brilhando de tão branca, em uma colina, numa curva do riacho… O culto na igreja: um pastor negro usando um terno branco feio… canções de pretos e depois a festa profana com danças de roda, tambores e a refeição sacrificial para o *kabra*.* E os esquivos *marrons*, que recentemente voltaram a fazer parte da lida doméstica deles…"

Eu soube que devia ir embora quando vi a prega do arrependimento se formando aos poucos nos lábios dela. Sua queixa — ele continuou sendo um estranho para mim, um negro de fazenda, um capataz — me magoava de muitas formas ao mesmo tempo.

Quando fiquei menstruada e mostrei a ela o lençol ensanguentado naquela manhã, ela contou sobre sua noite de núpcias.

"A família dele esperava pelo lençol manchado para pagar o dote da noiva ao meu pai. Não sem tensão, pois as moças de Nickerie tinham a reputação de se tornar mulheres cedo. Eles receberam o lençol, mas o sangue vinha da virilha do seu pai!"

"Você não era virgem?", perguntei consternada.

---

* Espírito ancestral da religião winti. (N. T.)

"Continuei sendo por vários meses ainda!", ela retrucou. "Mas seu pai não confiava na própria família. Nunca confiou, mesmo sem nunca admitir isso. Naquela noite me fez jurar que eu jamais perderia de vista o sangue das partes baixas do meu corpo nem do corpo das filhas dele, nem nenhum tecido que tivesse tido contato com ele. Estranhos jamais deveriam tocar esse sangue. Nos partos, seu pai ficava na porta e ia pessoalmente queimar qualquer tecido sujo, e uma das coisas para a qual ele sempre teve dinheiro foi para toalhinhas absorventes, para quando suas filhas menstruavam. E custou muito para ele, porque as usadas tinham que ser destruídas. Eu nunca lhe perguntei por quê e ele nunca contou. Jurei que passaria isso para minhas filhas e elas para as suas. Sei que ele tem medo da família dele, dos seus falsos deuses, de seus mortos, porque ele se afastou de tudo, e parece que o sangue menstrual tem muito significado ali."

Ela me olhou e sorriu enquanto eu me despia e retirava as roupas de cama. Ela ficou ao meu lado no banheiro, com sabonete, toalha e um pacote grande com alfinetes. Enquanto eu me lavava, fui sutilmente apresentada ao status de mulher fértil. Ela jogou uma toalha sobre mim, me esfregou até secar e me confrontou com uma nova dimensão minha: fralda branca, dois alfinetes de segurança e cinto elástico.

Enquanto ela aos poucos me ensinava sobre essa nova habilidade, senti vontade de chorar. Ela disse num tom animado: "Minha experiência é que a menstruação purifica o corpo. Muitos banhos, muitas trocas de roupa e você nunca terá aversão a isso. Se a menstruação estiver escura, grumosa e viscosa, ou se cheirar forte, você está vivendo de forma errada. Se ela estiver vermelho-viva e fluida, e principalmente com cheiro fresco, você está tratando bem seu corpo, está comendo o que te faz bem".

Quando ela verificou o sangue à tarde, balançou a cabeça

em sinal de aprovação e me ensinou regras de higiene de maneira natural. Eu disse que estava achando aquilo constrangedor.

"Você precisa se acostumar!", ela disse enquanto apertava os novos braceletes no meu pulso.

"Sabe, Noenka, minha mãe dizia: a menstruação é para a mulher o que a Lua é para a Terra... Não sei o que ela queria dizer, mas sei que é verdade. A vida vai te provar..."

"Agradeça meu pai pelos braceletes também. Achei bonitos", eu disse, consolada por tanto romantismo.

"Eu já contei pra ele!" Ela sorriu enquanto seu rosto era tomado por uma profunda seriedade, e seu comentário "O sangue de seu pai corre em você... faça com que o medo dele seja a sua lei" se instalou em mim como um sujo pavor.

Sem a aversão que se insinuava na voz de minha mãe quando ela os descrevia, ele me contou sobre a festa profana anual que durava uma semana e que tinha como objetivo homenagear os deuses que protegiam o povo do Pará. Com isso se cumpria o antigo preceito de Aïsa, a deusa do vilarejo. Todos se comprometiam a contribuir financeiramente, participar da limpeza da cidadezinha, purificar suas casas, conversar e resolver conflitos e se banhar nas grandes tinas cheias de ervas de perfume adocicado que se encontravam em locais sagrados. Só então a festa começava com jogos e danças para todos e terminava com oferendas aos mortos e aos deuses. Então ele acreditava nos deuses? Os olhos dele umedeceram e piscaram melancólicos quando deu de ombros.

"Nós somos os surinameses mais necessitados, mas também os únicos pretos com uma forte filosofia de vida, que remonta a nossos ancestrais africanos. O resto apenas vive na sombra do cristianismo, uma religião na qual os negros, quando são mencionados, é em sentido negativo. Logo esse país estará cheio de cruzes, sinagogas e outros templos, enquanto se exerce o poder em nome de Jeová e Alá, o livro sagrado do homem preto ainda terá que ser escrito. Mas talvez seja melhor assim. Meus ancestrais vivenciam um deus, não uma religião que os subjuga... Eu acredito nos deuses deles, sejam eles quais forem!", ele disse com severidade, porque eu tinha me levantado suspirando.

Mas meu comportamento não continha nenhum protesto; é que as diferenças entre o homem e a mulher que tinham me trazido para um mundo abalado pela desarmonia se revelaram mais profundas do que eu pensava. A luta para incutir suas próprias crenças em seus descendentes foi vencida por ela. Só que eu cheguei tarde o bastante para também sentir as dúvidas dela, seu medo insondável e suas certezas, cuja base, seu corpo forte, tinha sido devorada de dentro para fora. Ela desconfiava da pessoa que estava mais perto dela, acreditava que ele fazia uso de magia negra para mantê-la prisioneira e ela o combatia com o Deus bíblico ao qual servia, servia, invocava, mas não alcançava, porque até seu leito de morte carregou muito ódio no coração.

"Nunca se envolva com aquelas pessoas do Pará. Elas são tão misteriosas quanto os deuses a quem servem. Fuja delas. Eu as odeio!"

"Como você pôde me gerar com um homem que odeia tanto?"

Ela se precipitou sobre mim e cravou minha reprovação em sangue. Foi a única vez em nossa vida que nos machucamos deliberadamente.

"Você não vai nunca mais?", perguntei, porque ele parecia paralisado na cadeira de balanço.

"Não podemos fazer isso com sua falecida mãe."

Ele tinha razão: ir ter com a família dele era confraternizar com os arqui-inimigos dela, passar por cima de seu túmulo.

Eu fui, mas me senti culpada: tive dificuldade em ficar sentada no trem na estação de Republiek. Além disso, as carrancas satisfeitas dos parentes reencontrados me fizeram compreender o quão grande era a minha traição. Mas eu não sou só sua filha! Também tenho um pai!, gritei para os olhos dela, que surgiam em toda parte. Mesmo assim, quando cheguei não tive nenhuma vontade de subir na árvore genealógica de meu pai, o que fez com que a necessária visita familiar fosse adiada e meu único desejo vigorasse: navegar pelo rio Pará.

Isso aconteceu na manhã do segundo dia. Eu tinha dormido bem e me sentia disposta a encarar qualquer coisa. Irmão Kofi e irmã Yaba me levaram com eles. Ela acabava de fazer trinta anos e ele tinha mais ou menos a minha idade, mas ambos possuíam famílias grandes e a mesma maneira de evitar meu olhar e de responder minhas perguntas de forma parcimoniosa. Me deram uma bota firme de borracha, enquanto eles seguiram descalços do meu lado, atravessando um caminho até um lago escuro onde uma vegetação exuberante, copos-de-leite coloridos e folhagens vorazes engoliram minha bravura.

Ao meu redor, o bafo do interior, bruto e doce, mais pesado que o sopro salobre da planície costeira.

Navegamos lentamente, passando por acácias, folhas como leques amarelos, palmeiras, heras, cipós e raízes de mangue que tombavam sobre a água como teias. Passarinhos que olhavam em silêncio e outros que chamavam a atenção com gorjeios estridentes — lindo, lindo, assustadoramente lindo. Navegamos até chegar a uma passagem estreita onde as árvores se fechavam de tal forma sobre nós que a luz do sol mal penetrava. Borboletas enormes de cores diáfanas esvoaçavam perto de nós. Lençóis de nenúfares amarelos flutuavam sobre a água escura como breu. Meu Deus, orquídeas: pendiam em cachos azuis e alaranjados, inacessíveis e vitais, com um perfume indescritível.

"Quer que eu colha pra você?", perguntou o irmão Kofi, porque eu não parava de olhar para aquelas flores maravilhosas, magnéticas. Balancei negativamente a cabeça. Meu desejo se subordinava à sensação de que elas só poderiam se entregar daquela forma e estragariam e murchariam longe da água aromática que as alimentava. E ainda havia o sonho no qual eu acabava afundando, ainda que ele não terminasse com o perfume de orquídeas.

"Vamos ficar um pouco aqui", sugeri, para poder guardar lembranças da virgindade do local e daquela experiência avassaladora.

"Temos que continuar!", Yaba se apressou em dizer.

"Tem cheiro de paraíso aqui, não acha?", brinquei, mas ela olhou para o irmão com uma cara horrível e comentou, ríspida: "Não sei o que deu no irmão Kofi. Nós não podemos vir aqui. Este lugar tem *obia*".*

Comecei a rir alto e a bater com os remos na água. A água mal se mexeu, nosso barquinho mal sacudiu, quando um corpo escuro emergiu em direção às flores — lúgubre, macabro. Não gritei junto com eles.

O vilarejo ficou inquieto: onde serpentes aparecem para as pessoas, o catastrófico caminho de satã ameaça. A jiboia-d'água havia se erguido da corrente do esquecimento. Toda a história

---

* Força espiritual que emana da alma de um ser humano, animal, planta ou de outro fenômeno natural, segundo as tradições winti. (N. T.)

da rixa entre meus ancestrais e os *maroons*, meu pai e o pai dele, foi reavivada com detalhes. O desaparecimento de seu irmão, os problemas que afligiram toda a família desde então, a separação da deusa mãe. Eu fui ungida como o elo perdido no contato entre deuses e humanos. Eu era o cordeiro imolado que deveria ir até os anciãos do vilarejo, se deixar incensar por sacerdotes e se entregar a infusões e unções de sacerdotisas, para eliminar os pecados do Pará. Eu me opus. Devagar, mas de modo firme, senti a desconfiança que meus pais alimentavam contra essas pessoas se alojando também em mim, principalmente quando pouco a pouco comprovei o quanto elas desprezavam meus pais. Não aceitei nenhum alimento preparado especialmente para mim. Nenhum banho ritual. Me revelei a verdadeira combinação deles: desconfiada e teimosa. E entendi que uma maldição pairava sobre a minha cabeça.

Então Gabrielle chegou. Ela me libertou das garras da linhagem de meu pai como minha mãe teria feito, irracional e firme. Carregou minha mala por todo o longo caminho que percorremos a pé até a estação de trem. A areia cortante enchia nossos sapatos, dificultando o caminhar. Ela não falava. Às vezes parava para enxugar o suor do rosto, esvaziar nossos sapatos, passar a mala para a outra mão ou então suspirar — minha Gabrielle, combativa, mas sem vingança nos lábios. Seus olhos, quando encontravam os meus, permaneciam sempre suaves. Ao chegarmos à estação, ouvimos o trem partindo, retumbante. Uma nuvem cinzenta foi tudo que sobrou para nós. Gabrielle reclamou. Eu xinguei. O abrigo, sob o qual havia um banco estreito, estava completamente deserto: o próximo trem para Berlijn passaria nesse local dali a dezessete horas e só soltaria sua fumaça na capital seis horas depois. Fomos nos sentar no banco. Ela tinha emagrecido. Quando tentei dizer alguma coisa, ela protestou: "Não sei o que deu em você de vir para cá!".

Saudade de você, pensei, mas eu disse que queria ficar longe, longe de casa, longe de papai, longe de Louis.

"A cidade inteira sabe que você está aqui e anda dizendo coisas desagradáveis sobre isso", ela se lamuriou.

Eu me levantei: "A cidade é um grande pênis que só quer me foder, sem amor, até que eu caia morta. Ela espera que eu fique deitadinha com os seios de fora, pernas abertas e copule no ritmo do seu prazer. Não posso nem gemer nem me levantar pra me limpar. E quando eu fujo...".

Lágrimas escorriam para a boca. "E você veio pra me entregar pra essa cidade?"

Ela me abraçou. Seu lamento abafou qualquer observação possível. Seu corpo estava rígido. Ela cheirava a domingos na cama com lençóis perfumados e travesseiros de plumas novas.

"Eles mataram meu filho!", ela berrou.

Nos olhamos intensamente, mas a enorme distância permaneceu mesmo quando ele começou a falar suavemente: "Sua mãe, certo?".

Contida, assenti com a cabeça.

"Como posso ajudar a senhora?"

"Ela não pode morrer. Ela tem que continuar viva. O senhor precisa aliviar sua dor." Embora eu me envergonhasse de meu descontrole, continuei olhando para ele. Entendi, pelo seu gesto com a cabeça, que ele não a curaria. Nervosa, procurei minha carteira.

"Quero pagar para falar sobre ela... o que ela tem... como posso ajudar... vai doer... onde está... eu a amo..."

Sua expressão de recusa me encheu de rancor e impotência. Senti me tornar grosseira, como um animal prestes a morder. "O senhor tem que falar. Eu tenho o direito de saber!"

"Vou falar com seu pai... o marido dela..."

Ele olhou como se não me visse, apertou a campainha e foi receber um novo paciente. Cruzei a porta em silêncio, pois havia perdido a esperança.

Ela esperava com seu vestido rosa e um olhar dilacerante. Tínhamos caminhado juntas naquela tarde escura, abraçadas uma à outra. Sem perceber ou perguntar alguma coisa, ela se apoiou em mim com todo o seu peso. E andamos assim, entrando e saindo das lojas. De repente ela parou. Olhou para mim e foi abrindo um sorriso cada vez maior: meu coração parou e ela ficou rindo inquieta em meio à movimentação hesitante da cidade. Comecei a soluçar alto. O sorriso dela desapareceu. Ela me empurrou com rispidez, afastou meus dedos do meu rosto e sussurrou: "O médico e você... vocês são loucos... eu não vou para o hospital. Não tenho nada grave... só um carocinho... sinta... e não chore!". Ela me olhava com desespero, seu rosto tremia de nervoso e não pegou a minha mão que queria sentir, mas sussurrou: "Me deixe ficar em casa. Você não vai deixar me levarem embora, vai? Noenka!".

Balancei a cabeça, dizendo que não.

"Não, nada de hospital. Deus vai curar você. Ele fez cegos verem... surdos ouvirem... Despertou até mesmo mortos... estendeu Sua mão aos pecadores..."

"Eu... e eu... Noenka?"

Ela ficou quieta, agarrada a seus pensamentos.

"Você, uma mulher de Deus, Ele não vai te abandonar!", concluí.

Nos abraçamos por muito tempo, minha mãe e eu, entregues à primeira despedida. Essa imagem continuou se repetindo enquanto eu me ajeitava para que a cabeça de Gabrielle descansasse em meu peito, mais indefinida, mais dura, mais pura, mais suave, durante toda a noite, como um laxante purificando todos os rincões do meu espírito. Eu não conseguia dormir: Noenka, com seus medos devastadores, velava três mulheres.

Lelydorp, num vale de areia atrás da ferrovia incandescente, em dias que se abriam com asas de tule e tons pastel, avermelhados--azulados-amarelados. A vida fluía através de mim como o sumo perolado das laranjas amadurecidas pelo sol, colhidas com minhas próprias mãos nos momentos de muita sede e porque as frutas me espreitavam. Eu brincava com os cachorros na areia branca. Deslizei o balde no poço até suas águas subterrâneas. Ralei milho para os pintinhos e me agachei no chão de barro para acariciar os gatos. A tia de Gabrielle era surda, mas nada escapava dela quando passava os olhos pelo pomar de frutas cítricas e por nós, quando à tarde comíamos fazendo gracejos e à noite levávamos as xícaras fumegantes aos lábios. Ela roçava nosso rosto com suas mãos ásperas, como se concordasse com nossa permanência em seu silêncio ensurdecedor.

"Minha mãe era a filha mais velha de um deportado francês. Disfarçado de mulher, ele partiu para o planalto com uma pequena tribo indígena. Depois de anos se estabeleceu em Galibi, escolheu uma índia e gerou duas crianças. Meninas. Ele era louco por Edith e Françoise, ensinou as duas a ler e escrever, notação musical, decidido a retirá-las da natureza e sacrificá-las à cultura. Quando sua mulher foi vítima de uma epidemia, ele cruzou a foz do rio Maroni e se estabeleceu com as filhas em Cayenne. Privado por tanto tempo da palavra escrita, ele se entusiasmou e abriu em uma rua bolorenta um pequeno comércio de livros antigos — sobre a revolução, Marx, nacionalismo, colonialismo e afins — que comprou da elite francesa que logo ia embora. Com o tempo, ele manteve seu sebo, mas vivia de seu restaurante, que ia muito bem.

"Num dia ruim, sua filha mais nova, de doze anos, foi atacada por vespas. Ela começou a perder a audição e depois de algumas semanas estava completamente surda. Desesperado, ele correu para os médicos. Nada ajudou. Então ele fez as malas, cruzou novamente a fronteira, viajou com elas por vilarejos e colônias, onde frequentou diversos curandeiros. Por fim, especialistas em Paramaribo o convenceram que sua Edith ficaria surda para sempre: um importante nervo auditivo havia sido danificado.

"Ele conseguiu adquirir um terreno fora da cidade e ganhava seu pão fazendo trabalhos em palha trançada: chapéus, cestas, assentos para cadeiras. Aos poucos, as filhas assumiram esse ofício, para que ele pudesse se dedicar inteiramente ao cultivo de cítricos, incentivado por alguns frades. Minha mãe se tornou enfermeira. Conheceu meu pai em um hospital, um idealista de Leiden que veio estudar doenças tropicais."

Ela estava deitada na grama enquanto falava. De maneira contínua, mas controlada. O vento soprava sua saia. Sua blusa estava aberta. Coloquei a faca e as frutas de lado e me virei quando senti os dedos dela entre os meus.

"Eu não te contei como eu queria ter uma irmãzinha?"

"Sim", murmurei.

"Ainda não consigo perdoar meus pais por não terem me dado uma!"

"Você tinha Maud. A querida Maudy. A loirinha Maud!", provoquei.

Ela soltou um risinho de escárnio.

"Quando Maud chegou, meu desejo já havia passado. Eu tinha Evert e outro sonho: povoar a terra... Mas nesse meio-tempo despertei com duas crianças deficientes, uma que já morreu e a outra que não quer mais viver."

Um silêncio íntimo cresceu entre nós.

"Pois é! Mas você ainda tem a mim", consolei-a depois de algum tempo. Ela se inclinou sobre mim, seus olhos faziam círculos em meu rosto, seu cabelo bloqueava a luz do sol.

"O que você quer dizer, Noenka? Pode ser mais clara?"

Ergui a cabeça e vi como ela empalidecia e mordia os lábios. Só então eu soube: eu a amava. É como se eu nunca tivesse amado antes, tão desconhecida e diferente era a sensação.

"Acho que meu coração está germinando", eu disse, confusa, tentando represar meus sentimentos, que ultrapassavam meu desejo e até meus pensamentos.

Ela pôs as mãos no rosto e se levantou.

Fui até ela, decidida a vencer a timidez e, uma vez na vida, desnudar minha alma e oferecê-la a outra pessoa.

"Você é o que me cura. Você me dá vida, Gabrielle."

Segurei sua mão, mas ela a puxou e correu para o sol.

Fiquei ali, suja, desiludida e indescritivelmente só, com a ideia de ter que me entregar à doença incurável do Grande Amor, o futuro tangível... a miragem.

Achei melhor virar as costas para o horizonte.

"Noenka, fique comigo!" Ela me alcançou, ofegante. Me agarrou pelo pulso e me arrastou para mais perto daquela vastidão, até as ondulações da água. Ela não ficou na margem, mas desceu. Eu a segui. A água alcançou meu peito e além...

"O que você quer, Gabrielle?"

Ela me olhou bem nos olhos.

"Quem é você? Você sabe quem você é?"

Ela colocou a mão na minha cabeça, mal respirava.

"Eu sou Noenka, que significa: Nunca mais. Nascida de dois opostos, uma mulher e um homem que desmancham até os meus sonhos. Sou mulher, mesmo que eu não saiba onde o ser-mulher começa e termina, e aos olhos dos outros sou preta, e toda vez espero para saber o que isso significa."

Ela ficou me olhando com olhos grandes, ardentes.

"Ah, talvez eu não saiba quem eu sou... sou o que você conhece, porque você é o que me cura."

Ela não disse nada, mas chegou tão perto de mim que sua barriga encostou na minha barriga, seu peito no meu peito, e depois, dando um sorriso e fechando os olhos, se deixou cair de costas na água. Surpresa, eu a observei desaparecer e aguardei.

Ela voltou arfando, encolhida, com uma câmara de ar de pneu, provavelmente deixada por turistas, e sem rodeios me chamou para subir nela. Eu obedeci e nós duas flutuamos até onde a correnteza do rio Coropina aumentava. Ela se debatia na minha frente, atrás de mim, do meu lado, por baixo. Num lugar onde havia árvores cortadas no riacho, ela parou. Vi o que parecia ser uma cabana de madeira e restos de madeira carbonizada num banco de areia. Ela nadou até a beirada e a vi explorando os arredores. Eu estava gritando algo simpático para ela, quando me dei conta de que a câmara de ar estava amolecendo, que eu estava afundando, que eu não sabia nadar e, pior, que o Coropina era terrivelmente fundo.

"Gabrielle!", gritei em pânico.

"Nade!", ela respondeu.

Acabei me esquecendo do que aconteceu depois, mas sei que não me afoguei e que juntas alcançamos as laranjas. Exausta, me arrastei até a areia quente.

"Você está viva. Agora você sabe que a água não é inimiga!", ela disse, rindo para mim.

"Que emocionante! E agora, eu devo dançar?", retruquei, zangada.

Ela veio e encostou o cabelo molhado em meu pescoço.

"Se eu te curo, me deixe também curar você dos seus medos. Então o seu corpo se tornará ilimitado como seus sentimentos e, juntas, nós vamos galgar as nuvens, *sipapu*... em direção ao

Fogo Sagrado. Mas a mulher que vier comigo precisa saber voar como um anjo, nadar como uma sereia e correr como Hermes."
Deixei que ela me levantasse da areia. Corremos de mãos dadas pelos campos até que o sol nos secasse completamente: selamos um pacto.

"Como você está se sentindo?", ela perguntou, muito carinhosa, quando o trem chegou à cidade soltando vapor.

"Como depois de um bom vinho... liberta, mas com fome." Ela fechou o punho e o encostou no meu queixo.

"Não se esqueça que a partir de agora partilhamos a nossa dor e o nosso prazer, nossos pensamentos, nossos sonhos, portanto também nossa fome e nosso pão de cada dia..."

Prometi novamente, embora estivesse convencida de que a tristeza aumenta quando compartilhada e a felicidade diminui. Com pão e fome eu não tinha nenhuma experiência.

"Não tenha medo, Noenka... Nós vamos conseguir", ela disse, porque os quatro dias maravilhosos em Lelydorp, seu afeto absoluto e as muitas coisas encantadoras que ela tinha me dito não me impediram de chorar na despedida. Perturbada, ela mexia no meu cabelo.

"Como vamos fazer?", choraminguei.

"Isso nós vamos combinar juntas, você e eu... definir um caminho nosso. Meus pais tinham pendurada a seguinte frase acima da cama deles: *Quem não consegue construir castelos de ar não tem direito à felicidade*. E eles eram o casal mais feliz que eu já conheci!", ela me confortou.

Por alguns minutos ela manteve a palma das minhas mãos em seu rosto. Depois acenou para um táxi, me instalou no banco de trás e se despediu com olhos cheios de castelos de ar.

* * *

    Antes de nos casarmos, Louis havia me mostrado uma cicatriz brilhante como uma barata nas costas, perto de um ombro. A história dela tinha algo de mágico.
    Meio distraído, querendo se recuperar de uma aventura carnal passada num bordel nas Antilhas Holandesas, ele foi caminhar ao longo da praia, diante do mar zeloso e calmo que abraçava a ilha. Num pedaço deserto da praia, ele viu corpos… nus. Ao se aproximar, viu dois corpos cobrindo um ao outro com precisão simétrica, imóveis, como se o rebentar das ondas fosse a sua respiração. Ele ficou olhando, admirado, até que um gemido eletrizante o fez suspirar. Incomodados, os corpos se separaram — seios, semblantes estranhamente ansiosos, quadris que eram vales úmidos.
    Lésbicas. Tomado pela força de um cavalo, ele estuprou as duas. Só em casa as lesões o fizeram perceber quão ferozmente elas resistiram. Seu humor se inverteu quando eu lhe informei gentilmente que não havia hímen a ser perfurado em mim e que, além disso, ele já tinha rompido pelo menos dois.
    "Quero ser o primeiro, o único e o último", ele explodiu depois de um longo silêncio.
    "Quem não quer? Ou você acha que as mulheres têm sonhos diferentes?"
    Fiquei rindo.
    "Uma mulher não pode esperar isso de um homem!", ele disse, irado.
    Vi o sol baixar em seu rosto escuro, no qual tornaram-se visíveis traços das nossas histórias. Correntes que tilintavam. Bocas que fediam. Seios que sangravam. Senti o hálito quente do amo queimando meu pescoço. Me sentei na frente dele, meu homem preto… senti pena. Me tornei sua irmã porque entendi: o

transtorno de ansiedade do escravo — ter que dividir sua mulher com o amo — fez com que três gerações depois ele fosse um amante mais confiante. Livre, mas com o medo do escravo e a fome do amo.

Medo de ter que dividir a mulher que ele não ama com outra pessoa! Medo de perder a mulher que ele ama para outro! Medo de a mulher que o ama ser uma miragem... Medo que se manifesta como uma fome insaciável...

Assim como minha mãe, a mãe dele, a mãe delas, eu seria amada por homens brancos e pretos como na escravidão.

Louis — eu gostaria de amá-lo como as mães devem amar seus filhos, de maneira desinteressada e sempre renovada.

Minha participação em orgias familiares, como ele supunha, foi o motivo para que Louis exigisse que eu deixasse a casa paterna e voltasse a viver com ele. Sua paciência e compreensão tinham acabado. Sua exigência não era absurda: eu vivia do dinheiro dele, sob o seu nome, usufruía do status de senhora que ele me garantia, enquanto ele não recebia nada em troca. "Ou você é minha mulher ou não é!", ele se exaltou.

Considerei: enquanto meu pai estiver vivo, podemos sobreviver com a sua pensão, mas ele caminhava obstinadamente em direção à cova, e eu não queria ganhar o pão com o magistério.

"Volte até que as circunstâncias mudem", aconselhou Gabrielle, desanimada. "Você pode sair com bastante frequência, supostamente para cuidar de seu pai, e eu ainda estou aqui também..."

A ideia continuava a me angustiar.

"Nós duas somos financeiramente dependentes dos nossos maridos", ela grunhiu quando percebeu minha má vontade.

"O meu também me bate!", falei.

"Por impotência!"
"Mesmo assim dói, Gabrielle!"
"A dor não é duradoura, Noenka."
"O medo da dor é!", protestei.
"Seja estratégica... tente evitar que ele bata em você."
Balancei a cabeça e endireitei os ombros. Depois de pensar bem, decidi: "Eu vou ficar com meu pai. Com vitaminas e elixires de farmácia, eu vou mantê-lo longe de minha mãe e eu longe de Louis!".
Demos risada da ideia por sua utilidade em comum.
"Espero que você possa aplicar cuidados semelhantes para prolongar minha vida quando chegar a hora", ela gracejou, séria.
Bebemos a isso. Insensatas, nos abandonamos ao futuro: *Nós três em Paris. Ela estudando língua e literatura francesa na Sorbonne. Eu fazendo aulas de canto e dança com uma diva decadente. Ensinaríamos Mizar a tocar flauta e a cantar. Iríamos comer comida vegetariana e tomar apenas vinhos da Provence. Ela escreveria a balada dos oprimidos, que eu cantaria. O teatro se derreteria com o som das flautas delas e com a minha voz.*

"Et l'amour?", perguntei algumas vezes, brincando, porque ela continuava sorrindo. Ela não me fez esperar muito por uma resposta. A pulseira francesa que me enviou trazia gravada a palavra *sipapu* com sessenta e nove florezinhas de perpétua de um roxo-vivo, porque ela não pôde se despedir antes de viajar com o marido e a filha para Nickerie. Isso foi um raio fortalecedor de esperança para mim.

Confiante, revelei minha intenção a meu pai. Ele ouviu, aborrecido. É claro que eu podia ficar... Perguntei se ele aprovava a separação... sim, mas ele se sentia tão fraco... e sabia que Louis não me deixaria ir embora tão facilmente... e questionou se o relacionamento com aquela mulher branca era mesmo bom para mim... Pessoa simpática... figura estranha...

Eu tinha me aconchegado a seus pés e, enquanto fazia suas unhas, narrei algumas peripécias alegres. Finalmente ele sorria de novo desde a morte de minha mãe. Ainda que eu quisesse apenas ser amável, porque ele tolerava Gabrielle — ele nunca tinha confiado em uma pessoa não negra —, me dei conta de que eu também preparava as bases de minha nova vida.

Dr. Bahl permaneceu preguiçosamente sentado à sua enorme escrivaninha, enquanto uma enfermeira atenciosa me deixou entrar. Ele havia me convocado por escrito, então fiquei em silêncio e esperei timidamente. Ele não me deu atenção, parecia procurar alguma coisa que depois de dez minutos ainda não havia encontrado, sem se desculpar nem sequer ter me cumprimentado. Esporadicamente nossos olhos se encontravam, e, como eu não queria ser olhada com arrogância, erguia os meus, nunca abaixava. A brincadeira durou até que, fazendo um som de ganzá que me assustou, ele pôs quatro frascos conhecidos na minha frente. Quem os havia tirado do meu quarto? Quem queria me entregar aos caprichos deste monstro? Mas não tive tempo para pensar, pois sua voz monótona encheu a sala.

"Seu marido e eu chegamos à conclusão de que a senhora não tem noção do quanto está doente. A prova está aqui: rejeitar os meus remédios!"

O ganzá soou mais enfático. Eu abaixei os olhos para pensar com devoção em minha mãe, que tinha me proibido de tomar os comprimidos. "Não tem nada de errado com os seus nervos. Talvez com seu coração. Você precisa é de pessoas. Não de remédios."

Meu silêncio aparentemente o irritou. Ele perguntou com uma voz fininha se eu achava que não estava doente, para em seguida exigir minha resposta com um baixo profundo.

Eu me levantei. Ele me olhou como se eu tivesse aberto a sua braguilha e ordenou que eu me sentasse. Obedeci, mas, com raiva, empurrei para o chão um cinzeiro cheio que havia na mesa. Estouro de vidro estilhaçado. A enfermeira olhou espantada e limpou a bagunça, me lançando olhares furtivos.

Ele começou, desafiadoramente, a fumar um novo charuto. Por alguns minutos que pareceram dias, ele me manteve presa na nuvem de fumaça que soprava em meu rosto com baforadas profundas. Fiquei olhando para a janela. Queria o asfalto sob os meus pés e ansiava por um banho, para lavar o bafo nojento dele do meu cabelo.

"Sua fumaça está me incomodando", eu disse, cautelosa, depois de uma crise de espirros. Ele se levantou. Mãos nos bolsos. Pernas abertas.

"A senhora vai voltar para o seu marido. Ele garantirá que a senhora tome meus medicamentos e no mais é só agir como qualquer mulher."

Me assustei. Ele murmurou algo incompreensível e deixou alguém entrar: Louis, que se precipitou, radiante, em minha direção numa nuvem de Old Spice. Minha indignação se expressou com uma gargalhada.

"O senhor pode levá-la", Bahl disse para ele. E para mim: "Nada de separação... só faça o que tem que fazer!".

Virei o rosto e caminhei para a porta.

"Esta senhora se acha uma beldade", ele ainda zombou, avaliando Louis de alto a baixo. Meu desdém era inabalável demais para manifestar irritação com aqueles dois homens que, juntos, me manipulavam de maneira cruel e diabólica. Louis riu de orelha a orelha e abriu a mão: o médico havia passado a bola para ele.

Quatro horas depois:

Movida apenas pela emoção, arrumei às pressas uma pequena mala. Tudo parecia improvável demais. A única segurança que eu tinha eram os quinhentos florins, a metade do valor da lápide de meu pai, que ele havia tirado de uma latinha Van Nelle com dedos hesitantes.

Com jeito, entrei tão ardilosamente na loucura de Louis, que ele acreditou que eu me juntaria a ele em uma semana. Depois da visita ao médico, ainda conversamos um pouco em uma sorveteria Soda Fountain. Ele sugeriu e eu concordei, mais condescendente que nunca: um filho fortaleceria nossos laços. Ele não via mais futuro no Suriname. Ansiava por dividivis e pelo mar. Por fim, disse em tom de brincadeira que eu não o tinha amado, e sim à sua ilha, que eu conhecia das fotografias e histórias fantásticas dele. A agência de viagens queria transferi-lo. Aruba. Bonaire. Curaçao. Não importava. Poderíamos recomeçar.

Idiota, eu concordei. Ele zombava de si mesmo ou de mim? Será que realmente acreditava que poderíamos morder nossa dor e humilhação nesse continente petrificado, cruzar os braços como duas virgens impuras do estigma brilhante em suas costas?

Guardei meu espanto, sorri para ele de maneira sonhadora e consegui fazer piadas maliciosas sobre a *puncha cuba* que correria solta em Campo Alegre quando ele voltasse.

"Vá sozinho. Quando tudo estiver bem, eu irei!", sugeri, com a doçura de um cordeirinho, mas ele relinchou, disse que não colocaria os pés nas Antilhas sem sua mulher, Noenka, o tesouro que ele havia conquistado no Suriname.

Eu tinha dito algo errado? Me comportado de maneira estranha? Olhado esquisito? De novo o ganzá. Agora ele é que me chamava a atenção para os medicamentos, me assustando. Bem-comportada, peguei os dois comprimidos que ele estendia para mim.

O médico tinha razão: era melhor que ele me desse os remédios em uma Soda Fountain do que a enfermeira em uma câmara de tortura.

Precisei de muito milk-shake para engoli-los, embora eu tenha ficado o resto da vida com a sensação de que esses dois comprimidos nunca foram digeridos.

O Olho — era assim que Gabrielle se referia à sua tia — me examinava ortoscopicamente. Percebi isso e não me mexi, até que ela, quase feliz, me estendeu a mão. Aquele jeito de câmera humana desapareceu quando ela pegou minha mala e seguiu na minha frente, atravessando o campo enquanto as laranjeiras desfilavam para nós.

No embarcadouro, quase a bordo do *Rainha Wilhelmina*, pensei que seria melhor fazer contato com Gabrielle dali de Lelydorp do que viajar até o arrozal onde havia tantos vestígios irremovíveis. Eu só não sabia como deveria abordar sua tia surda, que diante de estranhos também era muda. Por isso balancei a cabeça, agradecida, e tomei avidamente a bebida cítrica que ela me ofereceu com as mãos. Rasguei o bilhetinho em que eu dava alguma explicação. Ela me olhou por muito tempo, como se ouvisse a agitação da minha alma, e colocou sua mão grande sobre a minha. Com a outra me deu um tapinha no ombro. Como eu queria esconder a cabeça em sua saia larga e berrar de novo como uma criança! Ela era surda e seu vizinho mais próximo ficava a quilômetros de distância. Eu suspirei, suspirei, me soltei e entreguei a ela minha lamparina dupla. Ela ficou tão surpresa que fez o que eu não havia ousado fazer: soltou um soluço alto e oco.

Embora a espera por Gabrielle ocorresse no silêncio de línguas, o marulho do meu desejo penetrou os ouvidos trancados de minha anfitriã. Me acostumei a sentir seu olhar dirigindo-se a mim com um sorriso — uma forma de comunicação mais reveladora que a linguagem — quando eu deixava meus olhos perscrutarem sem reservas os trilhos do trem. Descobri centelhas dela nos campos verde-amarelados, eu a supunha nas lonjuras rosadas e me divertia com o jogo de luz e sombra, que era o mesmo todos os dias e todas as horas.

Quando certa manhã uma cadeira de vime não se desenhou na parede, eu soube que nuvens escuras haviam encoberto o sol. Chorei com os cães.

Pouco antes da chuva, ela entrou no vale como uma rajada de vento.

Os gatos ronronaram, os cachorros uivaram e O Olho piscou, desconfiado. Por mim a chuva podia rebentar.

De manhã a chuva me arrancou violentamente do sono. Gabrielle também parecia estar acordada. Ela afastou as cobertas e se arrastou até mim. Pela primeira vez estava tão perto que ousei colocar meu braço em torno de sua cintura. Sua mão pousou em meu pescoço. Havia calma em nós. Lá fora a chuva bradava como um demônio pisoteado. Os cães rosnavam. Ar frio passava por nosso rosto. Coriscos. Gabrielle tremia. Quando ela se virou para mim, seu semblante estava glacialmente belo. Na verdade, ela tinha as mesmas pupilas castanho-caninas de O Olho, só que as dela pareciam se mover por trás de uma névoa. Uma nebulosa a envolvia.

"Quero te ouvir falar", ela disse um tanto tímida.

Eu sorri: seis dias em Lelydorp congelaram minha língua.

"Você é tão bonita!", eu disse de modo quase inaudível.

"As pessoas passam a se parecer com as coisas que amam. Mal posso falar sobre isso, mas eu te amo muito, Noenka."

O calor em sua voz me deixou zonza.

Ela se esfregou em mim, gemendo. Um desejo fermentou em mim, mais quente do que meu corpo podia aguentar. Fluía como chumbo de mim: *Permita que tudo pare, Deus! Permita que o agora desabe no caos! Permita que não haja futuro*, eu rezei. Ela se aproximou mais, esfregou seu rosto no meu e deslizou até eu sentir sua língua em meu umbigo.

Com o queixo na minha barriga ela confessou: "Me casei por um desejo inextinguível de calor. Para isso desisti dos meus sonhos exóticos de viagens antropológicas mundo afora. Ele me inundava com atenções sexuais a qualquer hora do dia e da noite. Mas eu queria calor sem ter necessariamente que me desnudar. Na verdade, sem roupa eu sentia ainda mais frio. Aquilo se chamava sexo... fluidos na minha boca, fluidos no meu ventre, sem que ele conseguisse degelar meu âmago frio. Além disso, o pouco sangue judeu que corre em suas veias impede que ele durma comigo quando estou menstruada... sexo kosher — por isso a cama dupla. Sete dias por mês de um frio siberiano... Para ser sincera: sexualmente eu talvez tenha ficado presa no nível animal. Só sinto realmente vontade durante a ovulação. Fora desses dias, nada me animava. Ainda assim eu me entregava quando ele queria, pelo calor do sono que vinha a seguir... Era um bom casamento, com uma mulher dócil e um homem potente. Com certeza era o sol tropical que aumentava o contraste entre nós, ou o calor que irradiava do corpo das mulheres negras; quem sabe meu próprio frio tinha aumentado, não sei... O que eu sei é que depois de Mizar pura e simplesmente nos abandonamos. De minha parte, porque considerava concluída a tarefa de Evert, e ele, por causa dos corpinhos nos quais faltava qualquer vitalidade. Prefiro não contar sobre as vezes em que, depois de uma festa agitada, caímos envergonhados nos braços um do outro na escuridão de nossos lençóis, desejando um ao outro num tempo que havia muito tinha passado. Ou como eu implorava por ele e ele por mim... as recusas estúpidas dos dois lados. Outras mulheres começaram a preencher a vida dele. A princípio fiquei tremendamente chocada, depois me acostumei aos perfumes estranhos que ele trazia para o nosso quarto. Não fiz nenhum escândalo quando ele passou a chegar cada vez mais tarde em casa, mal escutava suas desculpas, sorria toda compreensiva e assim o submetia a um enorme sentimento de culpa. Sem repreendê-lo, afastava suas mãos quando elas me procuravam à noite... Ele me deixava em paz e adormecia sonhando com as namoradinhas que suspiravam por ele enquanto eu me aquecia em seu corpo ardente. Eu elogiava suas mulheres em público. Bebia com elas e alimentava suas ilusões... Com comentários loucos e trazendo muito álcool para casa, ele me ajudou a construir a imagem da esposa desesperada, viciada em bebida... Fiquei presa nesse papel e comecei a ter dificuldades com isso. Aí me enviaram você!".

A chuva balbuciava mais calma no dia semidesperto. Um galo cantou esbaforido.

"Você estava ali! Seu cabelo como uma guirlanda em volta do rosto, tão tremendamente vulnerável, tão cansada, tão perturbadoramente divina. Você falava, mas eu escutava minha flauta de Pã. Como num sonho, o ar que vinha com você me levou de volta ao guarda-roupa de minha mãe, onde eu ficava tantas vezes só para sentir o cheiro da doçura, da suavidade, do mistério, e ansiar pelos braços dela. Naquela noite, quando te pedi para dormir comigo, eu quis te confessar que te conhecia do mosaico dos meus desejos. Eu queria te amar... te beijar por todo o seu corpo... te explicar que você estava em casa. Você percebeu e se comportou como uma estranha."

Ela chorou. Não, ela não derramou nenhuma lágrima, mas a ouvi soluçar lá no fundo. Deslizei meus dedos nos dela.

"Não me comportei como uma estranha, Gabrielle. Deixei você pentear meu cabelo, você me cobriu, me serviu, me alimentou. Só me tornei uma estranha quando você me deixou no hospital, sem compaixão. Gabrielle... os dias em que passei na alameda Cultuurtuin são hoje o turbilhão na água da minha vida..."

"Vou te tirar daí! Vou te tirar daí! Eu te amo tanto, Noenka!"

Ligeiramente embriagada, ela se inclinou sobre mim; as névoas haviam sumido: seu nariz, seus lábios, sua testa reluziam como bronze, seus dentes pareciam de marfim, seus olhos tinham emergido de suas profundezas... Ela empurrou as cobertas para o chão, desabotoou minha blusa, tirou seu vestido. O fogo que fluía do meu corpo iria amalgamá-la em mim. Senti isso e quis impedir, estabelecer limites. *Eles estavam nos cercando: minha mãe, meu pai, Louis, Ramses, e falavam pela boca de Gabrielle: "O oposto da dor é dor. Dor". Meu Deus, não este cálice! Afasta este cálice de nossa Noenka.* Tarde demais. Fraca e desmesuradamente sedenta, abri meu corpo para matar a sede no frio de Gabrielle.

"Pelo amor de Deus! Meu Deus! Senhor, perdoe-as!" Gritos de desespero de uma voz desperta. *O desejo se tornou carne e se impôs ao espírito.* Ela estava parada na porta, uma senhora baixinha, segurando duas canecas fumegantes nas mãos crispadas. Ousada, Gabrielle caminhou a passos largos até ela, mas O Olho se fechou para a nudez do anjo no cio.

Quando voltamos do banho, encontramos nossas malas prontas. As camas tinham sido desfeitas. As pedras de carvão na vasilha e no fogão estavam úmidas. Teimosa, Gabrielle ficou amuada: "Metade de Folte Face é da minha mãe, portanto minha. Tia Edith não pode me expulsar. A única coisa que estou fazendo é usufruir o que me cabe, e quero fazer isso do meu jeito!".

"Ela não vai nos expulsar. Está te oferecendo uma escolha. Vamos embora, não vamos perturbar a paz dela", insisti, não me sentindo à vontade fora do alcance do Olho, agora que nem a lamparina estava mais no quarto.

Partimos com relutância e cautela. Não se vislumbrava Edith, os cachorros, os gatos em parte alguma. A névoa que subia do chão os apagara de nossa vista.

Três horas depois:
Posta restante: um envelope de bordas pretas (condolências redobradas de Alek, da Holanda, e uma carta azul que nunca li), um convite de um tabelião e o conhecido papel timbrado do psiquiatra.

"Eu quero você", disse Gabrielle enquanto puxava os papéis da minha mão. Ofendida, peguei o que havia caído no chão e saí da sala.

Ela me seguiu e a cena se repetiu.

"Pode voltar para o seu marido se eu estiver te aborrecendo", eu disse, irritada.

"Não quero ir embora de jeito nenhum. Vou ficar do seu lado... sempre!"

Isso soou tão natural e tão puro que me assustei.

"O que você quer afinal?", perguntei.

Nenhuma resposta.

"Diga o que você quer. Faço tudo por você", eu disse, me sentindo culpada.

O trem estava superlotado, tivemos que ficar de pé. Eu não

queria continuar a viagem até Republiek ou até Albina e não troquei uma única palavra com ela.

Ela se sentou no chão.

"Não contei pra você que ele propôs a separação. Depois da morte de Alcor, ele confessou que tem um filho com outra mulher. Um filho sadio e uma mulher que ele ama. Se eu quiser, posso ficar."

"Você ficou magoada? Foi por isso que dormiu comigo?", perguntei, desconfiada.

"Estamos todos magoados e tudo o que fazemos é para não nos magoarmos de novo, Noenka!"

Eu nunca a tinha ouvido falar de um jeito tão duro e, impotente, voltei minha atenção para a correspondência. Li em voz alta a ameaçadora convocação do dr. Bahl e o convite formal do tabelião Jamaldin a respeito de uma herança. Ela ouviu com indiferença e disse que ia preparar um chá. Eu mesma precisava de um banho bem demorado.

Ainda me encontrava sob o feitiço da água, quando ela se aproximou, pegou da minha mão a luva de banho, o sabonete e começou a me ensaboar. Resisti um pouco — meu pai não estava em casa, mas podia chegar a qualquer momento —, no entanto ela continuou.

"Vou aceitar a separação, você sabe!"

Isso me alegrou como um presente. Segurei sua mão e vi que ela ainda estava de sutiã para seus seios grandes demais.

"Por mim... por nós?"

"Não, acho que a esta altura seria mais simples eu não me separar."

Seus mamilos me fascinavam, mas eu não ousava tocá-los.

"Uma espécie de disfarce?"

Ela deixou os produtos de banho na minha mão e entrou no chuveiro.

"A maior vaidade de uma pessoa é se mostrar como ela realmente é", Gabrielle recitou em francês. "O que eu quero dizer é que, quando nossa verdade for exposta, o fato de eu ter continuado casada poderá fazer as pessoas catalisarem suas próprias inseguranças. Elas vão ficar menos irritadas, não se sentirão desafiadas e vão adotar uma posição menos rancorosa. Mas me ensaboe, minha garota!"

"Fique com ele, então", eu disse enquanto esfregava a grande mancha de nascimento em suas costas. Ela esguichou xampu no meu cabelo, fazendo flocos imensos de espuma.

"Não sou avessa a relações poligâmicas, mas... eu conheço essa mulher de Evert, e ela não me agrada. Quero dizer, se ele dormiu com ela, e eu sei que normalmente ele fazia isso sem nenhum cuidado, não posso continuar com ele. Ela parece doente e imunda. Geralmente eu aprovava suas namoradas. Mas dessa criatura eu não gosto. Por isso vou me separar. Esfregue com mais força, garota!"

"Foi por isso que você dormiu com Louis?"

"O que uma coisa tem a ver com a outra?" Ela riu alto. "Eu gostaria de ficar com todos os homens que te amam. Principalmente se eu souber que eles procuram você em mim. Acho que Louis e eu fizemos amor com você naquela noite."

"Sua porca!", eu disse.

"Então me limpe todinha, o mais fundo possível" Ela riu de um jeito misterioso e eu decidi manter meus segredos de alcova só para mim.

"Você vai continuar morando em Nickerie?"

"Até que a casa seja vendida e a parte financeira esteja resolvida."

"E depois? O que você vai fazer?"

Ela suspirou. Aparentemente confundiu minha insegurança com medo. Não olhou para mim quando falou.

"Esse assunto com Louis, você tem que resolver sozinha, Noenka."

"Você sabe que ele não quer se separar!"

"E também sei que você não quer ser mulher dele. Mas que bunda divina você tem!"

"Sabe mesmo?"

"Claro. Que corpo magnífico você tem, Noenka!"

"Quero ir embora com você!"

Ela começou a me ensaboar de novo, agora com cuidado e atenção.

"Precisamos ser muito cautelosas até estarmos dentro do avião. Europa... podemos ficar um pouco com Maudy, na Bélgica. Eles ainda estão caindo no nosso jogo, mas se suspeitarem do que está acontecendo, vão nos liquidar. Tenho certeza."

"Quem são *eles*?"

"É difícil dizer. Eles ainda vão se revelar."

"Você está com medo, Gabrielle?"

Ela olhou para a linha que ia do seu umbigo para suas partes íntimas e respondeu: "A felicidade de estarmos juntas é grande demais para eu não sentir medo. Venha cá. Você tem que olhar bem pra mim, é, assim... e me ouvir".

"Nada de confissões!", retruquei.

Ela me agarrou pelo ombro e ficou me segurando.

"Você não é a minha primeira mulher."

"E daí?", eu disse, corajosamente.

Com um sorriso distante, ela prosseguiu: "Ironicamente, conheci uma mulher muito especial numa casa de modas em Bruxelas, onde comprei meu traje nupcial, uma estilista ou algo do tipo — tão intensamente mulher e, ainda assim, com um quê de menina, de criança, de menino... Ah, não sei explicar. Quando os olhos dela encontraram os meus, eu senti um choque de reconhecimento (uma lembrança que sempre me fugia): uma cadeia de experiências parecia me ligar a ela de maneira decisiva e inevitável. A admiração em seus olhos, a ternura em suas mãos, a maneira como ela se movimentava... Me senti fisgada, um peixe no anzol. No anzol dela. Tudo em mim doía, e ela ficou dias comigo. O jeito que ela olhava. Meu Deus, ela destruiu todas as minhas certezas. Uma semana depois fui buscar o vestido junto com Evert, só para ter alguém comigo. Ela estava lá. De novo aquele campo de forças. Ela falou com Evert, tentando claramente me ignorar, mas quando ela fez um comentário para a vendedora, dizendo "Uma pessoa escolhe a sua própria servidão", eu a olhei. Totalmente confusa, ela gaguejou qualquer coisa, baixou os olhos e saiu. Fiquei desconcertada. Ela tinha sentido. Havia descoberto o que se precipitava em mim: a compulsão irracional de me unir a ela não importava como, meu desejo esmagador concentrado em um único lugar, minha alma... eu... o eixo que me sustenta... a estreita ligação entre meus olhos e a parte mais sensível do meu corpo, do meu sexo... Ela foi a primeira a fazer essa conexão em mim... Amor? Não sei. Depois de ter sentido isso eu não fui mais a mesma, embora nunca tenha conhecido ninguém que me causasse a mesma reação. Mas o amor é raro... de mais a mais, só existe pela graça da experiência mútua, e ainda é algo profundamente pessoal. Quando vejo aqueles olhos inquietos na rua, em carros, nos aeroportos, em festas, me sinto consolada, pois sei que eles também estão procurando. E também sei o que estão procurando!"

"Você estava mesmo procurando?", perguntei.

"Não conscientemente. Ela tinha olhos azul-cobalto. Até hoje não consigo ver essa cor sem me comover."

"Por que está me contando tudo isso?"

"Não sei. Talvez para te perguntar se antes de mim você já tinha desejado outra mulher."

"Nunca!", respondi mais que depressa. "Eu não gosto de

mulheres. Eu gosto de você. Mais do seu interior. O fato de você ser bonita e ser mulher não foi determinante. Você sabe o quanto amei Ramses... Louis também, aliás. Se Ramses ainda estivesse vivo..."

Ela pôs a mão na minha boca para me impedir de falar.

"Shhh... não fique zangada, Noenka. Eu entendo. A discrição é apropriada, principalmente na nossa situação. Continua sendo uma relação que pode levar a humanidade a um beco sem saída. Eu também já amei homens. Meu pai, Evert, meu filho. Não excluo nenhum gênero. Sou atraída pelas pessoas de maneira assexual. Frígida — é como os homens chamam. Louca — pensam as mulheres. Da cintura pra cima — você diz." Ela balançou a cabeça com uma expressão dolorosa, perplexa. Como eu adorava aquela mulher...

"Quer se esquecer daquela primeira mulher, Gabrielle? Quer me amar? Você não vai mais precisar procurar... Quer subir para além do azul comigo?"

"Se você ousar amar uma mulher sem timidez", ela disse com a boca bem junto à minha.

"Se eu demonstrar isso a cada hora da minha vida, seu alicerce ficará mais forte, mais firme, mais resistente?"

Ela engoliu suas palavras.

Eu me ajoelhei, abri suas pernas e encontrei a confirmação.

Quatro dias depois:

"Ele não vai descansar até que o médico de malucos te dê choques e o seu cérebro vire uma gema de ovo arrebentada!"

Eu estremeci.

"Vá embora!", Gabrielle gritou, vulcânica.

"Desapareça daqui!", ordenou meu pai, exasperado.

A mulher sumiu do terreno, xingando e ameaçando, o cabelo grosso em tranças crespas como tripas. Três contra dois. Olhamos para ela. A noite espreitava criminosa.

"Que a morte venha buscá-lo!"

Ab I'mo Pec'tore... Arrepios no meu rosto todo, nos braços de Gabrielle. A maldição havia saído do peito dele como um bumerangue.

Nós três tomamos sopa, comemos pão velho e assim enterramos a noite. Com sua jura terrível, a amante de Louis tinha instalado nosso triunvirato.

"Durma aqui", implorei quando Gabrielle se levantou.

Ela balançou a cabeça negativamente.

"Estou me sentindo mal!"

De fato, ela estava em brasa. Reconheci sua origem indígena naquele ardor e frações disso em matizes do meu temperamento: dedicação, firmeza, lealdade, força.

"Às vezes você é meu ânimo", eu disse, como que enfeitiçada.

"É o meu desespero que reflete em você", ela respondeu com calma.

E mesmo isso é uma paródia, pensei; e perguntei, para fazer graça: "Você é o meu espelho ou é a minha imagem?".

Eu esperava que ela me encarasse surpresa, mas olhou fixo para a noite nublada.

"Às vezes, espelho e imagem coincidem e o que resta é... nada..."

"É por isso que você quer manter distância entre nós esta noite? Eu não tenho medo do nada!"

"Você não sabe como é a sensação do nada, Noenka." Ela pôs uma mão quente em meu ombro.

"Tem culto na igreja amanhã?"

"Você está delirando?"

"Tem culto?", ela protestou.

"Tem."

"Onde?"

"Na Igreja Municipal Maior."

"Você é muito correta para se arruinar. Vá à igreja, vá implorar para que ele não te extermine!"

"Quem?"

"Louis. Seu próprio marido."

"Você está delirando, Gabrielle. Não saia no frio. Venha para a minha cama. Tenho calor para você."

"Você não sabe o quanto os amantes rejeitados podem ser cruéis, e eu simplesmente não confio em psiquiatras!"

Fiquei em silêncio, desorientada.

"E você acha que a igreja ajuda?"

"Cantoria coletiva. Orações. Oferendas. Se entregue inteiramente a Deus!"

"Deus! Ele nem acredita em Deus!"

"Não tive uma educação cristã, mas conheço os caminhos para o seu Deus. Submissão e dedicação, e invocar enfaticamente Sua ajuda. Segundo a Bíblia, Ele está do lado dos fracos. Do lado dos oprimidos."

Pregos se alastravam em meu peito. Faíscas voavam da minha língua.

"Mas primeiro você tem que acreditar e viver segundo as leis Dele, Gabrielle!"

"Eu sei que você acredita e que Seu maior mandamento é o Amor."

"Por favor, deixe meu Deus fora disso... Por que não faz oferendas a seus próprios deuses?"

"Eles foram enfraquecidos pelo seu Deus séculos atrás."

"Você continua delirando, mulher!"

"Noenka, dois filhos não são o bastante? Tenho que sacrificar você também? A única coisa que me liga à terra?"

"A única?"

"No sentido mais estrito da palavra", ela confirmou.
"Então me deixe rezar em casa", propus.
Seu balançar negativo de cabeça dissolveu meu firme protesto, enquanto sua boca cerrava meus lábios.

A igreja da praça estava lotando. Algumas pessoas eu conhecia. Elas sussurravam esquivas, curiosas, encorajadoras. Sei lá.
"Faz um tempo que você não aparece. Temos um novo pastor."
"Preto?", perguntei.
O coletor se cala e se afasta.
Observo as mulheres subirem degraus arredondados e desaparecerem em uma imensa abóboda coroada. Seus semblantes parecem máscaras de argila, misteriosos, sem vida. Os homens estão reunidos junto às balaustradas, se apoiam nos pilares e olham com satisfação o doloroso cortejo, antes de também se dirigirem ao paraíso branco, no qual o salmo 103 de Davi induz todos a orar.

> E as mulheres rezam enquanto seus maridos citam a Bíblia, pois o bem não quer se revelar, nem no mundo, nem no país, nem na cidade, nem na família, quase nem em seu próprio coração e alma. Jeová escuta, fica enfurecido com a incompreensão de seus planos pelas pessoas e pune aqueles que hesitando olham para trás. As mulheres se transformam em estátuas de sal, inúteis para os homens até que os escribas recitem: "Se o sal perder seu sabor, com o que se há de salgar?". Compreensivo, o mundo dos homens responde: com estátuas de sal. Com as desprezadas estátuas de sal, e o sal da terra volta a ter sabor quando é lambido. A casa de Deus será novamente o tempo para homens de língua seca, olhos lacrimejantes e mulheres veladas.

Meu Deus, o sino! Estou tendo alucinações. O último sino! A praça da igreja está vazia. Todos já desapareceram atrás da porta verde. O jardim parece um deserto que não tolera aqueles que buscam. Então ouço um canto, alto e comovente. Vozes de homens e mulheres em harmonia estonteante:

Nas montanhas e nos vales. Sim, Deus está em toda parte. Onde quer que possamos nos perder. Levante-se, Deus está lá. Onde pairam meus pensamentos, sente-se, Deus está lá — então Deus está com Gabrielle!

Entro em pânico. Fujo.

Tenho sede de Gabrielle depois de tanta salmoura divina. Amanhã ela parte. Meu vestido é novo em folha. Amarelo liso. Seda quase pura. Parecido com um quimono, um cinto largo. Meu rosto está maquiado e meu cabelo crespo e solto, como ela gosta de ver. Minha bolsa e meu sapato são castanhos como minha pele e os olhos dela. Quero seduzi-la. Quero que ela alimente minha vaidade. Ela não apareceu o dia todo. Ela não gosta de despedidas, a minha mulher. O que foi que nos uniu? Louis? Evert, Mizar e Alcor? Aquela outra mulher? A criança? Ramses? Tristeza? A morte? Orquídeas? Pólipos? Nunca vou saber.

A mulher do hotel diz que eles partiram ontem. Gabrielle, marido e filha. Absurdo! Os beijos dela ainda ardem! Pervertidas, a vizinha tinha gritado.

Dei risada, porque Gabrielle cheira a esmalte e acetona e ela diz que eu cheiro a flores. Não olho mais a Bíblia: Sodoma e Gomorra. Pecado e fogo. Ridículo!

Por que ninguém diz em alto e bom som por que exatamente aquelas cidades eram perniciosas aos olhos do Deus de Abraão? Por que ninguém fala da mentalidade inadmissível dos cidadãos que ocuparam a casa de Ló por desejarem os dois estranhos de beleza celestial? Por que ninguém deduz daí a relação entre amor e sexualidade ou entre inspiração e criatividade? Têm medo que a Bíblia comprometa o capitalismo que desonra Deus e os homens? Hipócritas! Estou no caminho errado com meu amor por Gabrielle e vocês, com sua criatividade alienada, no certo?

Tenho medo! Ouço o bater de asas! Talvez eu esteja perdida! Por que ninguém dá uma resposta? Por que o deus do amor se cala?

Gostaria de poder perguntar à minha mãe. Mamãe, posso amar uma mulher? Posso buscar uma substituta para o amor que recebi de você? Devo me esquivar da criatura que me é mais íntima? Minha mãe, sou a filha que você sonhou ou sou a filha que sonha? Meu Deus, quem ficou presa em seu sonho? Ou alguém despertou? Mamãe, não posso encontrar em lugar nenhum um substituto para o seu amor a não ser no coração de outra mulher. Eu sei, não se pode substituir o verdadeiro, e o verdadeiro não é carne, mas espírito. Mas desde que Gabrielle é parte da minha existência, não tenho mais nenhum desgosto.

Eu sei, há limites, mas eles também existem para o amor? Não é justo, mamãe, me privar daquilo que me alimentou por uma vida inteira só porque sou uma mulher como você. Seus filhos puderam te reencontrar nos braços de suas amantes, sob os cuidados de suas esposas. E eu? Justo eu devo deixar passar a primeira pessoa que me entendeu? Eu sei, mamãe, toda escolha tem depois uma explicação. Mamãe, você ainda pode fugir. Partir sem culpas. Por isso faço mais uma vez esta última pergunta: Eu sou realmente a filha que você sonhou? Ou sou a filha que sonha? Meu Deus, quem ficou presa em seu sonho? Não sei nada sobre ser mãe! Gabrielle não existe! Eu sou irreal.

Meu pai diz que ninguém me procurou e pergunta como foi no tabelião.
"Gabrielle vai cruzar o oceano amanhã. Ela quer ver água para diminuir sua sede. Não disse qual sede", eu falo, e o deixo sozinho.
Talvez o navio afunde e a terra me surpreenda com mais uma morte. Poderia ser o *fruto rejeitado* se vingando. Não tenho conhecimento de nenhum outro mal.
A morte é um vírus (Gabrielle)! Uma confluência de circunstâncias (Alek)! Vingança proposital (Ramses)! Só minha mãe dizia que a gente nasce com isto. O pecado original.
A luz está acesa na casa de Louis. Sombras. Ele tem visita. Eles estão andando. Param. Dançam? Silhuetas. Louis. Gabrielle? Reflexos de minha alma.
Gabrielle, procuro você.

Um homem embala sua mulher nos braços, suave, suavemente, mas ela continua indo embora. Se aninhe na certeza das minhas fronteiras, ele implora, mas ela prefere a imensidão do mar. O mar é sua mãe, sua filha, sua irmã e você mesma, ele censura, por ter medo de seu próprio vazio ameaçador, uma vez que ela agora parece fluida. Peetje dizia que o coração de Paramaribo bate na foz do rio. Ela devia saber. Ela era feirante e a feira fica à margem da água. Peetje está morta. A cidade também. Ambas morreram por vingança. Eles a fizeram afundar na lama. A seis pés de profundidade. Eles mumificaram a cidade. Às vezes um fantasma a possui: um homem que quer foder todas as mulheres. Mas às vezes é uma mulher que mostra seu ânus, arrogante e impiedosa.

* * *

O coração da nossa cidade, de acordo com a tradição, foi tirado do corpo e colocado em uma urna com outras relíquias. Ainda parece exatamente um coração. Vítreo, liso, vermelho, pequeno. Mas não sangra, não bate e é incapaz de sentir. A urna está nas mãos do espectro branco. Quando borbulhava de vida, romances floresciam no jardim paisagístico — um exagero britânico, com riachinhos e pequenas eclusas — e com o tempo se adaptou à loucura artística tropical de sucessivos deputados e virou uma obra de arte para agradar os sentidos, perdeu todo o sangue. O palácio se tornou um espectro atrás de mogno e tamarindo — vigiado pela rainha Wilhelmina, pelo jurista Barnet Lyon, pelo fidalgo Van Asch van Wijck e pelas almas das vítimas da guerra, todos de bronze.

Forte Zeelandia, o umbigo da minha cidade: o lugar onde a morte teve início e onde a vida começou. Atacado e defendido por holandeses, franceses, ingleses e zelandeses, manteve-se firme ao longo de três séculos. Feito de conglomerados de conchas, cercado por muros de metros de espessura e canais lamacentos, sofreu uma degeneração, passando de forte a campo de prisioneiros, com fel nas paredes e baba no chão. Quem escorrega ali permanece caído.

Morte a um povo que castra seus próprios filhos e estupra suas próprias filhas!

A cidade já não vive, mas o vento noturno preserva seus gemidos. Ouço suspiros, suspiros profundos, suspiros dolorosos. Procuro junto ao rio, mas ele se desvia, calmo, em seu leito e o dia que desaparece em fumaça não reclama. É minha alma que ressoa incessantemente:

Gabrielle, eu quero você.

* * *

A luz ainda está acesa na casa de Louis. Fora os cachorros dos vizinhos, que me cheiram e se afastam bocejando, não aparece ninguém. O que está mantendo meu marido acordado tão silenciosamente após a meia-noite? Eu! Lembranças de mim? Imagens acompanhadas da minha risada inocente, contaminada pela névoa vermelha da dor? É claro! Sou eu quem o impede de adormecer. Por que ele deixou a porta aberta? A última vez que o encontrei, de branco, como um turista cosmopolita, ele exigiu as chaves da casa. Desde então ele com certeza deixa a porta aberta para não impedir a minha volta. *Garrafas vazias de gim.* Meu Deus, ele bebe até perder os sentidos, para não ansiar por mim, para diluir a realidade em sonho, para adormecer antes que a cama vazia o desperte... *Ninguém dormiu nesta cama?* Ele evita o leito por causa dos vestígios do casal. Está atormentado pelo *esprit de couple*. Ele procura meus rastros no quartinho onde minhas roupas ainda estão penduradas em um varal verde. Ele cheira o travesseiro da cama de casal em busca do meu perfume, esquadrinha os lençóis em busca das minhas marcas. Não acha nada! Fixa os olhos no teto alto.

Travesseiro, roupa e varal não se distinguem. O álcool transformou a dor dele em fúria e despejou suas taças sobre mim. Ele me imaginava nas saias, nos lençóis e nas pregas das cortinas. Ele pisou em mim no travesseiro e, quando viu pelo quarto apenas pluminhas brancas como a neve, se lembrou da natureza da fera. E vociferou para meu pai a fim de exigir sua noiva pela última vez, para sob o jugo de tranquilizantes conduzi-la até o rochedo do Mar do Caribe.

Ele bate de leve nas venezianas. Ninguém responde! Chama meu nome! Ninguém responde! Ele cede a um riso de escárnio e se vira em direção à sua casa, enérgico, com asas de vingança.

Ouço passos, rápidos, passos leves. Preciso me esconder. Um ovo quebrado é irreparável! No meu quartinho, na cozinha, não, na toalete, no banheiro: Louis... Louis... meu Louis...
Gritar não ajuda, do contrário Paramaribo já teria despertado.

As rés são:
1. Holandesa, trinta e oito anos, sem profissão, nascida na Holanda, moradora de Nova Nickerie, casada com Evert Jonas Fonseca.
2. Crioula, vinte e três anos, professora, nascida no Suriname, moradora de Paramaribo, casada com a vítima, Louis Niewenhuis.

O delito foi cometido em Paramaribo na noite de...
Por motivos indeterminados, a segunda ré desejava se separar da vítima, que, no entanto, fez de tudo para manter o casamento.
A primeira ré, amiga da segunda, se envolveu de tal forma na situação da segunda ré, que concebeu um plano para assassinar o marido que oferecia resistência. A segunda ré nada fez para impedir o crime.
Depois de ter bebido junto com a vítima em sua casa, a primeira ré lhe administrou uma overdose de pílulas para dormir e outros sedativos, que pertenciam à segunda suspeita, mas que por orientação médica estavam sob supervisão da vítima. Avaliação psicológica referente à primeira ré: nenhum desvio mental. Responsável por seus atos. Eventual falta de controle devido ao álcool. A ré é conhecida por beber regularmente e ser resistente à bebida. A pedido do Ministério Público e com o consentimento da ré, o psicólogo aplicou a narcoanálise, na qual foi utilizada uma variante do Pentotal.
O depoimento dado pela ré, no qual ela confirmou ter admi-

nistrado as pílulas à vítima com a intenção de matá-lo, coincide com seu primeiro depoimento, mas não foi usado como prova.

Relatório psicológico referente à segunda ré: ela é instável, não oferecendo resistência suficiente a personalidades fortes. Filha que demonstrava um apego doentio à mãe, desde a morte recente desta, tornou-se bastante apática e se isolou do mundo exterior. Introvertida com ódio latente de homens.

Esta Corte fundamentou suas sentenças da seguinte maneira:
Considerando que esta Corte julga muito grave o delito cometido, os motivos alegados — que a primeira ré agiu sob forte sentimento de solidariedade à segunda ré, de quem gostava, em oposição ao psiquiatra que colocou a mulher sob tutela de um homem com quem ela não se sentia emocionalmente comprometida, e em oposição à legislação matrimonial, que impede uma pessoa de se separar de um parceiro que se nega a romper os laços do casamento — dificilmente poderão ser levados em consideração, estando o tribunal convencido de que motivações egoístas desempenharam um papel;

Considerando que esta Corte, conforme atestado por especialistas e confirmado por depoimentos testemunhais, verificou que a primeira ré é alcoólatra e que sua situação familiar pode ser considerada precária;

Considerando, pela disposição da primeira ré de se declarar incondicionalmente solidária a outras pessoas, esta Corte entende ser necessário afastá-la por um longo período da sociedade livre.

Proposição do Ministério Público em caso de homicídio premeditado: prisão perpétua.

Sentença desta Corte: vinte anos.

Considerando a apatia notável da segunda ré, sendo, por isso, mais facilmente levada a atitudes passivas, inclusive de subordinação a fortes personalidades femininas, em consequência do relacionamento de apego à sua falecida mãe, cabe à Corte levar em conta a jurisprudência.

"Deverá ser decidido, dependendo das circunstâncias especiais do caso, se se tratou de colaboração premeditada ou circunstancial, fornecimento de meios ou informações, sendo esta Corte de opinião que nem neste nem no outro caso é exigido que um dever legal geral ou especial tenha sido violado e a cúmplice, por consequência, não tenha agido onde agir seria obrigatório segundo qualquer prescrição, ainda é suficiente que a cúmplice não tenha agido ali onde a ação era necessária e não excluída nas dadas circunstâncias."

Proposição do Ministério Público no caso de cumplicidade em homicídio: absolvição.

Alegação de cumplicidade em homicídio: absolvição.

Sentença desta Corte: internação e tratamento compulsórios em instituição psiquiátrica, sem aplicação de pena.

O Pavilhão I acabou se revelando uma casa de repouso para mulheres desajustadas e endinheiradas, esposas de maridos influentes ou senhoras de famílias da elite. O tabelião hindustâni tinha transferido mais de meio milhão para um banco em meu nome: Ramses me proporcionou o conforto das medicações, despesas com alojamento e alimentação e uma reclusão mais leve. Eu permanecia ali, sonhando com a mulher da flor de amaranto, mas impedida de colhê-la por uma camisa de força. Ela gritou para me tirar do meu sono. Me envolvi nas cores do ambiente por medo dos olhos embrutecidos, das cabeças despenteadas, do abracadabra, do simbolismo obscuro e do cheiro vaginal do Pavilhão III. Eles me testaram com agulha e linha, retalhos coloridos, pretos. Trouxeram argila, tinta e pincéis, telas de linho, um cavalete. Deixaram um violão para mim, uma flauta doce. Continuei inacessível.

Certa manhã, no quarto ano, uma senhora idosa me deu seus três diários em branco, com cadeado, uma caneta-tinteiro de prata com seu nome gravado, tinta verde: dei à luz páginas inteiras e recuperei a vontade de viver.

Nunca descobri por que de repente me deixaram sair. Tinha alguma coisa a ver com o novo psiquiatra, que passou horas comigo e certa tarde veio me ver trazendo Edith? Quanto tempo fiquei inconsciente depois desse encontro? O que eles fizeram comigo? Por que deixei que ele lesse meus diários? Ele tinha a boca de Gabrielle.

Quando chego ao banco com ele, o dinheiro está quase acabando. Pego o restante e encerro a conta. Ele se despede de mim. Me sinto obrigada a concluir bem o último ciclo. Perdi a crença em manhãs azuis-celestes, sol e calor humano. Tenho aversão a estradas e veículos.
Quero ir para casa.

A casa dos meus pais virou morada da natureza primitiva. Finalmente paz no quarto amarelo onde o cipó se alastrou impiedosamente pelo que havia restado do leito conjugal. Formigas tomavam conta do chão. Bandos de tatus-bolinha andavam pelas paredes como lágrimas solidificadas. Fico em silêncio, respeitosamente, diante da amendoeira, desfolhada e cheia de saliências resinosas: esta árvore sabe quem eu procuro, seu tronco me conhece.

O túmulo dela está bem cuidado. Os azulejos brilham, azul-marinho. Ao lado da cruz florescem vincas brancas e roxas.
A tranquilidade domina o lugar onde ela está instalada entre

criptas com paredes de mármore, mausoléus, lápides lindas, onde à noite ela é iluminada por candeeiros barrocos e os visitantes são consolados com epitáfios. Posso partir: ali jazem entes queridos em solo consagrado.

Fundação Nacional de Beneficência, que auxilia homens e mulheres idosos: um barracão de madeira com a aparência de um sarcófago miserável.
Eles estão esperando no portão, cabelos com topetes brancos, olhos como estrelas longínquas. Criadores indesejados da terra humana como viajantes na sala de espera de seu último aeroporto. Uma empregada me leva até ele. Ele está sozinho. Costas eretas. Olhar fixo. Uma imagem da minha juventude. Só. Sempre só. Eternamente só. Corro até ele, me ajoelho a seus pés, encosto meu rosto em seu colo ossudo e choro. Choro. Choro até não poder mais!
Um espermatozoide solitário e um óvulo solitário percorreram um longo caminho solitário. Se encontraram em um cruzamento. Um embrião se desenvolveu, cresceu, floresceu, inacessível para os outros, no abismo intransponível de duas almas solitárias. Seriam gotas de chuva que escaparam do sol? Meu pescoço ficou cada vez mais molhado. A quem pertencia a mão que dava frescor à minha cabeça ardente? Foi mesmo a voz de meu pai que disse: *Eu amei muito vocês. Procurei vocês em toda parte. Fiquei tão perto. Mas ela fechou os olhos de vocês pra mim e eu nunca os encontrei. Onde estão meus filhos?*
Pego seu rosto, procuro um espaço para me aninhar na imensidão do olhar que se dirige com determinação para um Lugar Melhor.

Meus dedos doem de tanto bater. A irmã I olha pela janela. Ela mora no alto. Eu aceno devagar. Ela se afasta. Uma mão de homem fecha a janela. A irmã II me deixa entrar. Ela me convida a me sentar. Está confusa. Seus enteados dão risinhos. Ela diz que seu marido logo chegará em casa. Pergunta se quero comer com eles. Olho para meus três sobrinhos. Ela desata a chorar. Eu vou embora.

Meus irmãos estão longe demais. Além disso, tenho medo do olhar de suas esposas. Vou para casa, cansada. Edith está esperando junto à lamparina. Eu nunca poderei esquecê-los, a árvore e os frutos que me alimentaram.

Um ano depois:
Um odor agradável de lama pesada, diques arrefecidos, água quente de rio, madeira rançosa e o cheiro intenso de peixe. Atrás de mim uma avalanche de sons de motores malconservados. Meu olho cheio de manchas azuis-túmulo, nuvens lentas e águas — tantas que meu coração flutuou nelas.
Eu estava com buquês de orquídeas nas mãos. Mais coração que razão. A lancha para dezesseis pessoas aos poucos se encheu de mulheres, ciclomotores, bolsas de viagem abarrotadas e falatório. Ao nosso lado um cúter, só com a parte traseira na água.
A maré baixa estava baixa. Até onde meu olho míope conseguia alcançar, vi mais de uma canoa deslizando no brilho estranho da água cintilante e da luz do sol. Nova Amsterdã surgiu à minha frente.

Eu conhecia as mulheres atrás de mim na água, com as saias levantadas, lavando louça e ao mesmo tempo limpando peixe, e que me ignoraram com hostilidade por se envergonhar de seus casebres sobre palafitas carcomidas. O pensamento de que era apenas uma coincidência boba, que eu não estava me escondendo atrás do olhar fixo da mulher grávida que cambaleava com dificuldade na água; meu espanto com as casas parecidas com armazéns esquecidos, habitadas por criaturas cuja vitalidade aparentava ter sido arrancada de suas mãos.

Sant Laurant, uma cidade parecida com um anfitrião cego. Ali ninguém ri, ali ninguém chora. Lojas estão abertas como se estivessem fechadas. Silêncio nas ruas. Ao longe, a mata verde; antes, cruzes brancas, um cemitério, uma igreja. Encorajada pela confirmação de vida, entro em um estabelecimento cor de mostarda: uma chinesa pequena e um negro grande. Surpreendentemente, eles sorriram para mim. Uma oferta caótica de agulhas, charcutaria, bebidas, doces, pãezinhos redondos. Eu queria vinho, o quanto eu pudesse carregar, mas só consegui um pacote de biscoitinhos: o francês deles é abominável.

O cemitério estava aberto e tinha uma espécie de jardim dominical: bancos brancos, cruzes caiadas e caminhos limpos com ancinho. Nenhum vestígio do túmulo de meu avô. O anonimato o terá feito desaparecer. Sedenta, acabei num bar, conversando com alguns homens solitários. Por via das dúvidas, mostrei minha aliança lisa, uma foto do meu filho e soltei a palavra "revolução". Me ofereceram sorvete. Eu queria vinho.

Na igreja me sinto tranquila, segura e protegida. E aquecida. Calor até em meus pensamentos. Em meu ventre. Eu estava grávida de três meses. Evert e o médico queriam que eu abortasse. Eu estava fugindo. Procurava ajuda.

Quero me ajoelhar, mas na igreja só há bancos de madeira com encosto reto e alto. A congregação não se ajoelha ali. Vou para per-

to das imagens: o Messias na cruz e a Virgem Mãe com o Menino. Eles são negros.

O altar é uma casinha de madeira. Não há púlpito, apenas um suporte estreito com um livro grosso em cima.

O sacristão, marrom como o rio, sobe uma escada. Sinos tocam desafinados e abafados acima de mim. O eco paralisa a igreja. Busco por uma mão estendida junto à cruz, ao altar, junto à Mãe de Deus e no vitral transparente. Por toda parte, profunda rejeição.

Sigo pela estrada que oferece mais saídas e chego ao rio. Atrás do vapor d'água, observo fragmentos de floresta no mar. Ilha do Diabo! Os calabouços onde meu avô esteve preso? Será que ele nadou direto para a margem do Suriname, sem medo das tartarugas gigantes e dos tubarões fora da rota? Suas duas filhas aprenderam a nadar sob sua mão rígida. Com seis anos eu já pulava em qualquer tipo de água.

Me aproximo dos destroços de uma guilhotina com formato de torre (piso de ripas e um buraco em forma de lua) e então compreendo sua fuga. As pessoas que moram no local não ousam sequer jogar lixo ali!

Continuo a vagar sem destino. Só encontro abandono e ruína. Com cuidado, construo um anexo em uma caserna restaurada à beira do rio, só para mim e meus dois filhos. Nos porões, milhares de livros e bebidas. Em pensamento, muitos amigos distantes de vez em quando nos fazem visitas rápidas e contam peripécias a respeito das pessoas de quem fugimos. Crianças barulhentas pulverizam meu castelo de ar. Me assusto, mas sorrio, pois meu feto se manifesta pela primeira vez.

Ela está dividida em três partes atrás da porta gradeada. Rugas estremecem em sua testa. Seus olhos estão fundos. Ela não é mais sol, apenas neblina. Nos olhamos por um longo tempo.

"Gabrielle!"

"Noenka... minha Noenka!"

Ela estreitou as flores brancas contra o pescoço, à esquerda, à direita, em seu rosto, em seu coração. Suas unhas estão quebradas. Seu cabelo está cortado curto. Seus suspiros são de partir o coração... Não posso chorar.

"Me perdoe", ela diz.

"Me perdoe você", eu choro.

"Não posso cumprir a promessa de galgar as nuvens com você."

"As nuvens sempre existirão e eu te amo!", grito.

Ela abre a porta, se aproxima e roça os dedos nos meus lábios, nas minhas sobrancelhas, no tique do meu olho direito. Deixa a mão se molhar nas minhas lágrimas. No muco do meu nariz. Na minha boca.

"Estou toda grisalha", ela diz.

"Eu estou perecendo", soluço.

Ela põe as mãos em torno do meu pescoço, como na última noite.

"Vinho quente. Banhos quentes. Areia quente... Anseio muito por você, Noenka. Reze... reze para que ao menos possamos caminhar juntas sob o sol."

Eu levanto os olhos. Ela cobriu o rosto com as mãos.

"Eu queria que você fosse à igreja porque eu ia fazer uma coisa desprezível. Queria pôr nas suas mãos a prova do adultério dele. Eu me entregaria a um homem pela última vez. Mas ele não me quis. Não confiava em mim. Ele só queria falar de você. De como você o entristeceu, de como ele te amava. Tentei de tudo. No fim, eu o seduzi com bebida. Meu Deus, Noenka, foi ficando cada vez mais tarde. Eu tinha que ir embora. Ele trancou a porta, fechou as cortinas, disse que ia me manter lá dentro até você ir me buscar. Ele continuou bebendo. Tentei me manter sóbria... precisava dar um jeito de sair da casa... Então vi os comprimidos. Foi tudo muito rápido. Eu o coloquei embaixo do chuveiro e enfiei o dedo na garganta dele. Não quis que acontecesse assim, acredite... Eu só queria que ele dormisse comigo... mas eles prenderam você e eu esqueci a verdade... Eu só queria uma coisa, Noenka... proteger você das garras da humanidade... Fiz uma confissão grave, mas... está tudo bem desde que você esteja livre! Como é o cheiro da liberdade, Noenka? Como é mesmo esse cheiro?"

Então aconteceu de eu não saber mais onde eu começava e onde ela terminava. Só me lembro do momento em que imagem e espelho se fundiram, pois de repente não havia mais nada.

A vidente está envolta em trapos. Só vejo olhos me fitando. Ela fala de modo entrecortado em aruaque. Minha guia ouviu e explicou: foram os deuses da água que desfiguraram os fetos em meu ventre. Sua avó era uma índia pura. Todas as mulheres descendentes dela estavam destinadas a ser índias puras até a última geração, ela esclareceu, angustiada. Na minha menarca, minha mãe se esqueceu de me transmitir os costumes ancestrais. Fui realmente fulminada pela voz que me repreendia de maneira dionisíaca por ter insultado e ameaçado repetidamente os deuses da água — que têm horror a mulheres menstruadas. Mea maxima culpa, sussurrei, e me dei conta de como sempre achei delicioso nadar sem absorvente, livre e solta, deixando um rastro de sangue em mares, rios, riachos, piscinas, na esperança de desovar e semear de uma só vez milhões de hermafroditas. Sou louca por água e odeio o combate sexual em benefício dos descendentes. Talvez eu seja uma mulher-peixe que cresceu para além das escamas com a intenção de ser uma sereia, que se reproduz com sangue, contrariando os deuses.

* * *

Ela tinha recém-completado treze anos. Menstruada. Meu avô a levou direto para Galibi. Ela tinha que ser iniciada por mulheres aruaques, como ele prometera à mãe dela: todas as descendentes do sexo feminino etc. Envolta em farrapos e pintada, ela foi conduzida a uma espécie de acampamento de mulheres, em um lugar onde não havia nenhuma fonte natural de água. Até o anoitecer, ela foi escondida dos espíritos das águas, que são loucos por mulheres tenras, mas morrem de medo de perder seus poderes devido ao sangue delas. Porque é a sua menarca, todas as mulheres estão com ela. As do lado materno e as mais velhas se agacham junto a uma grande fogueira onde um cervo macho, caçado e morto por mulheres, é pendurado sangrando em um espeto. Ao redor surgem figuras dançando em peles de animais. Elas carregam tochas e se movimentam ao som da música tocada por outras pessoas em tambores redondos. A noite estava negra como tinta. A cabaça passava de boca em boca. Cabelos brilhantes escorriam de semblantes altivos. Elas cantavam com um tom nasal cada vez mais alto e claro, até que ela conseguiu entender:

não chore mãe/ de pais e mães
não chore mãe/ de pretos e brancos
não chore mãe/ de deuses e humanos

Enquanto as luas cruzarem os céus/ as mães darão à luz
Enquanto os sóis brilharem/ as mães sofrerão

não chore mãe/ de pais e mães
não chore mãe/ de pretos e brancos
não chore mãe/ de deuses e humanos

enquanto as luas girarem em torno dos planetas
planetas girarem em torno de sóis
os sóis irão brilhar
os sóis irão brilhar
os sóis irão brilhar

enquanto filhos girarem em torno de filhas
filhas girarem em torno de mães
mães irão sofrer
mães irão sofrer
mães irão sofrer

não chore mãe/ de pais e mães
não chore mãe/ de pretos e brancos
não chore mãe/ de deuses e humanos

Enquanto as luas cruzarem os céus/ as mães darão à luz
Enquanto os sóis brilharem/ as mães sofrerão

não chore mãe/ de pais e mães
não chore mãe/ de pretos e brancos
não chore mãe/ de deuses e humanos

Elas cantaram a sequência cíclica com constância e dedicação. O som, cada vez mais alto. As bocas se abriam mais. O círculo se expandia. Encolhia. O canto adquiriu um timbre gutural. As batidas com o pé no chão se tornaram um enorme pulsar de coração. Cheiro de carne assada e sangue queimado. Fumaça densa. O círculo entra em êxtase quando alguém grita como uma bacante:

filhos se unirão a seus pais/ desprezarão suas irmãs
amarão suas mães no ventre que possuem
filhas se sentirão sozinhas na casa de suas mães
admirarão seus irmãos
sacrificarão sua virgindade ao amor
por seus pais

mães desprezarão suas filhas
por amar
seus filhos
evitarão seus maridos pela traição de seus filhos
sua semente subjugará a terra
a terra que é a mãe
por-toda-parte-haverá-lágrimas

não chore mãe/ de pais e mães
não chore mãe/ de pretos e brancos
não chore mãe/ de deuses e humanos

Enquanto as luas cruzarem os céus/ as mães darão à luz (3x)
Enquanto os sóis brilharem/ as mães sofrerão (3x)

não chore mãe/ de pais e mães
não chore mãe/ de pretos e brancos
não chore mãe/ de deuses e humanos

A carne sibilante foi rasgada em pedaços, embebida em sangue e consumida. Minha mãe teve que comer o órgão sexual do cervo em um ritual silencioso, como sinal de que era sexualmente madura. Quando os ossos sumiram na terra junto com a planta-mãe do cauim, as mulheres continuaram a cantar o ciclo do ventre, da alma da natureza, porque mais uma vez uma delas tinha se tornado terra.

A canoa foi embora depressa. Minha tia índia me olhou com dó. Eu não queria fazer nenhuma concessão aos terríveis deuses da água. Minhas sobrinhas ficaram ao lado dela, fortes e férteis. Acenaram para mim. Eu acenei também: minha canoa percorreria o caminho incerto através das águas. O caminho delas é como a rota que a lua descreve, ano após ano, em conjunção ancestral.

Tive que descer. Cuspi na água. Nova Amsterdã ainda era uma muralha indefinida. Seus deuses vingativos espreitavam no rio. A delegacia de polícia piscava à minha frente. Gabrielle era toda a minha consciência.

"A senhora passou a noite de sexta-feira para sábado com seu marido?"
Nenhuma resposta. Apáticas, olhamos nos olhos e na boca uma da outra. Ele com suas perguntas vertiginosas, eu com minhas respostas mudas. De repente ele sorriu para mim com seus olhos magníficos: ele deveria ter sido pastor de almas em vez de policial. Havia outras pessoas na sala. Duas mulheres, por exemplo. Uma delas sentia dor em torno da boca; as rugas de sua bochecha tremiam. As mãos pousadas nas coxas. Muita vida havia passado por ali, mãos de mãe, regaço de mãe.

A outra era jovem, lisa, reta e perfeita como bambu verde. Não era tímida, era quase desafiadora, orgulhosa, como dizem.

Um menino, um homem muito jovem, estava sentado a um canto, atrás de um armário. Camisa bem larga, bermuda cáqui, pernas desajeitadas. Ele se sentia em casa: se balançava no sofá, fuçava a fechadura do armário e nos devorava com seu olhar semicerrado.

Uma cabeça grisalha sobre um pescoço grosso procurava

uma saída através de uma vidraça embaçada, para uma vista de telhados de um vermelho enferrujado e uma fileira de casebres de contos de fadas.

    Batendo com dois dedos (rosto aberto e peito magro), ele registrou os últimos testemunhos.

    "Era ela a mulher que vocês viram?".

    "Não, oficial... não, senhor... era sim, policial."

    Podiam ir embora.

    "A senhora conhece a estrangeira sobre a qual as testemunhas falaram?"

    Sem responder, olhei para as cadeiras vazias onde os traidores dela tinham se sentado.

    "Posso saber o nome e o endereço das suas amigas, minha senhora?"

    "O senhor tem um passaporte para o paraíso?", perguntei.

    Ele suspirou, acendeu outro cigarro e pisou na guimba. Percebi que ela não se apagou completamente e chamuscou o assoalho rangente de tão seco, deixando nele uma mancha escura. Eu queria que as chamas subissem e estremecessem ruidosamente o prédio, bramindo com os risos das gargantas libertadas. Enquanto a guimba ainda soltasse fumaça, eu tinha uma boa chance, mas antes de ela se apagar trouxeram Gabrielle.

.

    Ela acreditava que sua vida estava desenhada no céu, na Ursa Maior. Ela me ensinou a encontrá-la: sete estrelas brilhantes, a linhagem de mulheres que havia começado quando sua bisavó do planalto dos Andes se estabeleceu nas florestas do Suriname: Dubhe, a estrela alaranjada que aponta para o frio eterno do polo Norte; Pheka, sua avó falecida prematuramente; Megrez e Alioth, as meninas Edith e Françoise. Merak era ela mesma e Mizar com a acompanhante Alcor, seus dois filhos.

Como seu rosto brilhava quando ela varria a olho nu o céu estrelado, com olhos que investigavam como lunetas. Maravilhada, eu me deixava arrebatar por ela através do universo em sua Carruagem, noite após noite. *Eu rezava para que você encontrasse o que procurava, Gabrielle.*

Uma vez seu olhar místico me deixou desesperada.

"O que você está procurando fora do nosso planeta?", perguntei, incomodada.

"Venha comigo e ouça", ela disse, saindo para a rua.

"A única vez que Françoise, minha mãe, me abraçou forte foi na noite da minha menarca. Era um verão maravilhoso e estávamos no jardim. Eu me senti tremendamente excitada ali, sozinha com ela, e com a novidade que escorria de mim. O sol se punha em uma luminosa névoa vermelha e ela olhava fixo para o horizonte com meus dedos em sua mão. Tive a sensação de que ela rezava. Eu estava ao seu lado, na espreguiçadeira do meu pai, mas sentia o cheiro dela e o tecido macio de seu vestido por toda parte. Com medo de que ela de repente quebrasse o encanto, prendi a respiração e também olhei ao longe. *Vamos caminhar um pouco em direção ao horizonte*, ela disse inesperadamente. Durante a caminhada naquela noite, ela me apresentou fragmentos da cultura indígena que tinham a ver com a evolução de sua família. Ouvi sobre um povo que havia deixado a Sibéria e chegado por terra à América. Dez mil anos atrás. No continente, ele se espalhou e se desenvolveu, adaptando-se às circunstâncias locais. Nossos ancestrais vêm dos Andes. A chegada dos europeus no século XVI lançou aquela complexa sociedade em um inesperado caos. Foi o século do massacre indígena. Quase todos morreram. Alguns conseguiram fugir para o Sul, entre eles muitos xamãs que guardavam com detalhes nossa história. Um deles conseguiu atribuir nossa descendência aos índios pawnees, cujas cerimônias baseavam-se em mitos apoiados em observações astronômicas. Dessa forma, cada linhagem tinha sua própria constelação enviando presságios dos céus. Minha mãe me ensinou a encontrar e a compreender a Ursa Maior. Ela ficou em silêncio e olhou para mim: *Estou procurando Alkaid, a estrela azul da ponta, a mais distante das outras estrelas e do planeta azul. Preciso encontrar a mulher que concluirá a linhagem e fazer a carruagem se mover em direção ao polo Norte.*

Ela agarrou meu rosto com as mãos. Pela primeira vez tive medo dela.

"Estou procurando Alkaid. A mulher que irá me conduzir para além das esferas terrestres, Noenka."

"Mitos são mitos", balbuciei. Minha voz tremeu.

Ela segurou minhas mãos como se estivesse em pânico. Um frio glacial nos unia.

"Noenka, você pode ficar aqui perto? Tenho tanto medo da morte..."

Deixei as lembranças ressoarem no vácuo em que eu vivia com Edith — vagarosamente, palavra por palavra, respiração após respiração. Às vezes eu agarrava uma imagem por horas, às vezes continuava a repetir um movimento.

Quando o desejo ameaçava dilacerar meu espírito, eu olhava bem para O Olho, na esperança de ver Gabrielle surgir ali, nem que fosse em diapositivo. Mas O Olho sonhava suas próprias esferas, e o sono sempre baixava a cortina inesperadamente.

ESTA OBRA FOI COMPOSTA PELO ESTÚDIO O.L.M./ FLAVIO PERALTA EM ELECTRA
E IMPRESSA EM OFSETE PELA GRÁFICA PAYM SOBRE PAPEL PÓLEN NATURAL
DA SUZANO S.A. PARA A EDITORA SCHWARCZ EM ABRIL DE 2025

A marca FSC® é a garantia de que a madeira utilizada na fabricação do papel deste livro provém de florestas que foram gerenciadas de maneira ambientalmente correta, socialmente justa e economicamente viável, além de outras fontes de origem controlada.